Wolfgang Krebs
Stefan Fuchs
Die Leberkäs-AG

Wolfgang Krebs
Stefan Fuchs

Die Leberkäs-AG

Roman

rosenheimer

www.rosenheimer.com

Titelfoto: Philipp Höbel, Kaufbeuren
Das Titelfoto zeigt Wolfgang Krebs als Schorsch Scheberl.
Lektorat und Satz: Dr. Helmut Neuberger, Ostermünchen
Druck und Bindung: GGP Media GmbH, Pößneck
Printed in Germany

ISBN 978-3-475-54476-7

Vorwort

von Wolfgang Krebs

»Die Basis ist die Grundlage aller Fundamente!« Diese plausibel klingende These lasse ich in einem meiner Programme von einem meiner Lieblingspolitiker aufstellen. Von diesem einen da, dem Ministerpräsidenten des ehemaligen Bayern, dem Dings mit der Brille – schauen Sie am besten selber nach.

Bayern ist ein Bundesland mit wenig Bund und viel Land. Kleine Gemeinden, weit voneinander entfernt, mit einer immer wieder verblüffenden Dialektvielfalt, mit sagenhaft vielen Blaskapellen, Handwerkskünsten und Brotsorten. Die Basis für das Zusammenleben, die gleichzeitig auch die Grundlage und das Fundament ist, das ist ein lebendiges Dorfleben – rund um die Kirche und rund ums Wirtshaus, mit Vereinen, ehrenamtlichen Helfern, dem Wochenmarkt und dem Maibaum.

Aber diese Idylle ist in Gefahr. Immer mehr Menschen zieht es weg aus ihrem Heimatdorf in die Großstadt, obwohl dort die Miete doppelt so hoch und die Anfahrt zum Arbeitsplatz doppelt so lang ist. Die Folge: Die kleinen Orte veröden. Schulen und Läden werden geschlossen, und eines Tages trifft es sogar das Wirtshaus.

Jeden Tag muss in Bayern ein Wirt aufgeben – weil die Gäste ausbleiben oder er die Pacht nicht mehr bezahlen kann. Das wiederum hat natürlich zur Folge, dass der Wohnort erneut an Attraktivität verliert.

Ich komme viel in Bayern herum und spüre die Bedrohung. Es gibt immer noch genug Einzelkämpfer, die ihre Wirtschaft, häufig sogar mit kleiner Bühne, aufrechterhalten. Oft bezahlen sie das mit langen Arbeitstagen und schlaflosen Nächten, weil die Schulden drücken.

Wir können uns hinsetzen und das beklagen. Wir können aber auch etwas tun. Waren wir nicht alle traurig, als der Tante-Emma-Laden an der Ecke geschlossen hat? Und waren wir nicht alle da schon jahrelang nicht mehr drin und haben lieber beim Discounter eingekauft? Seien wir also achtsam und unterstützen die kleinen Händler und Kaufleute auf dem Land! Sie sind teurer, weil sie teurer sein müssen. Wir bezahlen sie aber nicht nur für ihre Arbeit – wir investieren damit auch in unsere Heimat.

Eines Tages habe ich davon gehört, dass Menschen ihre Wirtshäuser retten, indem sie Aktiengesellschaften gründen. Eine Wirtschaft geht in die Wirtschaft. Ich selber bin Aktionär, bei der Fonsa-AG in Kaltental. Ich besitze zehn Aktien für 50 Euro. Dafür darf ich mir einmal pro Jahr in der Kaltentaler Brauerei meine Dividende in Höhe von zehn halben Litern Bier einverleiben. Eine der besten Investitionen meines Lebens.

Dem Gründer, Wirt, Bierbrauer und AG-Vorstandsvorsitzenden Dominik Schempp habe ich viele Hintergrundinformationen zu verdanken. Weitere Parallelen werden Sie in diesem Buch nicht finden. Es gibt keine Ähnlichkeiten mit lebenden Personen, höchstens mit erfundenen. Halt – *eine* Person ist real, nämlich der oben erwähnte Ministerpräsident, dessen Name mir auch auf der zweiten Seite dieses Vorworts nicht einfällt.

Lassen wir an seiner Stelle lieber einen anderen herausragenden Politiker des Freistaats Bayern zu

Wort kommen, nämlich Horst Seehofer. Auch er sagt Sätze, die er nie gesagt hat und die ich ihm gerne in den Mund lege. Sie müssen zugeben, die folgende Lebensweisheit klingt enorm authentisch: »Entweder konsequent oder inkonsequent, aber nicht dieses dauernde Hin und Her!«

In diesem Sinne viel Vergnügen mit dem kleinen Dorf, den großen Problemen, dem alten Wirtshaus und der jungen »Leberkäs-AG«.

Im Mai 2015 *Wolfgang Krebs*

1

Sein ganzes Leben lang hatte Peter Popp noch keine Straftat begangen. Das sollte sich in 45 Minuten ändern. Gut, er hatte im Alter von vier Jahren einmal seiner Mutter 50 Pfennig aus dem Geldbeutel gestohlen – für Kaugummis. Aber das schlechte Gewissen war so groß, dass er es nach einem Tag beichtete. Und ihm wurde vergeben. Das war alles an kriminellen Handlungen in seinem sechzigjährigen Leben.

Peter Popp stand an diesem Abend hinter dem Tresen des Gasthofs »Alter Esel«, wie er das auch die letzten zwanzig Jahre getan hatte. Es war kurz vor 23 Uhr, bald war Sperrstunde.

Er dachte an die Anfangszeit. Damals, als er von Oberfranken nach Zeislhöring gekommen war, diesen kleinen, liebenswerten Ort am Westufer des Starnberger Sees. 2500 Einwohner, eine Schule, ein Kindergarten, ein Lebensmittelgeschäft und zu dieser Zeit sogar noch eine Post- und eine Sparkassenfiliale. Lange vorbei! Obwohl man ohne zu übertreiben von einer Idylle sprechen konnte, zogen immer mehr Leute weg, in Richtung Norden, in Richtung München oder zumindest Starnberg. Dort war die Verkehrsanbindung einfach besser, denn nach Zeislhöring kommt man nur mit dem Bus. Und der fährt nur drei Mal am Tag.

Peter zapfte noch zwei Bier. Eigentlich waren drei bestellt, aber Peter wusste: Das Fass ist leer. Somit blieb es bei zwei. Den letzten für heute. Und für diesen Lebensabschnitt.

Obwohl er schon zwanzig Jahre in diesem Ort lebte, oben, im ersten Stock des alten Wirtshauses, war er dennoch keiner von ihnen, kein Zeislhöringer. Bis heute machte man sich lustig über seinen fränkischen Dialekt. Häufig bekam er ein Bier spendiert, wenn er dafür *einmal* seinen Namen aussprach: »Beder Bobb«. Da lachten sie, die Zeislhöringer, die meisten *mit* ihm, aber einige auch *über* ihn.

Die erste Zeit war eine gute Zeit. Sabine, seine Frau, war mit ihm gekommen, aus Pottenstein, dem gemeinsamen Heimatort in der Fränkischen Schweiz, als sich damals die Möglichkeit geboten hatte, am Starnberger See ein Wirtshaus zu pachten.

»Was bekommt man, wenn man einen Kraken mit einer Frau kreuzt? Eine Super-Putzfrau!«

Das war ein weiterer Spitzenwitz vom Einerdinger-Max. Lautes Gelächter war sein Applaus. Der Tisch mit den fünf Mitgliedern der Freiwilligen Feuerwehr war eine verlässliche Kundschaft. Fast jeden Tag waren sie da, und fast jeden Tag erzählte der Einerdinger-Max einen seiner Witze, die ihn zum heißen Entmannungskandidaten jeder fundamentalistischen Frauenrechtlerin gemacht hätten. Aber so etwas gab es in Zeislhöring nicht, und deshalb gewann der Einerdinger-Max jeden Abend seinem Lieblingsthema neue zweifelhafte Variationen ab.

Am Tisch neben dem Eingang saß ein älteres Ehepaar, das Peter nicht kannte. Ab und zu landeten hier Zufallsgäste. Aber nicht oft, und keiner davon war jemals ein zweites Mal gekommen.

Am kleinen Tisch in der Ecke kauerte der treueste Stammgast des »Alten Esels«, ein gewisser Jack. So nannte er sich zumindest selber. Wie sein richtiger Name lautete, das wussten wohl nur einige wenige alteingesessene Zeislhöringer, die dabei waren, als der Jack vor 50 Jahren hier gestrandet ist. Seinem Dialekt nach stammte er aus dem Sächsischen. Vielleicht eine Fluchtgeschichte. Da Jack nicht viel sprach, war diese Theorie nur schwer zu überprüfen.

Jack war eindeutig ein Freund der Amerikaner, was er mit seiner Kopfbedeckung demonstrierte: eine Militärmütze aus dem amerikanischen Bürgerkrieg. Sie sah aus, als wäre eine Konservendose mit der Öffnung nach unten auf den Kopf gestülpt, oben eingedrückt und vorne mit einer Blende versehen worden. Jack betonte viele Jahre lang, diese Mütze sei ein Zeichen seiner Solidarität mit den farbigen Amerikanern der Südstaaten, die von den tapferen Armeen der Nordstaaten befreit worden sind.

Eines Tages aber konnte ein Gast glaubwürdig versichern, diese Kopfbedeckung sei diejenige der Konföderierten, also der Südstaaten, also der Sklaverei-Verteidiger. Da der Jack aber nur diese eine Mütze hatte und sein Erscheinungsbild nicht mehr verändern wollte, blieb er bei dem Accessoire und lief nun wissentlich Reklame für die falsche Seite.

Über der Kasse hing ein Bild von Peter und Sabine. Es musste in den ersten Tagen der Neueröffnung entstanden sein. Er, der Peter, damals noch mit vielen blonden Haaren, die inzwischen entweder grau oder nicht mehr vorhanden waren. Auch eine Brille hat er noch nicht gebraucht, und seiner Figur war der frühere Sportler noch anzusehen. Und daneben Sabine, eine schöne, fröhliche, optimistische Oberfränkin! Aber da man ja selten das genießen kann, was man jederzeit zur Verfügung hat, musste Peter dann etwas mit einer rassigen Italienerin anfangen. Sie hatte in München zu tun, während der Oktoberfestzeit. Es war kein Hotelzimmer mehr zu bekommen. Das einzige freie Zimmer befand sich im ersten Stock des »Alten Esels« zu Zeislhöring. Das Niveau der Ausstattung befand sich ungefähr auf dem der Nachkriegszeit – des *Ersten* Weltkriegs, wohlgemerkt: Kohleofen, Toilette und Bad auf dem Gang. Dort ist man sich dann eines Nachts begegnet, und kurz danach ist es passiert, unter dem röhrenden Hirschen und dem Hasen von Dürer.

Sabine hat es sofort gemerkt, und zwei Stunden später war der Koffer gepackt und Sabine auf dem Weg zu ihrer Familie nach Pottenstein. An diesem Tag, da war sich Peter sicher, begann der Abstieg, der heute münden sollte in den Beginn seiner kriminellen Laufbahn.

»Sagt eine Frau zu ihrer Freundin: ›Gestern hab ich einen Schwangerschaftstest machen lassen!‹ – ›Und, sagt die Freundin, waren die Fragen schwer?‹«

Der Einerdinger-Max war schwer in Fahrt und sein Publikum nicht sehr anspruchsvoll. Peter lächelte solidarisch mit, dann ließ er seinen Blick über die Wände schweifen. Sie waren halbhoch mit Holz getäfelt, darüber hingen Urkunden vom Schützen- und Gesangsverein, Fotos von Taufen und Hochzeiten. Lange vorbei! Die letzte Hochzeit war im »Alten Esel« vor drei Jahren gefeiert worden. Kein Wunder. Peter hatte so gut wie gar kein Personal mehr. Er kochte selbst, soweit man den Umgang mit Mikrowelle und Gefriertruhe kochen nennen konnte. Die Toiletten begrüßten jeden Gast mit einem stechend-öligen Aroma, das auch von einer dreistelligen Anzahl von Duftsteinen nicht mehr überlagert werden konnte.

Der Geruch aus dem Sanitärbereich ging eine interessante Fusion ein mit dem Zigarren- und Zigaretten-Qualm von 150 Jahren. Holz und Vorhangstoffe haben ein gutes Gedächtnis für Nikotin.

Und so kam es, dass eines Tages die Sportler wegblieben und lieber in ihrem eigenen Stüberl feierten. Der Gesangsverein war vor acht Jahren aufgelöst worden, als seine Mitgliederzahl gerade noch für ein Quintett reichte. Die Kartenspieler am Stammtisch kamen zwar einmal die Woche, aber ihr Gesundheitszustand ließ nur noch Kamillentee und Spezi zu.

»So, mir dädn dann bald amoll aweng schließen!«, ließ sich Peter vernehmen – in einer Sprache, die er für Hochdeutsch hielt.

»Alles glaar, Beder!«, rief der Einerdinger-Max zurück und meinte es vermutlich nicht einmal böse.

Peter verließ kurz das Gastzimmer und ging in den kleinen Nebenraum, der Platz für 30 Gäste bot. Früher hatte hier der kleine CSU-Ortsverein seinen Treffpunkt, aber auch den gab es nicht mehr.

Hier, an diesem Tisch, hatte die Tragödie angefangen. Es begann als kleine Schafkopf-Runde nach Feierabend. Wenige Wochen später wurde gepokert – um kleine Beträge. Die wurden aber im Lauf der Zeit höher, bis in den vierstelligen, am Ende fünfstelligen Bereich. Abgesehen davon, dass man Peter die Lizenz entzogen hätte, wenn das aufgeflogen wäre, hatte Peter hier buchstäblich Hab und Gut verloren. Letzte verzweifelte Versuche in der Spielbank Bad Tölz machten die Katastrophe nur noch schlimmer.

Miete und Pacht zahlte Peter schon seit Monaten nicht mehr. Jede Minute hatte er damit gerechnet, dass ein Anruf der Baronin kam. Aber offenbar kontrollierte die Dame ihre Finanzen nicht regelmäßig oder gar nicht. Als sich dann abzeichnete, dass er auch die Brauerei, die Lieferanten, das Telefon und den Strom nicht mehr bezahlen konnte, reifte der finale Entschluss.

Peter kontrollierte die Fenster. Eigentlich war das unnötig, denn seit etlichen Wochen schon wurde dieser Raum nicht mehr betreten. Das galt auch für den großen Saal im Anschluss mit kleiner Bühne und Platz für hundert Leute. Hier fanden die großen Feiern statt. Die Theatergruppe hatte hier geprobt und schließlich das Geprobte aufgeführt. Lange vorbei! Jetzt wurden hier die Gartenmöbel für die Terrasse gelagert.

Peter stand an der großen Glasfront mit dem herrlichen Blick auf den See. Eine Vollmondnacht im April! Drüben, auf der anderen Seeseite, in Ambach und Ammerland, brannten noch etliche Lichter. Am Ufer schliefen die Enten. Ein später Spaziergänger führte seinen Hund aus und schlenderte den kleinen Weg am See entlang.

Peter ging zurück in die Gaststube und kassierte. Jack nickte kurz und verließ schweigend die Gaststube, gefolgt von dem unbekannten Ehepaar.

»Wie bricht man einer Blondine die Nase? – Indem man 50 Euro unter einen Glastisch legt!«

Großes Gejohle. Dann standen die Abgeordneten der Freiwilligen Feuerwehr auf und folgten ihrem Humorbeauftragten in die Nacht. Peter hörte sie noch lange lachen, wobei als Anlass für einen Heiterkeitsausbruch schon genügte, wenn einer in der Dunkelheit über eine Wurzel stolperte.

Nach einer Minute waren sie nicht mehr zu hören. Damit war das Kapitel des anständigen Gastwirts Peter Popp beendet. Er holte das Bargeld aus der Kasse und kippte es in eine große Kellner-Brieftasche. Viel war es nicht, nur ungefähr 150 Euro, die Einnahmen dieses Tages. Er überprüfte noch einmal die Gaststube auf Verwertbares und fand nichts. Kein Wunder, diesen Test hatte er in den letzten drei Monaten schon etliche Male gemacht.

Er holte den gepackten Koffer aus dem Obergeschoss und kam dabei auch an dem Gästezimmer vorbei, in dem der röhrende Hirsch und der Dürersche Hase über dem Bett hingen. In den letzten zehn Jahren hatte hier niemand mehr übernachtet, denn wenn die Not von München-Besuchern auch groß war – für *dieses* Zimmer war sie niemals groß genug.

Der Koffer war seit heute Morgen gepackt. Er war nicht allzu groß, denn es gab auch nicht allzu viel zu verstauen. Peter trug den Koffer hinunter in den kleinen Eingangsbereich. Dort hingen auch schon sein Mantel und sein Tirolerhut.

Jetzt galt es Abschied von Seppi zu nehmen, der schwerste Teil dieses Abends. Peter zog den Mantel an und setzte den Hut auf. Er verließ das Wirtshaus und atmete tief die kalte Frühlingsluft ein. Vom See kam ein Krächzen, offenbar war da noch eine zeitlich desorientierte Möwe aktiv.

Vorbei an der Terrasse mit den schäbigen, schmutzigen Plastiktischen ging es zum ehemaligen Heuschober. Peter öffnete die Tür. Durch die Fenster und die morschen Bretter drang das Mondlicht. Seppi blinzelte ihn an. Er hatte offenbar schon geschlafen, aber Seppi wusste: Peter kommt jeden Abend vorbei! So auch heute.

Seppi war ein sardinischer Zwergesel. Solange es das Wirtshaus »Alter Esel« gab, hatte auch immer ein Esel in der Scheune gestanden. Im Sommer konnten die Kinder darauf reiten, und im Winter fand sich immer ein Kind, meistens ein Mädchen, das sich um ihn kümmerte. Seppi musste der Ur-Ur-Enkel des Ur-Esels sein, und das kleine Mädchen war aktuell Magdalena, die Tochter der Grundschullehrerin. Morgen nach der Schule würde sie kommen und mit Seppi einen Spaziergang machen, hinauf zum Gut Oberschwaige, wo es viele Pferde gab. Seppi war gerne dort oben, bei seinen großen Verwandten, die ihn um gut zwei Eselköpfe überragten.

Ein letztes Mal bekam Seppi einen Ballen mit Stroh gereicht. Der wurde zunächst nicht beachtet, denn dem kleinen Esel war sein Gute-Nacht-Ritual wichtiger: Kopfkraulen, gutes Zureden und mit der Bürste das Fell striegeln. Seppi bedankte sich mit einem katzenähnlichen Schnurrlaut und machte sich dann über das Stroh her.

Peter spürte, dass es heiß hinter seinen Augenlidern wurde. Er schloss rasch die Tür und ging hinüber zum Wirtshaus. Da hörte er schon das Motorengeräusch. Ein alter Mercedes mit großem Anhänger fuhr den kleinen Weg von der Hauptstraße herunter auf den Gästeparkplatz und hielt beim Kücheneingang. Zwei Schatten stiegen aus. Peter begrüßte die beiden nächtlichen Besucher und führte sie in die Küche.

Leise gingen sie ans Werk. Links vom »Alten Esel« stand ein altes, villenähnliches Haus. Ohne

Seegrundstück, darauf hatte die Gemeinde glücklicherweise Wert gelegt. So konnten und können Spaziergänger am See entlang flanieren.

Im Nachbarhaus wohnte der alte Hausarzt von Zeislhöring, Dr. Dünneisen. Der war bestimmt seit zwanzig Jahren in Pension und musste Mitte achtzig sein. Und übelgelaunt war er noch dazu. Obwohl der Abstand zum »Esel« ziemlich groß war, hatte der Doktor vor sieben Jahren Beschwerde eingelegt. Und so musste die Wirtschaft im Sommer um 22 Uhr den Terrassenbetrieb einstellen, und Sperrstunde hatte um 23 Uhr zu sein – zwei weitere Sargnägel, die dafür sorgten, dass es wirtschaftlich mit dem »Esel« bergab ging. Die kleine angeschlossene Brauerei hatte sogar schon 1976, also lange vor Peters Zeit, geschlossen werden müssen: Durch die Gerüche hatte sich der Doktor belästigt gefühlt.

Da man es also mit geräuschempfindlichen Anliegern zu tun hatte, sollten die beiden Schatten ihrer Tätigkeit mit Diskretion und schallgedämpft nachgehen. Die beiden Tiefkühltruhen verschwanden als Erste im Anhänger, gefolgt von dem großen Kochherd, der Mikrowelle, der Kaffeemaschine, dem Fernseher, der kleinen Stereo-Anlage, der Kasse und den prächtig bemalten Bierkrügen aus der Zeit, als Deutschland noch einen Kaiser hatte. Auch zwei verschwenderisch gestaltete Kronleuchter wurden verstaut, zwei Kisten mit altem Geschirr und ein Glücksspiel-Automat.

Die Nachbarn merkten davon nichts. Seppi auch nicht. Er schlief bereits und freute sich auf morgen.

Gegen Mitternacht hatten die Besucher ihre Arbeit beendet – gerade noch rechtzeitig, denn um null Uhr war der letzte Tag vorbei, an dem der Energieanbieter den »Alten Esel« mit Strom versorgen wollte.

Peter hatte es jetzt eilig. Er warf seinen Koffer in den Kofferraum und setzte sich auf den Rücksitz. Der Mercedes mit osteuropäischem Kennzeichen wendete auf dem kleinen Parkplatz und suchte den Weg durch die Kastanienallee hinauf zur Hauptstraße. Dort bog er nach rechts ab, Richtung Starnberg.

Der »Alte Esel« war nach 149 Jahren Geschichte.

2

Als Erste merkten es zwei Radfahrer, die am Mittag des folgenden Tages Rast machen wollten. Laut Aushang war der »Alte Esel« an jedem Tag geöffnet, von 11.30 Uhr bis 23.00 Uhr, ohne Ruhetag. Aber die Wirtschaft schien wie ausgestorben. Lautes Rufen brachte nichts, ebenso wenig energisches Klopfen an der Tür.

Um 13 Uhr staunten drei Schüler, die hier an drei Tagen in der Woche eine Tomatensuppe aßen. An diesem Tag aber war geschlossen, und die drei zogen wieder ab, ohne sich viel dabei zu denken.

Noch nicht einmal Magdalena wurde misstrauisch. Sie kam, wie jeden Tag, um sich um Seppi zu kümmern, ihn auszuführen, ihn zu füttern und seinen Stall zu reinigen. Dabei nahm sie oft den direkten Weg vom Parkplatz zum Heuschober, so auch heute. Sie merkte also nicht, dass es still war im Wirtshaus. Noch stiller als sonst.

Erst gegen 14 Uhr wurde offenkundig, dass hier definitiv etwas nicht stimmte. Es waren zwei Rettungssanitäter, die auf dem Rückweg zu ihrem Krankenhaus waren und schnell im »Alten Esel« etwas essen wollten. Die Tür war verschlossen, und das war in den letzten zwanzig Jahren noch nie passiert. Ein Unglücksfall? War dem Wirt etwas passiert? War er ausgerutscht und lag nun schwer verletzt und ohnmächtig hinter der Tür? Oder oben in seiner Wohnung? Angehörige hatte er nicht, man konnte niemanden fragen. Ein Fall für Schwamminger.

»Polizeiinspektion Starnberg, Hauptwachtmeister Schwamminger am Apparat!«

Ein tiefer Bass, ein rollendes »R« (vor allem in »Starrrrnberrrrg«), ein zitternder Schnurrbart, große dunkle Augen, rote Backen und eine Figur wie der Coca-Cola-Weihnachtsmann – Hauptwachtmeister Schwamminger sah genauso aus, wie man sich einen Hauptwachtmeister Schwamminger vorstellt.

»Langsam, junger Mann! Sprechen Sie bitte langsamer, es reicht schon, wenn *einer* schnell ist, und das bin ich! Also noch einmal in einfachen Worten für einfache Beamte!«

Schwamminger saß in seinem Dienstzimmer und machte sich Notizen.

»Ja, da haben Sie vollkommen recht! Der Popp hat noch nicht einen Tag zugesperrt! Da muss man sich Sorgen machen, erst recht, wenn man im Dienst ist, so wie ich! Dann brauch ich bittschön den Namen!? – Nein, nicht den vom Popp! Ihren brauch ich, den anderen weiß ich doch schon!«

Der Rettungssanitäter vor der Tür des »Alten Esels« sagte »Albrecht, Jürgen« in sein Handy. Das machte Schwamminger gute Laune. »Der Albrecht-Jürgen? Der Rettungssanitäter? Ihr habt doch erst vor Kurzem meine Frau ins Krankenhaus gefahren! Wisst ihr's noch? Der Karpfen, ganz genau! Respekt, ihr wart schneller da als sonst der Pizzadienst! Pass auf, Jürgen, ich bin gleich bei euch! Und tu mir bitte einen Gefallen: In Zeislhöring gibt's den Kratopek-Michi, der hat die Autowerkstatt, der kennt sich auch mit Wohnungstüren aus. Geh, sei so nett und sag ihm, dass er schnell vorbeikommen soll mit seinem Einbrecherwerkzeug!

Ich bin gleich da! Servus! – Wie bitte? – Eine Durchsuchungserlaubnis? Eine Genehmigung vom Staatsanwalt? Selbstverständlich brauchen wir die! Ich werd ihn fragen, gleich nächste Woche, wenn ich ihn beim Kartenspielen treff!«

Hauptwachtmeister Schwamminger stand auf, zog sich seine Uniform straff und machte sich auf den Weg zum »Alten Esel«, wo das erste Mal nach zwanzig Jahren die Türen verschlossen waren.

Das Wirtshaus machte an Sonnentagen immer einen besonders guten Eindruck – so wie heute. Das fast 150 Jahre alte Haus war ein Schmuckstück, mit kleinen Balkons und zwei Erkern. Die Sonne spielte auf den Dachziegeln und malte, unterstützt von Wasserreflexionen, gleichmäßige, sich bewegende Muster auf die Fassade. Der See dahinter glitzerte in vielen Schattierungen von Blau und Grün und sah aus, als ob er lebendig war. In weiter Ferne zogen zwei Segelboote ihre Kreise, wovon ein Schwanenpaar im Vordergrund völlig unbeeindruckt blieb.

Von der Hauptstraße aus ging es eine kleine Kastanienallee hinunter, dann erreichte man einen Parkplatz und ein Rondell. Hauptwachtmeister Schwamminger fuhr mit seinem Dienstwagen den Weg entlang und versuchte sich zu erinnern, wann er das letzte Mal hier gewesen war. Vor drei Jahren? Vor vier Jahren? Schade eigentlich! So ein schönes Haus, so ein schönes Fleckchen Erde! Schwamminger erinnerte sich, dass er früher oft von Starnberg hierher gefahren war, auf einen Kaffee oder abends auf ein Bier. Seine Schwester hatte hier ihre Hochzeit gefeiert mit diesem zwielichtigen

Niedersachsen, einem angeblichen Investment-Banker, der sich im Laufe des Ehealltags erst als ehemaliger Sparkassenangestellter und schließlich als prügelnder Choleriker entpuppte.

Eine Katze saß auf dem Zaun, als Schwamminger sein Auto parkte. Grüßend legte der Beamte zwei Finger an die Mütze und ging um das Haus herum nach vorne, zum See und zum Haupteingang.

Michael Kratopek war schon da. Er war ein südländisch aussehender Mittdreißiger, schlank, mit dünnen schwarzen Haaren und einem breiten, unrasierten Grinsen. Der KFZ-Mechaniker trug eine blaue Latzhose mit etlichen Tätigkeitsnachweisen: schwarze Flecken überall, abgeschabte Farbe, auch der eine oder andere verwegene Riss im Oberschenkel- und Kniebereich. Damit sah das Kleidungsstück einem teuren Designermodell nicht unähnlich.

»Servus Michi!«, begrüßte Schwamminger den Autoschrauber. »Und? Alles dabei für einen bildschönen Einbruch?«

»Und zwar bei Sonnenschein und genau vor dem Auge des Gesetzes!«, knurrte der Michi. »Das hat man auch nicht alle Tage!«

»Genieße es! Ich werde dann später vor Gericht positiv für dich aussagen«, beruhigte ihn Schwamminger.

Sie sahen durch die Scheiben. Sie klopften. Sie riefen laut »Hallo!« und betätigten die Klingel am Nebeneingang. Nichts, keine Reaktion.

»Michi, zeig, was du kannst!«

Michi sprach in seine hohle Hand »Wir gehen jetzt rein!«, wie er das in vielen Action-Filmen gesehen hatte, und grinste breit. Dann setzte er den Dietrich an.

Erst fuhrwerkte er vorsichtig in dem Schloss umher, dann heftiger. Schließlich tanzte der ganze Körper um das Werkzeug herum. Wilde Grimassen vermochten das Ergebnis nicht zu verbessern. Schließlich machte es »Krack«, und der Dietrich war abgebrochen.

Schwamminger seufzte: »Mei, Michi, wenn man mit dir in eine Sparkasse einbrechen wollt – ein Alptraum!«

Michi zuckte entschuldigend mit den Schultern und nahm einen neuen Dietrich aus seinem Werkzeugkasten. Wieder die Mischung aus verschiedenen Gesichtsausdrücken und Ballett – und wenige Sekunden später war die Tür offen.

Schwamminger und Kratopek öffneten langsam die Tür, die quietschend den Blick auf das Treppenhaus freigab.

»Hallo?«, rief der Polizist ein weiteres Mal. Und weil er keine Antwort bekam, gingen sie hinein und hinauf in den ersten Stock.

Dort fühlte man sich unwillkürlich fünfzig Jahre jünger: eine merkwürdige Zeitreise in die Ära der Nierentische, Häkeldeckchen und Schleiflack-Kommoden. Es war niemand zu sehen – es gab nicht einmal Spuren, die nahelegten, dass hier irgendwann einmal jemand gewohnt oder sich auch nur aufgehalten hatte.

In der Wirtsstube und in den anderen Räumen sah das schon anders aus: Alles, was transportabel war und einen gewissen Wert darstellte, war abgebaut und verschwunden – inklusive des Wirts, über dessen Wert es allerdings in den letzten Jahren nur unfreundliche Meinungen gegeben hatte.

Schwamminger nahm seine Mütze ab und kratzte sich an der Stirn.

»Entweder war das ein Einbruch, und die Einbrecher haben neben der Einrichtung auch den Wirt mitgenommen ...«

»Oder?«, wollte der Michi die andere Theorie wissen.

»Oder es hat überhaupt niemand eingebrochen.«

Schwamminger ging zum Telefon, das auf dem Tresen stand. Er hob ab und merkte, dass es tot war. Dann probierte er, einer Eingebung folgend, den Lichtschalter. Es wurde nicht heller.

»Michi, da funktioniert nix mehr da herin! Ich glaub, der ›Alte Esel‹ war am Ende!«

Michi nickte und dachte an seine Lieblingsfernsehserie. »Willst du die Spurensicherung informieren? Die sollen DNA-Proben sichern und Fingerabdrücke!«

»Is scho recht ...«, brummte Schwamminger und sah sich nach etwas Trinkbarem um. Er betätigte den Zapfhahn, erwartungsgemäß ohne Ergebnis. »Kein Bier mehr im Fass. Der Esel war wirklich am Ende ...«

»Herr Kuhn, die Polizei ist da!«

Frau Penz-Pigulla, die Sekretärin des Bürgermeisters von Zeislhöring, eine im Dienst ergraute resolute Ein-Meter-achtzig-Frau mit Strickjacke und Pferdeschwanz, kam gerne rasch zur Sache und ersparte sich zeitraubende Höflichkeitsfloskeln. Deshalb zuckte Bürgermeister Kuhn auch ziemlich heftig zusammen und ging im Geiste mögliche Ursachen für den Besuch des Ordnungshüters durch. Der TÜV-Termin für seinen Wagen war überfällig, aber deshalb schickte man doch nicht gleich einen Beamten in sein Büro?

Bürgermeister Kuhn beschloss, dass man ihm nichts vorwerfen konnte, zumindest nichts Beweisbares, und bat den Polizisten in sein Zimmer.

Hauptwachtmeister Schwamminger kam herein und begrüßte Kuhn freundlich und leicht unterwürfig. Kuhn bot ihm einen Platz und einen Kaffee, was Schwamminger in beiden Fällen akzeptierte.

»Frau Penz-Pigulla, können wir bitte zwei Kaffee haben? Für mich wie immer den schonend gerösteten Koffeinfreien, danke sehr!«

Bürgermeister Kuhn hatte das in die Sprechanlage gesagt und lehnte sich jetzt in seinem Drehstuhl zurück. Sechzig Jahre würde er in zwei Wochen werden, vor drei Jahren hatte man ihn zum Bürgermeister gewählt. Eigentlich war er von Beruf Grafiker, aber das Geschäft ging am Schluss so schlecht, dass es schlechter in der Politik auch nicht laufen konnte.

Beeindruckend war seine verblüffende Ähnlichkeit mit einem Igel: Der graue Stiftenkopf wies unter zwei dichten Augenbrauen zwei schlaue schwarze Äuglein, eine vorstrebende Nase und zwei Reihen mit kleinen spitzen Zähnen auf – nicht unsympathisch, aber auch nicht ungefährlich.

»Herr Schwamminger, wollen Sie mich gleich verhaften oder darf ich vorher noch telefonieren?«, scherzte Kuhn und musterte den Vertreter der Staatsgewalt.

Schwamminger lächelte: »Eigentlich müsste ich Sie verhaften wegen der Bausünden, die Sie hier zugelassen haben! Ich hätt den Ortseingang kaum wiedererkannt!«

»Aber in Wirklichkeit kommen Sie aus einem anderen Grund?«

»Ja. Es geht um den ›Alten Esel‹!«

»Um welchen genau, davon haben wir viele!«

»Um das Wirtshaus unten am See!«

Kuhn seufzte. »Ist da jetzt schon die Polizei drauf aufmerksam geworden? Ein tragischer Fall. Ich weiß, das Haus verkommt immer mehr. Aber wir können nichts tun, der Wirt hat wohl große finanzielle Probleme.«

»Jetzt nicht mehr. Er ist nämlich nicht mehr da und hat alles mitgenommen.«

Kuhn stand auf, weil Frau Penz-Pigulla mit dem Kaffee hereinkam. Nicht, weil er ein Gentleman alter Schule gewesen wäre, sondern weil ihn die Nachricht des Polizisten aus seinem Drehstuhl riss.

»Der Wirt verschwunden? Der Popp?«

Schwamminger nickte bestätigend.

»Verschwunden mit allem, was nicht niet- und nagelfest ist.«

Frau Penz-Pigulla mischte sich ein: »Das wollte ich Ihnen auch gerade sagen! Der Kratopek hat es erzählt, und jetzt weiß es jeder!«

Sie verließ das Zimmer und ließ die Tür undezent ins Schloss fallen.

Der Bürgermeister tigerte im Zimmer hin und her und ließ seinen Kaffee kalt werden. Schwamminger trank den seinen mit Genuss. »Der ›Alte Esel‹ ohne Wirt, ausgeplündert und leer gefegt!«

»Die Stühle sind noch da!«, brummte Schwamminger und nippte an seiner Tasse.

Der Bürgermeister hörte sich selbst beim lauten Denken zu: »Eine der wenigen Attraktionen, die Zeislhöring noch hat! Ohne Wirtshaus ist ein Ort kein Ort!

Und außerdem – ogottogottogott – hab ich demnächst meine 150-Jahr-Feier!«

Schwamminger nickte anerkennend: »Respekt! Das sieht man Ihnen gar nicht an!«

Kuhn wedelte mit seinen kleinen Händen. »Doch nicht ich, der Ort hat Geburtstag! Beziehungsweise seine Selbstständigkeit. 150 Jahre Gemeinde Zeislhöring, das wollten wir feiern! Aber wie sollen wir das machen ohne Wirtshaus? Kümmern Sie sich darum, Sie festangestellte Amtsperson!«

»Gleichfalls!«, gab Schwamminger ungerührt zurück.

Kuhn setzte sein Selbstgespräch und seine Dienstzimmerwanderung fort. »Was machen wir denn jetzt? Anzeige erstatten, das ist klar. Den Eigentümer vom ›Alten Esel‹ benachrichtigen, das ist auch klar. Aber … o je … das wird schwierig … Die Eigentümerin ist eine … kapriziöse Dame … sehr schwierig … und soviel ich weiß, wollte sie schon die ganze Zeit das Grundstück verkaufen oder Reihenhäuser drauf bauen oder so etwas Ähnliches … Das können wir verhindern, dafür bekommt sie keine Genehmigung. Aber sie kann das Haus entkernen und Eigentumswohnungen draus machen. Ein Ort ohne Wirtshaus, das ist genauso wie … das ist genauso wie …«

»Irgendetwas anderes!«, ergänzte Schwamminger hilfsbereit, und Kuhn pflichtete ihm begeistert bei.

»Frau Dings-Persona!«, bellte Kuhn in seine Sprechanlage und zischte dann zu Schwamminger: »Ich kann mir den Namen einfach nicht merken.«

»Penz-Pigulla!«, tönte es beleidigt aus dem kleinen Lautsprecher.

»Verbinden Sie mich bitte mit Frau Schauer in München!«

»Mit der Frau Baronin von Waldeneck, sehr wohl!«, antwortete die Vorzimmerdame mit dem schwierigen Doppelnamen schnippisch und klickte sich aus der Konversation.

Schwamminger verstand nicht. »Gehört der ›Alte Esel‹ zwei Frauen? Der Frau Schauer und der Baronin?«

»Nein«, antwortete Kuhn, der in Gedanken längst anderswo war, »das ist ein und dieselbe Person. Frau Baronin von Waldeneck ist die Tochter vom alten Waldeneck, und der Familie gehört seit 200 Jahren halb Zeislhöring. Und dann hat die Frau Baronin einen gewissen Paul Schauer geheiratet und heißt seitdem offiziell Schauer. Für die alten Zeislhöringer aber bleibt sie natürlich die Frau Baronin von Waldeneck. Es gibt eben Personen, die Wert auf üppige Nachnamen legen!«, ätzte Kuhn in Richtung seiner Bürotür.

»Ich weiß gar nicht, von wem sie reden ...«, brummte Schwamminger und trank seinen Kaffee aus.

Frau Penz-Pigulla betrat ohne anzuklopfen das Zimmer und meldete knappestmöglich: »Da geht keiner hin!«

»Versuchen Sie es weiter. Und klopfen Sie bitte beim nächsten Mal an! Und schließen Sie die Tür bitte so, dass nicht jedesmal eine Erdbebenwarnung ausgegeben wird!«

Die Sekretärin mit dem Doppelnamen knallte die Tür besonders heftig zu, so dass Schwamminger beinahe den Rest seines Kaffees verschüttet hätte. Er sehnte sich nach seinem Dienstzimmer in Starnberg zurück. Dort konnte wenigstens er selbst bestimmen, wie laut die Türen geschlossen werden. Und Kolleginnen oder Kollegen mit Doppelnamen gab es dort auch nicht.

Schwamminger erhob sich. »Ich fahre zurück und mache ein Protokoll. Die Frau Baronin wird bestimmt Anzeige erstatten wollen. Sie soll sich bei uns melden. Ich wünsche einen schönen Tag!«

Schwamminger verließ mit ungutem Gefühl das Zimmer des Bürgermeisters, weil er wusste, dass er an der Frau mit dem gut entwickelten Schließmuskel vorbei musste. Aber er repräsentierte hier schließlich die Staatsgewalt, und so schritt er selbstbewusst nach draußen.

Der Bürgermeister indes sah noch igeliger aus als sonst und hätte sich wohl gern zu einer Kugel zusammengerollt. Das Telefonat mit der Baronin würde unangenehm werden. Aber auch er erinnerte sich an die Autorität seines Amtes, trank seinen mittlerweile kalten Kaffee und dachte an den ›Alten Esel‹, in dem er vor dreißig Jahren seine Hochzeit gefeiert hatte. Und sogleich kam er ins Grübeln, ob das damals eine gute Idee von ihm gewesen war.

Mitten in seine Vergangenheitsanalyse brach seine Vorzimmerdame ein, die mit einem riesigen Tablett das Zimmer betrat.

»Kaffeetassen!«, schnarrte sie und riss ihrem Chef die noch halb volle Tasse aus der Hand. »Und bringen Sie es endlich hinter sich!«

»Den Anruf, meinen Sie?«, fragte der Igel die Kobra.

»Natürlich! Sie sind doch erwachsen, oder? Und durchs Telefon kann sie nicht beißen! Setzen Sie sich hin, ich verbinde!«

Kuhn bereitete sich auf das erneute Türknallen vor, das auch prompt eintrat, dann starrte er auf das Telefon.

Die Frau Baronin, die jetzt offiziell Schauer hieß, lag in ihrem Schwabinger Penthouse bei heruntergelassenen Jalousien auf ihrem 15-Quadratmeter-Sofa und trug eine Augenbinde. Neben ihr auf einem riesigen Glastisch stand eine Schale mit Konfekt, auf ihrem Bauch kauerte ein faustgroßer Hund mit Schleife über den Augen.

Die Wohnung hatte die Größe eines halben Fußballplatzes und war mit einigen modernen Möbeln und vielen riesigen Antiquitäten vollgestellt. An den Wänden hingen Gemälde von erlesener Scheußlichkeit, die alle nicht hierher passten, aber wohl einen enormen Wert darstellten.

Das Telefon klingelte, und die Baronin tastete langsam über den Tisch, auf der Suche nach dem Telefon. Schließlich fand sie es, drückte blind einen Knopf, hielt sich das Gerät ans Ohr und sagte mit matter Stimme: »Schauer … – Ja, is recht, bitte verbinden Sie!«

Als das Diensttelefon klingelte, erschrak Herr Kuhn trotz seiner mentalen Vorbereitung. Er räusperte sich, rückte seine Krawatte zurecht und hob ab.

»Grüß Gott, sehr verehrte gnädige Frau, hier spricht Rainer Kuhn, der Bürgermeister von Zeislhöring!«

»Ja, grüß Sie Gott, Herr Kuhn, hier spricht Schauer. Entschuldigen Sie bittschön, Sie treffen mich gerade in einer sehr ungünstigen Situation an. Ich habe wahnsinnige Migräne, also wirklich ganz wahnsinnige. Heut Morgen hat's schon angefangen, im Hinterkopf, und jetzt tut der ganze Kopf weh, beim Schnaufen, beim Schauen, und erst recht beim Reden. Also es ist gar nicht zum Sagen ...«

Kuhn räusperte sich erneut. »Also es ist etwas Unerfreuliches passiert. Es geht um den ›Alten Esel‹ ...«

»Da müssen Sie sich täuschen, Herr Kuhn, ich hab nur meinen Hund, die liebe Cindy.«

»Es geht um das Wirtshaus hier in Zeislhöring.«

»Und was hat das mit dem Esel zu tun?«

»Das Wirtshaus heißt so.«

»Ah so? Das ist aber ein vulgärer Name ...«

Kuhn merkte, wie er Temperatur bekam.

»Sehr verehrte gnädige Frau, dieses Wirtshaus gehört Ihnen doch!«

Frau Schauer nahm jetzt die Augenbinde ab, schob sie sich in die Stirn und sah jetzt aus wie eine Abfahrtsläuferin im Ruhestand.

»Wenn Sie es sagen, mein lieber Herr Kahn ...«

»Kuhn ist der Name. Und ich bin mir ziemlich sicher, dass das Anwesen in Ihrem Besitz ist, genau wie etliche andere Gebäude auch hier bei uns in Zeislhöring.«

Frau Schauer nahm ein Stück Konfekt aus der Schale und streichelte ihren winzigen Hund. Mit vollem Munde kauend fragte sie: »Das kann alles sein, so genau weiß ich das nicht, da müssen S' schon den Krampl fragen. Der macht die Finanzen für mich und den ganzen anderen Schmarrn ...«

Bürgermeister Kuhn fuhr mit belegter Stimme fort: »Aber Sie sind doch auch der Meinung, dass man das alte Wirtshaus erhalten muss, oder? Ich mein, es liegt doch wirklich idyllisch am See. So etwas hat hier nicht jede Gemeinde!«

Frau Baronin zog sich wieder die Augenbinde herunter. »Das kann schon sein. Aber darum kümmer' ich mich nicht. Bereden Sie das mit dem Krampl, ich empfehle mich, habe die Ehre!«

Sie legte auf und legte sich seufzend wieder zurück. Die kleine Cindy nutzte ihre Chance und stahl ein Stück Konfekt aus der Schale.

Noch bevor Bürgermeister Kuhn aufgelegt hatte, wurde die Tür aufgerissen, und Frau Penz-Pigulla erschien im Türrahmen. Sie verschränkte die Arme und knurrte: »Machen Sie was!«

Bürgermeister Kuhn erinnerte sich an alte Zeiten. Als er die Baronin noch nicht gesiezt hatte, als Zeislhöring noch ein Postamt hatte und er noch Grafiker war. Er wusste: Allein kam er bei der Lösung des Problems nicht weiter. Er brauchte Verbündete.

3

Aus zehn Metern Entfernung war noch nicht zu erkennen, ob es sich um einen Mann oder eine Frau handelte. Der Radsportler undefinierbaren Geschlechts arbeitete sich den Waldweg nach oben, entschlossen, kraftvoll, fast zornig. Der Helm war bunt und lang gestreckt, die Brille verspiegelt, die Radlerhosen pink und grün.

Jetzt wurde der Waldweg steil, die schlanke Gestalt stellte sich auf und trat im Stehen in die Pedale, wild entschlossen, trotz der Steigung nicht an Tempo zu verlieren. Auf dem Rücken hatte sich schon längst ein langer brauner Streifen gebildet, denn da das Mountainbike kein Schutzblech über dem Hinterrad hatte, wurde permanent der feuchte Waldboden nach oben geschleudert.

Der Wald lichtete sich und gab den Blick auf eine saftige Wiese frei. Der Weg führte weiter den Berg hinauf, überquerte eine geteerte Straße und mündete in einen kleinen Trampelpfad, der sich quer zum Berg Richtung Sonne schlängelte.

Der Radfahrer drosch sein Fahrzeug den Weg entlang, überholte dabei zwei Fußgänger, die sich über den Kraftprotz wunderten, und machte erst Halt bei einer kleinen Bank.

Jetzt erst war klar, welches Geschlecht der Fahrrad-Berserker hatte. Der Helm wurde abgenommen, und es kam eine blonde Mähne zum Vorschein. Der Blouson wurde ausgezogen, es wurden weitere Hinweise sichtbar. Und als auch noch die verspiegelte Brille abgesetzt wurde, wunderte man sich, wie man jemals hatte im Zweifel sein können. Zum Vorschein kam eine schöne Frau mit dunklen Augen, die der Frau Baronin wie aus dem Gesicht geschnitten war, wenn auch 25 Jahre jünger.

Therese Schauer, genannt Resi, die Tochter der Frau Baronin, liebte diese Fahrradstrecke und diese Bank oben auf der Ilkahöhe mit dem fantastischen Blick über den Starnberger See und auf die bayerischen Alpen! Kein Haus, kein Strommast, keine Straße! Genauso musste es auch vor 300 Jahren schon ausgesehen haben! Mit Ausnahme der Segelboote vielleicht. Ob es vor 300 Jahren schon Segelboote gegeben hat? Und wie die wohl ausgesehen haben? Kühe haben bestimmt schon hier geweidet, so wie die acht, neun Exemplare, die ein paar Meter von Resi entfernt Gras fraßen. Glocken haben sie bestimmt auch schon damals um den Hals gehabt, und die Lederbänder haben sich vermutlich auch nicht sehr verändert. Lediglich der Stacheldraht, der die Kühe vom Spazierweg trennte, war ein Beweis dafür, dass man sich im Industriezeitalter befand.

Resi war schon als Kind hier heraufgeradelt, damals noch ohne Helm, denn in ihrer Kindheit gab es noch keine Fahrradstürze. Und da hießen die Fahrräder auch noch Fahrräder und noch nicht Bikes.

So lange sie denken konnte, war sie gern allein. Sie liebte es, die Natur zu spüren und die Kraft in ihren Beinen. In den ersten zehn Jahren war ihr Leben nicht schlecht gewesen. Ihr Kinderzimmer im ersten Stock des »Alten Esels« hatte den schönsten Blick von Zeislhöring mit dem grandiosen Seepanorama, der Stille und den Lichtreflexen auf der Zimmerdecke. Und wenn sie Kummer hatte und ihre Eltern keine Zeit hatten, dann ging sie zu Seppi, dem damals noch nicht alten Esel, drüben im Heuschober.

Mit den Kindern in der Schule bekam sie schwer Kontakt. Sie wurde »Esel-Resl« genannt, und das war durchaus als Beleidigung gemeint. Aber dann hatten sich die Eltern getrennt. Der Vater, dem ihre adelige Mutter den bürgerlichen Namen »Schauer« zu verdanken hatte, war zurückgegangen in seine oberfränkische Heimat. Und die Mutter hatte die Nase voll vom Leben in der Provinz. Dank eines klugen Ehevertrags hatte der Vater nichts und Frau Baronin alles bekommen, und somit waren die Eigentumsverhältnisse aus der Zeit vor der Ehe wiederhergestellt worden. Von diesem Zeitpunkt an war die Mutter krank, zog sich in ihr riesiges Schwabinger Penthouse zurück und kultivierte ihre Migräne.

Die kleine Resi hat noch ein paar Jahre bei ihrem Onkel Edi im alten Forsthaus an der Eisenbahnlinie gewohnt und ist dann mit 18 Jahren weit fort, nach Berlin, um da irgendetwas zu studieren. Aber Zeislhöring, die Ilkahöhe und der See haben sie nicht losgelassen. Seit acht Jahren war sie wieder in ihrer alten Heimat, aber nie wieder im »Alten Esel« und in ihrem alten Kinderzimmer. Sie radelte oft an dem Wirtshaus vorbei, oben an der Hauptstraße oder unten am See entlang.

Sie hätte den neuen Pächter, einen alten Freund ihres Vaters aus Oberfranken, ohne Weiteres fragen können, ob sie einen Blick in ihr altes Zimmer werfen dürfe oder in das Zimmer ihrer Eltern mit dem Hirschen und dem Hasen über dem Bett. Oder ob sie den alten Seppi besuchen dürfe. Aber sie hat es nie gemacht.

Verdrängen war ihr lieber als Verarbeiten. Immer nach ihrem Motto »Wurscht und doppelt-wurscht!«

Jetzt war es wieder so weit. Der zweite Abschied stand an. Die Beziehung mit dem Toni war zerbrochen, vermutlich aus demselben Grund, aus dem es auch damals vor sieben Jahren schon nicht mit dem anderen Mann gelaufen war, Tonis Vorgänger. Eine Jugendsünde, Schwamm drüber.

Aber der Toni – das wäre einer gewesen, einer zum Liebhaben, zum Abenteuer-Erleben, zum Jungbleiben und zum Altwerden. Wurscht und doppelt-wurscht. Warum über vergossene Milch jammern, hätte ihr Vater gesagt. Immer wenn sie an ihn dachte, schaute sie hinauf in den weißblauen Himmel. Kurz nach der Trennung der Eltern, als er wieder zurück in Oberfranken war, hatte ihn nachts ein betrunkener Lastwagenfahrer überrollt.

Schluss mit den trüben Gedanken, jetzt war Aufräumen angesagt! Die Idee mit dem Schuhgeschäft war wohl von Anfang an keine richtig gute. In Zeislhöring ging der Zeislhöringer nicht so gerne einkaufen, deshalb hatte der kleine Lebensmittelladen schließen müssen, ebenso die Buchhandlung und der Elektrohändler. Wenn man nach fünf Jahren immer noch nicht aus den roten Zahlen heraus ist, dann ist das ja wohl ein deutlicher Hinweis, dachte sich die Esel-Resl und beendete diesen Teil ihrer beruflichen Laufbahn. Radikal und ohne Weinerlichkeit. Wurscht und doppelt-wurscht.

Weil sie schon einmal dabei war, hatte sie im Zuge der Geschäftsauflösung auch gleich ihre Lebensgemeinschaft mit dem Toni einem Ende zugeführt. Erst gab es ein klärendes Gespräch, an dessen Ende dann die Trennung stand. Wer mit wem Schluss gemacht hatte, war nicht genau zu analysieren. Umso besser für beide.

Sie schaute auf die Uhr. In zehn Minuten hatte sie einen Termin beim Friseur im »Salon Erika«. Den gab es schon seit fünfzig Jahren, aber jetzt hatte da nicht mehr die namensgebende Erika die Schere in der Hand, sondern Jacqueline aus Leipzig. Resi sprang auf ihr Fahrrad und schaute im Rückspiegel noch einmal der alten Esel-Resl ins Gesicht. In einer Stunde wird es diese Locken nicht mehr geben. Wie hatte ihr Vater immer gesagt? Entweder konsequent oder inkonsequent, aber nicht dieses dauernde Hin und Her!

Resi hatte lange gebraucht, um Jacqueline von ihren Absichten zu überzeugen. Die junge Leipzigerin griff nur äußerst widerwillig zur Schere. Ihre jüngere Schwester Jennifer, die ihr ab und zu zur Hand ging, musste weinen, als sie die blonden Locken auf dem Boden liegen sah. Danach fegte sie den Boden und reinigte den Stuhl, denn auch er hatte jetzt eine lange braune Linie von Resis Fahrradtrikot.

Resi verließ den Salon mit der 60er-Jahre-Ausstattung, warf einen kurzen Blick auf den See und radelte dann den Berg hinauf zu ihrer kleinen Wohnung über der Zahnarztpraxis. Tonis Lieferwagen stand nicht vor dem Haus. Offenbar hatte er seine Umzugskartons schon abgeholt. Oder, was ihr wesentlich weniger angenehm wäre: noch nicht.

Sie stellte das Fahrrad ab und betrat die Wohnung. Die Kisten waren noch da. Saublöd. Sie würde Toni also noch einmal begegnen. Gut, auch das würde sie überleben. Eine letzte Nacht noch, und dann hieß es: Habe die Ehre, Zeislhöring! Sie würde bei einer Freundin in München unterkommen, bis sie wusste, was sie wollte. Dafür hätte sie denken müssen, und dazu war sie bislang nicht bereit gewesen.

Sie betrachtete missbilligend die fremde Frau im Spiegel. »Kurz« hatte sie es haben wollen, da konnte sie Jacqueline gar keinen Vorwurf machen. Aber gleich dermaßen kurz? Sie hatte die alte Grundregel nicht beachtet: Wenn man die Haare kürzer haben wollte, durfte man niemals die Bestellung »kürzer« aufgeben, sondern »bitte nur minimal ausbessern«. Dann landete man ungefähr da, wo man hinwollte. Bei der Ansage »Bitte kürzer!« erhielt man unweigerlich das Modell Alcatraz.

»Wurscht und doppelt-wurscht!«, sagte die Resi auf der einen Seite des Spiegels zu der Zwillingsschwester auf der anderen. Sie wechselte vom Biker-Outfit zur burschikosen Handwerker-Resi und widmete sich den wenigen Dingen, die an der Wand hingen. Fotos mit Toni, ein Bild von ihrem Vater, keins von ihrer Mutter, eine alte Schwarz-Weiß-Aufnahme mit einem kleinen Mädchen und einem Esel. Beide lachten fröhlich. Komisch, dachte Resi, es hing die ganze Zeit an der Wand, aber ich habe es nie angesehen.

Da hörte sie ein Geräusch aus dem Flur. »Toni!«, dachte sie, und etwas Heißes fuhr ihr in die Magengrube. Im Vorfeld von peinlichen Situationen hat sich schon immer ein kleiner Witz bewährt. »Hier bin ich!«, rief sie betont unbefangen. »Leider kann ich dir mit meinen neuen Fingernagel-Piercings nicht beim Kistentragen helfen!«

Resi merkte, dass jemand vom Flur ins Wohnzimmer getreten war. Es war aber nicht Toni, sondern ein Mann, der verblüffende Ähnlichkeit mit einem Igel hatte.

»Servus, Resi! Du bist doch die Resi, nur jetzt mit neuem Kopf! Kennst du mich noch?«

Resi legte den Kopf schief. Ja, der Mann kam ihr bekannt vor, aber seinen Namen wusste sie nicht.

»Sind Sie der Nachmieter?«

Der Igel lächelte, deutete auf einen Umzugskarton und fragte: »Darf ich?«

Resi nickte. Der Igel setzte sich. Es war gegen 19 Uhr, die Sonne ging demnächst unter. Der Strom war bereits abgestellt, der Kühlschrank leer.

»Nein, Sie sind der Bürgermeister! Rainer Kuhn, richtig?«

Der Igel nickte und schaute sich neugierig um. »Hübsch haben Sie es hier. Oder sollte ich besser sagen: ›hatten‹?«

Resi nickte. »Ein paar Stunden noch, und ich bin weg. Deshalb kann ich Ihnen auch nichts anbieten. Kein Strom, kein Kühlschrank, kein Champagner!«

Bürgermeister Kuhn seufzte. »Ich verstehe. Ich komme wohl sehr ungelegen, aber mir bleibt keine andere Wahl.«

»Man hat *immer* eine Wahl!«, belehrte ihn Resi, ihren Vater zitierend. »Es gibt *immer* zwei Möglichkeiten, auch wenn die optimale meistens die unschöne ist!«

Resi erschrak ein bisschen, als sie ihren oberlehrerhaften Tonfall bemerkte und dachte sich: »Das sagt gerade die Richtige ...«

»Womit kann ich Ihnen denn helfen – in meinen letzten Stunden in Zeislhöring?«, beeilte sie sich hinzuzufügen.

Bürgermeister Kuhn stand auf und wünschte sich, seine Sekretärin würde jetzt mit einem lauten Knall zur Tür hereinkommen und ihm die unangenehme Aufgabe abnehmen. Oder ihm zumindest Mut machen. Aber Frau Penz-Pigulla war nicht da, und so musste er es allein schaffen.

»Resi, ich kenn dich schon ganz lang. Ich kenn so ungefähr deine Lebensgeschichte und was du alles getan hast.«

»Das Meiste davon ist verjährt, und den Rest streite ich ab!«, erwiderte Resi mit sanftem Lächeln.

Der Igel lächelte zurück und freute sich, dass sie es ihm leicht machte.

»Ich weiß nicht, ob du es schon gehört hast: So wie es im Moment ausschaut, ist der Pächter vom ›Alten Esel‹ verschwunden und hat vieles vom Inventar mitgenommen.«

»Der Popp? Peter Popp? Das glaub ich nicht!«

Resi war erschrocken. Peter Popp, der Jugendfreund ihres Vaters! Sie hatte ihn nicht oft gesehen. Sie hatte sich immer darüber amüsiert, dass die beiden denselben weichen Dialekt sprachen, einen, in dem harte Konsonanten strikt vermieden und durch das weiche Pendant ersetzt wurden. Ein bisschen hatte sie diese Sprache sogar gekonnt, als Kind jedenfalls.

Der Igel blickte betreten zu Boden.

»Und jetzt haben wir die Befürchtung … dass deine Mutter … ihre Ankündigung wahr macht und das alte Haus abreißt. Und Reihenhäuser drauf baut.«

Resi schaute ihm ins Gesicht und nickte. »Ja, soviel ich weiß, ist das ihr Plan ...«

»Und genau das darf nicht passieren! Ein bayerischer Ort ohne Wirtshaus – das geht nicht! Fast jeder, der hier wohnt, hat im ›Alten Esel‹ etwas Wichtiges gefeiert, etwas Schönes wie eine Firmung oder eine Taufe. Aber auch so etwas wie eine Hochzeit!«

Resi musste kurz lachen, und daraufhin merkte auch der Igel, was er gesagt und wohl auch gemeint hatte. Und sie dachte daran, dass sie sich immer auf ihre Firmung gefreut hatte. In allen Details hatte sie sich ausgemalt, wie das große Fest im »Alten Esel« ablaufen würde. Doch dazu war es nie gekommen. Zwei Jahre vor dem Ereignis waren ihre Eltern nicht mehr zusammen. Danach hat man dann irgendwie all das vernachlässigt, was der Tochter Freude gemacht hätte.

»Resi, wir brauchen den ›Esel‹! Ganz dringend! Es ist so viel verloren gegangen in den letzten Jahren! Immer mehr Leute ziehen weg, und kaum jemand her. Und wenn jetzt auch noch der ›Esel‹ stirbt, dann stirbt damit auch die Seele von Zeislhöring!«

»Und jetzt wollen Sie von mir, dass ich mit meiner Mutter rede?«, fragte Resi scharf und unfreundlich.

Der Igel machte einen großen gestischen und mimischen Anlauf, der nach einer halben Minute in einem lakonischen »Ja!« mündete.

»Wissen Sie eigentlich, was Sie da von mir verlangen? Meine Mutter hat sich seit zwanzig Jahren nicht um mich gekümmert! Sie weiß nichts von mir, absolut nichts. Es interessiert sie auch nicht. Und ich soll mich nach zwanzig Jahren an diese ... diese ... Person wenden mit der Bitte, den ›Alten Esel‹ nicht abzureißen?«

»Es ist unsere letzte Chance …«, flüsterte Bürgermeister Kuhn.

Wieder ein Geräusch an der Tür, wieder ein Mensch im Flur. Toni streckte den Kopf zur Tür herein.

»Stör ich? Oh, der Herr Bürgermeister! Servus, habe die Ehre!«

»Servus Toni. Ich bin gleich wieder weg und will nicht stören. Ich wünsche einen … äh … angenehmen Abend. Und, Resi, denk über meine Bitte nach!«

»Ich fürchte, damit kommen Sie zwanzig Jahre zu spät …«

Der Bürgermeister schaute sie lange an. Dann zuckte er mit den Schultern, grüßte in Richtung Toni, bahnte sich einen Weg zur Tür und ließ sie leise und dezent ins Schloss fallen.

Toni fragte: »Was hat er denn wollen?«

Resi aber legte keinen Wert auf ein Gespräch und sagte: »Unwichtig. Wie viele Kartons sind noch da von dir?«

»Zehn. Und die alte Standuhr.«

»Die gehört mir. Die habe *ich* bezahlt.«

»Ja, aber *ich* habe sie entdeckt, auf dem Flohmarkt in Bernried. Und *ich* habe sie hierher transportiert, aufgestellt und repariert.«

»Dann nimm sie doch mit. Ist mir wurscht. Und doppelt-wurscht.«

Toni nickte bestätigend. »Na also!«

Dann schaute er ihr prüfend ins Gesicht und auf den Kopf. Er verzog kurz den Mund und meinte dann: »Schöne Frisur. Aber die alte war schöner.«

»Danke für die beiden Komplimente!«, erwiderte Resi spitz.

Dann machte sich Toni an die Arbeit und schleppte einen Karton nach dem anderen zur Tür.

Resi packte ihrerseits einen Karton mit Bildern voll. Sie hörte, wie er allein die Standuhr aus der Wohnung wuchtete. Im Rekordtempo. Dann trug er seine Kartons nach unten zum Auto, immer zwei aufeinander gestapelt und gleichzeitig.

Resi beobachtete ihn ab und zu. Die untergehende Sonne machte Toni immer mehr zur Silhouette. Aber selbst das genügte, damit Resi wusste, warum sie sich damals für ihn entschieden hatte. Ein großer kräftiger Bayer mit blauen Augen und starken Händen mit langen Fingern, die ein Regal zusammenbauen, aber auch auf einem Klavier spielen können. Den üppigen Schnauzbart hatte sie ihm ebensowenig ausreden können wie die Zigarre am Abend auf dem Balkon. So wie ihn hatte sie sich immer einen Helden ihrer Kindheit vorgestellt, den Wildschütz Jennerwein. Ihr Vater hatte immer von ihm erzählt und das berühmte Lied gesungen. Es hat ihn wirklich gegeben, und Resi hatte einmal ein Bild von ihm gesehen. Der Jennerwein hatte genauso ausgesehen wie der Toni! Und umgekehrt!

Absolut ungeschlagen aber war der Toni in der Küche. Er kochte mit Hingabe, Geduld und Einfallsreichtum. Meistens nahm er ein bayerisches Traditionsgericht als Basis und variierte es. Unerreicht sein Schweinsbraten, den er während der Garzeit im Ofen mit Sherry übergoss. Die knusprige Kruste mit kirschsüßem Aroma – eine Offenbarung!

Was aber auf die Dauer zu einem unüberwindlichen Problem wurde, war sein Perfektionismus. Alles, was er machte, musste hundertprozentig sein, Schlamperei gab es nicht! Vor ein paar Jahren hatte er sich in den Kopf gesetzt, Tubaspielen zu lernen, ganz allein, ohne Lehrer. Er hatte sich auf dem Flohmarkt ein Instrument gekauft und ein Lehrbuch dazu. Und dann übte er in jeder freien Minute, bis tief in die Nacht. In Resis Ohren klang das irgendwann einmal so gut wie perfekt, aber ihm reichte der Grad seiner Könnerschaft noch nicht.

Als sie es wagte, ihn zu fragen, ob er sich nicht langsam einmal wieder mit ihr statt mit seiner Tuba beschäftigen könnte, wurde er laut und fühlte sich falsch behandelt. Wenige Minuten später tat es ihm leid und er bat um Verständnis – nur um sich dann wieder der blöden Tuba zu widmen.

Toni konnte poltern und bei einem Liebesfilm weinen. Er war stur wie ein Maulesel und weich wie ein Tiefseeschwamm. Beim Kreuzworträtsellösen staunte sie immer darüber, was er alles wusste, obwohl er nur ein Mindestmaß an Jahren in der Schule war. Als sie ihn kennenlernte, war er Verkäufer im Fahrradladen unten am See. Er war kurze Zeit vorher nach Zeislhöring gezogen, von der anderen Seeseite, von Münsing, zusammen mit seiner Mutter. Er hatte das Fahrradgeschäft übernommen, weil der ursprüngliche Besitzer in den Ruhestand ging.

Resi hatte bei ihm ein Fahrrad kaufen wollen, ihn während der Beratung umwerfend gefunden und war ihm schon beim Bezahlen verfallen. Mittlerweile war Toni der Geschäftsführer. Und je erfolgreicher er wurde, so schien es ihr, desto mehr gab es Streit.

Am Schluss war es nicht mehr auszuhalten. Kaum ein Abend, an dem es nicht laut wurde in der kleinen

Wohnung über der Zahnarztpraxis. Sie warf ihm Sturheit vor, und er suchte immer nach dem Fremdwort, das ihm nie einfiel, bis Resi ihm half: Dominanz. Sie wolle ihn gängeln, wisse alles besser, sei immer im Recht und herrsche über sein Leben.

Kann schon sein, dass da etwas dran war, aber jetzt war es eh zu spät, darüber nachzudenken. Heute Abend noch würde sie nach München fahren, dann war diese Episode abgeschlossen, ein für alle Mal. Und was aus dem »Alten Esel« werden sollte, das war ihr wurscht. Und doppelt-wurscht.

Schließlich war Toni fertig. Schwitzend stand er in der Tür der mittlerweile fast leeren und dunklen Wohnung.

»Wenn noch etwas ist – du weißt, wo du mich findest.«

»Bei deiner Mutter, ich weiß. Also dann – mach's gut!«

»Du auch!«

Toni stand da, als würde er noch etwas sagen oder tun wollen. Dann drehte er sich um und ging.

Resi, die resolute, willensstarke, vernunftgesteuerte Resi, hatte sich fest vorgenommen, in diesem Moment stark zu sein. Es handelte sich aber um eine der wenigen Situationen in ihrem Leben, in der sie ihren eigenen Anforderungen nicht gerecht werden konnte. Sie setzte sich auf einen Karton und heulte. Neben ihr sah sie das Foto von sich und Esel Seppi. Und da heulte sie gleich noch mehr.

In dieser Nacht klingelte bei Günther Gebauer das Telefon. Der stellvertretende Landrat von Starnberg schlief immer bei eingeschaltetem Handy, so auch in dieser Nacht. Er wäre auch jederzeit bereit gewesen, einen Fotografen zu empfangen: Seine Gel-Frisur mit den kurzen, aufgestellten schwarzen Haaren erinnerte an eine Ananas und saß wie eine Eins. Seine schmalen Augen lugten hellwach und kampfbereit in die Welt, und sein Kinn war immer leicht nach vorn gestreckt. Einem, der Karriere machen will, soll man das gleich ansehen können, das war seine Überzeugung.

Gebauer sah auf das Display und kannte den Namen. Sich mit Namen zu melden, war überflüssig, unter seiner Würde und kostete nur Zeit.

»Ja, was gibt's?«

Gebauer hörte lange zu und sagte dazwischen abwechselnd »super-guat« und »ausgezeichnet«.

Beendet wurde das Gespräch mit einer Prophezeiung: »Da wird demnächst eine alte Rechnung beglichen. Rache ist wie Bier. Beides schmeckt kalt am besten.«

4

Als Bürgermeister Kuhn am nächsten Morgen um acht am Rathaus ankam, war er nicht sehr erstaunt. Der Parkplatz, auf dem sonst um diese Zeit zwei Autos standen, war voll. Gestern Abend hatten circa zehn Menschen auf seinen privaten Anrufbeantworter gesprochen. Er war also vorgewarnt.

Die Nachricht vom verschwundenen Esel-Wirt hatte sich in Zeislhöring in Windeseile herumgesprochen. Und schon gestern Abend hatten ihn Hilfsangebote erreicht. Das Dorf war in Aufruhr, und die Vorstellung, dass es den »Esel« nicht mehr geben sollte, ließ niemanden unbeteiligt.

Vor seinem Büro wurde er von Frau Penz-Pigulla erwartet. Ohne Gruß brachte sie ihn auf den aktuellen Stand: »Bei mir im Vorzimmer warten fünf Leute und wollen mit Ihnen reden. Die Anrufliste liegt auf Ihrem Schreibtisch. Der Journalist vom *Starnberger Merkur* kommt in einer halben Stunde. Kaffee ist aus.«

Kuhn betrat sein Büro nicht vom Gang aus, sondern er ging durchs Vorzimmer, wo er seine Gäste begrüßte. Alle wollten ihn sprechen, und alle wollten helfen.

Die Nacht auf dem Bettsofa von Resis Freundin Claudia war hart und kurz. Resi war gestern Abend mit zwei Koffern eingetroffen. Heute würde eine Spedition die Wohnung in Zeislhöring ausräumen und die Möbel einlagern, bis Resi wieder eine eigene Wohnung hatte. Wann und wo das sein würde, das stand noch nicht fest. Claudia hatte sehr früh die kleine Dachgeschosswohnung in Neuhausen verlassen. Sie lag fast direkt am Rotkreuzplatz, unten im Haus war ein Restaurant, was man auch hier oben noch riechen und abends hören konnte.

Resi schaute aus dem schrägen Dachfenster. Dafür musste sie sich auf ihre Zehenspitzen stellen. Sie sah das hässliche Klinik-Hochhaus und den gleichnamigen Platz, der sehr verkehrsreich und architektonisch verunglückt war. Die Wunden der 60er-Jahre wollten und wollten nicht verheilen, und die in den folgenden Jahren verordnete Pflegeserie zeigte wenig Wirkung.

Das Einzige, was sie neben ihren Klamotten und persönlichen Sachen mit in den Koffer gepackt hatte, war das Foto, das sie als kleines Mädchen mit Seppi zeigte. Sie hatte es neben das Bett gestellt, das jetzt bereits wieder zum Sofa umgebaut war.

Mit ihrer Kaffeetasse machte sie es sich darauf gemütlich und war sich absolut sicher: Heute fängt ein neues Leben an! Eines ohne Toni, ohne Schuhladen, ohne Esel und ohne ihre Mutter sowieso. Resi griff nach der Zeitung mit den Stellenanzeigen.

Der Einerdinger-Max war der Erste, der sich im überfüllten Bürgermeister-Büro zu Wort meldete: »Das können wir nicht zulassen, dass es den ›Alten Esel‹ nicht mehr gibt! Zum einen braucht Zeislhöring eine Wirtschaft, und zum anderen ist das ja die einzige Attraktion, die wir haben! Kuhn, du musst uns den ›Esel‹ erhalten!«

Die anderen vier Besucher pflichteten ihm bei.

Bürgermeister Kuhn ergriff das Wort.

»Ich danke euch sehr, dass ihr hergekommen seid, euch allen miteinander. Es sind auch schon Maßnahmen eingeleitet. Jetzt wird gleich ein Reporter von der Zeitung hier sein, dem werde ich die Geschichte haarklein erzählen, damit sie jeder im Umkreis kennt und uns helfen kann. Und die Resi hab ich auch schon losgeschickt!«

»Welche Resi?«, wollte der Apotheker Enderlein wissen. Er war noch nicht so lange Bürger von Zeislhöring und deshalb mit den Verwandtschaftsverhältnissen nicht vertraut.

»Die Esel-Resl? Das ist eine gute Idee!«, strahlte der Einerdinger-Max. Danach verdüsterte sich seine Miene. »Aber ob sie bei ihrer Mutter Erfolg haben wird? Die haben doch schon ewig nicht mehr miteinander gesprochen. Lebt die Frau Baronin überhaupt noch?«

»Ja, die lebt noch!«, meinte der Johann Wolf vom Baugeschäft Wolf. Wüsste man seinen Beruf nicht, hätte man ihn für den Verkaufsleiter von Harley-Davidson-Süd halten können: lange graue Haare, zum Pferdeschwanz gebunden, Vollbart, Nietenweste, Nietenhose, Drachen-Tattoos auf beiden Armen. »Ich bin wild und gefährlich!«, sollte seine Aufmachung aussagen, der sehr viel größere andere Teil seiner Persönlichkeit aber war freundlich und hilfsbereit.

»Die lebt noch, meine Tochter hat sie vor Kurzem gesehen, die Frau Baronin. Mit Sonnenbrille und Mundschutz, die g'spinnerte Henna, die g'spinnerte!«

Gelächter und Zustimmung. Der Motorrad-Cowboy, der privat einen Volvo fuhr, bat um Ruhe.

»Bürgermeister, hör her. Mit meinem Baugeschäft mach ich viele Abrisse und manchmal auch Entrümpelungen. Ich hab bei mir in der Garage viel, was man für eine Wirtschaft braucht. Und wenn's da etwas zu reparieren gibt – meine Leut und ich lassen da mit uns reden, das pack mer schon!«

»Das gilt auch für die Freiwillige Feuerwehr von Zeislhöring, kräftige Burschen, die helfen, wenn Not am Mann ist!«, ließ sich der Einerdinger-Max vernehmen, und da er so ergriffen von seiner Hilfsbereitschaft war, überschlug sich seine Stimme ein bisschen.

Bürgermeister Kuhn war gerührt von so viel Enthusiasmus. Er schaute auf Frau Kestin vom Zeislhöringer Fremdenverkehrsbüro und Kulturverein, eine sehr hübsche Mittdreißigerin, die leider den Makel hatte, in Flensburg geboren worden zu sein.

»Wir vom Zeislhöringer Interessenverband für Tourismus-Kommunikation und Gastronomie-Management würden uns ebenfalls engagieren. Finanziell! Wie man hört, war der Zustand der sanitären Anlagen am Schluss ja eher betrüblich …«

Und schließlich meldete sich auch noch der Schindler-Pauli vom CSU-Kreisverband Starnberg.

»Der ›Esel‹ muss weiter existieren! Er ist ein Zeichen für die liberalitas bavariae und ein Symbol für die Lebensart in unserem christlich-sozialen Heimatland!«

Der Schindler-Pauli, der häufig mit Ottfried Fischer verwechselt wurde, sah sich beifallheischend um, aber der Applaus war dünn.

Bürgermeister Kuhn igelte sich einen Moment lang ein, legte die Stirn in Falten und stellte die Haare auf.

»Man wüsste wissen, wer da immer regelmäßig hingegangen ist … Die müssten ein ganz großes Interesse daran haben, dass es den ›Esel‹ weiter gibt. Einerdinger, kennst du die?«

»Naa!«, meinte der Einerdinger, »wir sind doch bloß alle drei Wochen da. Aber ich wüsst einen, der das wüsst! Der Jack!«

»Welcher Jack?«, fragte der Igel.

Die Tür wurde aufgerissen, und die kurz angebundene Vorzimmerdame erschien: »Der Zeitungsheini ist schon da. Und den Jack kann man nicht anrufen, der hat kein Telefon. Aber ich weiß, wo er wohnt.«

Bürgermeister Kuhn wunderte sich schon lange nicht mehr über die Weitsicht seiner Mitarbeiterin. Entweder hatte sie hellseherische Fähigkeiten, oder die Wände seines Büros waren zu dünn.

»Der hat nämlich den besten Überblick …«

»… wer Stammgast im ›Esel‹ war, ich weiß«, vervollständigte die Vorzimmerdame den Satz.

Der Igel wollte etwas sagen, aber das übernahm Frau Penz-Pigulla: »Ich war vorhin bei ihm, da ist die Liste. Ja, ich weiß, es wäre das Beste, einen Brief vorzubereiten an alle, die da drauf stehen und sie zu informieren. Habe ich schon gemacht, Sie müssen unten rechts unterschreiben.«

Der Bürgermeister und seine Besucher waren tief beeindruckt.

»Und was den Esel betrifft: Er kann im Gut Oberschwaige bleiben. Sie haben ihn schon abgeholt.«

»Sagen Sie, Frau …« – dem Igel fiel der Nachname nicht ein – »haben Sie eigentlich auch einen Vornamen?«

»Nein!«, kam die rasche Antwort, »der Nachname ist schon lang genug.«

Umdrehen, abrauschen, Türknallen. Bürgermeister Kuhn machte eine Grimasse und nickte dann anerkennend.

»Ich glaube, zu Weihnachten schenke ich ihr einen neuen Besen …«

Dann verabschiedete er sich von seinen Gästen:

»Ich bedanke mich für eure Vorschläge. Ich melde mich bei euch, sobald ich etwas von der Resi gehört habe. Ich bin sicher, dass alles gut wird!«

Im Interesse von Zeislhöring, so dachte er sich, wird man ja wohl ein bisschen schwindeln dürfen.

Resi hatte das Haus schnell gefunden. Es war das mit Abstand schönste in der Agnesstraße. Auf dem Klingelschild ganz oben stand zwar kein Name, aber sie war sich absolut sicher, dass sie hier richtig war. Sie drückte auf den Messingknopf und wartete.

Nach sehr langer Zeit meldete sich eine dünne Stimme.

»Ja?«

»Ich bin's!«

Pause.

»Wer?«

»Ich, die Resi!«

Wieder eine Pause.

»Welche Resi?«

Resi spürte, wie die alte Wut, die so lange weggesperrte, eingefrorene und gebändigte Wut wieder in ihr hochkroch. Sie machte ihr den Mund trocken und das Herz so schwer wie ein Pflasterstein.

»Therese. Deine Tochter.«

Keine Antwort. Schließlich, nach einer Ewigkeit, summte der Türöffner.

Resi drückte die schwere, alte Holztür auf und ging in den Flur. Dort hatte man das Interieur des über hundert Jahre alten Hauses teuer renoviert, mit viel Marmor und Boden-Mosaiken. Neu war der gläserne Lift, den Resi jetzt betrat. Sie fuhr ganz nach oben, unters Dach, zu ihrer Mutter, die sie zum letzten Mal am Grab ihres Vaters gesehen hatte bei seiner Beerdigung in Oberfranken vor beinahe zwanzig Jahren. Seitdem gab es zum Geburtstag eine Karte und ein Geschenk, mehr nicht.

Und dieser Frau, zu der sie auch in ihrer Kindheit nie »Mama« gesagt hatte, sollte Resi gleich gegenüber stehen – um ein gutes Wort einzulegen für ein Wirtshaus, das in einem Ort stand, den sie gerade verlassen hatte. Verrückt! Aber irgendwie, so meinte sie, war sie das ihrer Heimat schuldig.

Die Lifttür öffnete sich nach einer sekundenschnellen Fahrt, und man stand quasi bereits in der Wohnung. Resi ging durch einen Flur, der ungefähr so geräumig war wie ihr früheres Wohnzimmer. Sie ging gute zehn Meter zu einer ausladenden Glastür und öffnete sie.

Dahinter befand sich ein Wohnzimmer, das einfach unanständig groß war, bestückt mit alten Möbeln, die sie aus ihrer Kindheit kannte. Ein Sekretär, an dem ihr Vater immer die Post bearbeitet hatte. Ein bunt bemalter Bauernschrank, in dem früher das Sonntagsgeschirr aufbewahrt worden war. Daneben aber auch pompöse Designerlampen und Acrylglas-Regale, ein Fernseher groß wie eine Kinoleinwand, eine Sofa-Landschaft in Weiß und überall Bilder, deren Motive größtenteils nicht erkennbar waren, mit Farben, die bei längerem Betrachten Kopfschmerzen verursachten.

Gisela Schauer, geborene von Waldeneck, lag auf dem Sofa und hatte eine Schlafbrille über den Augen.

Sie trug einen rosafarbenen Morgenmantel mit Kunstpelz-Besatz. Langsam erhob sie sich und nahm die Binde ab.

»Therese! Mein Kind!«, hauchte sie ermattet wie eine Schauspielerin vom Stadttheater Winsen an der Luhe.

»Hallo Mutter!«, sagte Resi tonlos.

»Wie lange haben wir uns nicht mehr gesehen! Das muss ja zehn Jahre her sein!«

»Fast zwanzig«, korrigierte Resi und gab sich Mühe, nicht höhnisch oder sarkastisch zu klingen.

»Du musst verzeihen ...«, hauchte die Schauspielerin. »Ich habe fürchterliche Migräne. Wie eigentlich jeden Tag. Kennst du Cindy?«

Damit war vermutlich der Hund gemeint, der in einem Körbchen mit Samtdecke lag und mit offenem Maul blöd nach oben glotzte.

Resi wollte sich nicht zum Hund der Mutter äußern.

»Wie es aussieht, geht es dir gut? Zumindest finanziell?«

»Ach Gott, ja, aber was ist schon Geld. Viel wichtiger ist doch, dass man weiß, wo man zu Hause ist.«

Da war sie wieder, diese gestelzte Sprache. Die gebürtige Zeislhöringerin mit dem Adelstitel schämte sich ihres bayerischen Dialekts und bemühte sich, hochdeutsch zu sprechen. Es kam aber nur eine Karikatur heraus. Statt »zu Hause« sagte sie »zer Haase«, weil das für ihre Begriffe vornehmer klang.

»Darf ich mich setzen?«, fragte Resi, damit ein bisschen Bewegung in die groteske Veranstaltung kam.

»Aber ja doch, mein Kind. Wo immer du willst, aber nimm bitte nicht diesen Sessel, der gehört Cindy!«

Resi setzte sich in einen anderen, ihre Mutter kehrte zurück in ihre Ruhelage, wobei ihr Morgenmantel raschelnde Geräusche von sich gab.

Nach einer theatralischen Handbewegung, mit zehn Fingern an die Schläfen, fragte die Baronin: »Wie geht's den Kindern?«

Resi stutzte: »Welchen Kindern?«

»Na deinen!«

»Ich habe keine.«

Die Baronin riss die Augen auf.

»Du hast keine Kinder? Na so was. Da muss ich dich verwechselt haben …«

Jeder Satz war ein Stich ins Herz – von einem Kühlschrank in Menschengestalt.

»Und wie geht es deinem Mann?«

»Ich habe keinen.«

»Du hast keinen Mann?«

In der Frage lagen Fassungslosigkeit wie Vorwurf.

Resi antwortete: »Du ja offenkundig auch nicht.«

Frau Baronin reagierte verschnupft: »Erlaube mal, bei mir ist das ja etwas völlig anderes! Aber du mit deinen 25 Jahren!«

»Ich bin über 30, Mutter. Du weißt noch nicht einmal, wie alt ich bin, von der Anzahl meiner Kinder und Ehemänner ganz zu schweigen.«

»Bitte nicht so laut, Therese, jedes Wort von dir fährt mir wie ein Messer in den Kopf!«

Natürlich, wenn es unangenehm wurde, kamen die Kopfschmerzen. Dann wurde Frau Baronin wehleidig.

»Du hättest dich ruhig einmal melden können, in all den Jahren. Mir geht es wirklich nicht sehr gut, ich hätte deine Hilfe brauchen können …«

»Ich deine auch!«, hörte sich Resi schon sagen, unterdrückte aber diese Antwort. Es war sinnlos. Diese Wand an Selbstmitleid und Egozentrik war nicht mit einer Betonsäge zu durchdringen.

Resi wollte den Aufenthalt in diesem Flugzeug-Hangar so kurz wie möglich halten und kam deshalb zur Sache: »Mutter, ich bin gekommen, um dich um etwas zu bitten.«

»Alles, was du willst, mein Kind!«

»Es geht um den ›Alten Esel‹ …«

»Ach ja – da ist ja vor Kurzem etwas Unangenehmes passiert!«

»Ich wollte dich bitten, das Wirtshaus weiter zu verpachten. Zeislhöring braucht den ›Esel‹, sonst geht's denen noch schlechter, und sie haben schon genug Probleme. Meinst du, dass du mir das zusagen kannst?«

In diesem Moment klingelte es an der Tür.

»Einen winzig kleinen Moment, mein Herz, das wird der Dr. Krampl sein!«

Die Frau Baronin raschelte zur Tür und drückte den Türöffner. Dann eilte sie wieder zurück zum Sofa und nahm ihre »Die Diva hat Migräne!«-Stellung ein.

Kurze Zeit später erschien Dr. Krampl und war Resi auf Anhieb unsympathisch: ein schlanker, großer Mann, Mitte vierzig, mit zurückgekämmten schwarzen Haaren und Drei-Tage-Bart, überkorrekt gekleidet im dunklen Anzug mit Krawatte und Einstecktuch.

»Servus und küss die Hand, Frau Baronin!«

Und auch noch Österreicher!

»Grüße Sie, Herr Dr. Krampl. Darf ich bekannt machen: Dr. Krampl, mein Steuerberater und Vermögensverwalter – Therese, meine Tochter!«

»Sehr charmant, sehr erfreut, küss die Hand!«, näselte der straff Gegelte in Richtung Resi.

»Ich habe unangenehme Neuigkeiten. Stört es Sie, wenn ich sie Ihnen vor Ihrer bezaubernden Tochter überbringe?«

Frau Baronin griff sich wieder mit den Händen an den Kopf.

»Im Prinzip nicht, gell ... Aber muss das jetzt sein? Ich hab so wahnsinnige Migräne ...«

»Bitte, das wird sich ausgehen. Und ich muss Sie ein bisserl schimpfen, verehrte gnädige Frau. Frau Baronin waren in der Vergangenheit in Geldangelegenheit ein bisserl nachlässig. Da werd ich in Zukunft schon ein bisserl mehr urgieren, wenn Sie erlauben ...!«

Er zog einen Schnellhefter aus seiner teuren Ledertasche und reichte ihn der wenig interessierten Baronin.

»Hier, wenn Sie schaun wollen, gnädige Frau. Der mittlerweile flüchtige ehemalige Pächter, ein gewisser Peter Popp, hat schon seit sechs Monaten nicht mehr bezahlt.« Dr. Krampl drohte schelmisch mit dem Zeigefinger. »Das hätten Sie bemerken und sofort intervenieren müssen, bitte! Aber das wird sich in Zukunft ändern, da können Sie sich drauf verlassen!«

Resi räusperte sich: »Ich bin gekommen, weil ich eine Bitte an meine Mutter habe: Bitte erhalten Sie den ›Alten Esel‹ für Zeislhöring. Bitte nicht abreißen, bitte keine Luxushäuser auf dem Grundstück bauen, bitte nicht in Eigentumswohnungen umwandeln.«

»Das ist aber wirklich spaßig. Genau diesen Vorschlag wollte ich der Frau Mammaaa gerade unterbreiten!«

Resi war erleichtert.

»Dann ist ja alles gut!«

»Aber ja!«

Dr. Krampl lachte euphorisch. »Schließlich werden Sie das alles ja einmal erben, und durch die sechs Eigentumswohnungen wird sich der Wert verfünffachen, das können Sie mir glauben!«

Resi spürte, wie sie blass wurde.

»Mutter! Ich bitte dich inständig: Erhalte den ›Esel‹. Mir zuliebe! Und deinem Heimatort zuliebe! Du hast so viel Geld, du kannst dir eine gute Tat leisten!«

Die Frau Baronin starrte ihre Tochter an, dann schloss sie die Augen.

»Das ist alles im Moment sehr anstrengend für mich. Ich werde drüber nachdenken. Herr Dr. Krampl, besprechen Sie bitte nur noch die nötigsten Dinge mit mir. Therese – bis bald!«

Nach zwanzig Jahren zog ihre Mutter ein Gespräch mit dem schmierigen Dr. Krampl vor. Das war zu viel für Resis Nervenkostüm, das ohnehin durch die Ereignisse der letzten Wochen schwer ramponiert war.

»Du schickst mich weg?«, zischte sie. »Du beendest das Gespräch mit mir, damit du Zeit hast für deinen österreichischen Gigolo?«

Ihre Mutter legte die Hand mit der Oberfläche an die Stirn. Das war schon zu Greta Garbos Zeiten lächerlich und veraltet.

»Ich bitte dich, Therese…«, kam es gepresst und leise, »… meine Kopfschmerzen …«

Der kleine Hund kläffte kurz, und Dr. Krampl lächelte maliziös.

»Es ist bestimmt besser, wenn Sie das Gespräch mit Ihrer Frau Mutter ein andermal fortsetzen.«

Resi war jetzt komplett auf der Palme und sah rote Kreise vor den Augen.

»Dieses Gespräch wird niemals fortgesetzt!«, krächzte sie mit sich überschlagender Stimme. »Bis ich zehn Jahre alt war, habe ich gedacht, ich habe eine Mutter. Heute weiß ich: Das war ein Irrtum. Das, was mich auf die Welt gebracht hat, war eine Registrierkasse mit Kopfschmerzen!«

Dr. Krampl lächelte ungut: »Die Frau Baronin braucht jetzt Ruhe. Darauf sollten Sie Rücksicht nehmen!«

»Ja!«, lachte Resi gallig. »So wie die Frau Baronin ihr Leben lang Rücksicht auf mich genommen hat.«

Resi hätte fast vor Wut geheult und irgendetwas an die Wand gepfeffert, riss sich aber zusammen und warf einen letzten Blick auf Cindy und Dr. Krampl, der sie siegessicher anlächelte.

Ihre Mutter öffnete die Augen und flüsterte: »Therese, das war sehr nett, dass du mich besucht hast! Das könntest du ruhig öfter machen. Gerade jetzt, wo es mir nicht so gut geht, gell? Also dann – bis hoffentlich ganz bald, mein Herz!«

»Wurscht. Und doppelt-wurscht!«, dachte Resi grimmig, machte auf dem Absatz kehrt und verließ die Wohnung einer Frau, die einmal ihre Mutter war. Und sie hatte den dringenden Wunsch, in die Pedale zu treten. Wenn schon nicht bergauf, dann an der Isar entlang ganz weit weg. Richtung Süden. Richtung Heimat.

5

Zwei Tage später konnte jeder im *Starnberger Merkur* das Gespräch mit Bürgermeister Kuhn lesen. Jetzt war das Entsetzen groß, und so mancher erschrak bei der Aussicht, dass es den »Alten Esel« eventuell nicht mehr geben würde – am meisten die, die schon jahrelang nicht mehr dort gewesen waren, zumindest nicht zum Essen.

Die Terrasse im Sommer mit dem herrlichen Blick hinüber nach Ambach, das wollte keiner missen. Ein Kaffee oder ein Radler und dann über den See schauen – das war allen Zeislhöringern ans Herz gewachsen, auch wenn nur die wenigsten in letzter Zeit Gebrauch davon gemacht hatten.

Es war so ähnlich wie damals, als der kleine Lebensmittelladen neben der Kirche hatte schließen müssen. Besonders die älteren Zeislhöringer hatten da gern eingekauft, weil sie kein Auto hatten und nicht mit dem Bus zum großen Discounter fahren konnten oder wollten. Aber offenbar reichten diese Kunden nicht aus, und eines Tages war die Ladentür für immer zu. Der Pfarrer nutzte jetzt den Raum für einen kleinen Caritas-Laden, wo man Gegenstände abgeben konnte, die dann von ehrenamtlichen Mitarbeitern verkauft wurden.

Resis Exfreund Toni wohnte bei seiner Mutter in ähnlich beschränkten Verhältnissen wie Resi bei Claudia, und es war sogar ähnlich laut: Tonis Mutter hatte eine Zwei-Zimmer-Wohnung an der Hauptstraße in einem wunderschönen alten Haus, aber eben direkt an der

Straße. Und da donnerten morgens um sechs die ersten Lastwagen durchs Dorf auf dem Weg nach Bernried und Seeshaupt. Tonis Mutter störte das nicht, sie war schwerhörig – vielleicht durch die Lastwagen. Aber Toni, der auf seinem Klappsofa ohnehin miserabel schlief, war mit dem ersten Dreißigtonner hellwach und konnte nicht mehr einschlafen. Außerdem dachte er unentwegt an Resi. Er bereute die Entscheidung zur Trennung sehr – eigentlich schon wenige Minuten, nachdem sie feststand.

Resi als Untermieterin bei Claudia in München-Neuhausen war schon nach kurzer Zeit davon überzeugt, dass sie demnächst durchdrehen würde. Die Beengtheit der Wohnung, die freundliche, aber ständig plappernde Freundin, der Lärm, der vom Rotkreuzplatz herüberkam und vor allem die fehlende Ilkahöhe – das alles führte dazu, dass sie sich wie die Ratte im Käfig vorkam. Vielleicht änderte sich alles, wenn sie einen neuen Job hatte.

Seppi, der alte Esel, wohnte jetzt im Gut Oberschwaige, oben am Waldrand, mit herrlichem Blick auf den See, den das kleine Grautier aber nicht wirklich genießen konnte.

Und jetzt stand also das Wirtshaus auf der Kippe? Es gab noch Hoffnung: Bürgermeister Kuhn hatte in seinem Interview mitgeteilt, dass nach dem flüchtigen Pächter intensiv gesucht würde, und wenn man ihn dann hätte, würden die gestohlenen Gegenstände wieder zurückgeführt werden.

Dass die Eigentümerin Gisela Schauer das Gebäude weiter als Wirtschaft nutzen würde, war für den Bürgermeister völlig klar. Aber ob sie für den noch zu findenden neuen Pächter auch die Kücheneinrichtung und das andere Diebesgut ersetzen würde, das war unsicher …

Für den nächsten Tag, so der Bürgermeister, sollten sich alle hilfsbereiten Zeislhöringer auf der Terrasse des »Alten Esel« versammeln: Vielleicht würde es der Dorfgemeinschaft mit vereinten Kräften gelingen, dem »Esel« wieder auf die Beine zu helfen.

Vorher aber passierte etwas Besorgniserregendes: Bei Dr. Krampl traf ein Angebot ein. Von einer Investmentfirma in München, die daran interessiert war, den »Alten Esel« zu entkernen und in Appartements umzuwandeln. Man habe Erfahrungen auf dem Gebiet und sei auch bei einem ähnliche Prozess beteiligt gewesen, als das »Sisi«-Schloss in Possenhofen aufgeteilt worden war.

Interessant war: Das Angebot musste losgeschickt worden sein, bevor der Artikel im *Starnberger Merkur* zu lesen war. Da musste jemand über besonders gute Informationen verfügt haben.

In der Nacht bekam der »Alte Esel« Besuch. Eine Gestalt näherte sich der Eingangstür und achtete darauf, dass kein später Spaziergänger mehr unterwegs war. Die Gestalt hatte einen Werkzeugkoffer dabei, huschte zum Seiteneingang und hatte die Tür geöffnet in einer Zeitspanne, die den Kratopek-Michi neidig gemacht hätte.

Zunächst ging die Gestalt die Treppe zu den Privaträumen nach oben, wo früher die Familie Schauer gewohnt hatte, später die Eheleute Popp, und wo es auch noch drei Fremdenzimmer gab. Die Gestalt machte Fotos. Ebenso unten in den Gasträumen, in der geplünderten Küche, in den Toiletten, im kleinen Nebenzimmer, im großen Saal.

Schließlich öffnete die Gestalt den Werkzeugkoffer, entnahm ihm zwei Dinge und ging ein weiteres Mal nach oben, wo sie circa zehn Minuten blieb.

Dann verschwand die Gestalt wieder, achtete aber darauf, die Seitentür wieder zu verschließen. Die zeitlich desorientierte Möwe ließ sich vernehmen – mit einem Schrei, der Anerkennung ausdrücken konnte, aber auch Langeweile oder Kopfschmerzen.

Frau Penz-Pigulla hatte alle Stammgäste des »Alten Esels« angeschrieben und zu einer Besprechung eingeladen. Vor Ort wolle man darüber diskutieren, ob die Wirtschaft zu retten sei oder nicht. Die ermittelnde Polizei konnte wenig Hoffnung machen, den flüchtigen Wirt und sein Diebesgut zu finden. Eine Entscheidung der Baronin über die Zukunft des Anwesens stand auch noch aus. Aber der Bürgermeister wollte keine Zeit verstreichen lassen und so bald wie möglich handeln.

Sie hatten Glück mit dem Wetter: An diesem späten Aprilnachmittag schien die Sonne. Hauptwachtmeister Schwamminger hatte vom Kratopek-Michi die Tür öffnen lassen, und jetzt konnten sich an die fünfzig Menschen ein Bild davon machen, wie groß der Schaden war. Darunter war auch eine Vertretung des Sportvereins, drei junge Burschen, die noch nie hier einen Sieg gefeiert oder eine Niederlage betrauert hatten. Und drei junge Mädchen, die sich neugierig und kichernd umsahen, vor allem im großen Festsaal: Hier hatte es früher regelmäßige Volkstanz-Veranstaltungen gegeben, so hatten es ihnen ihre Eltern erzählt. In der Kiste mit den Familienfotos gab es solche Fotos, die Vater und Mutter in Tracht zeigten, tanzend, hier in diesem großen Saal mit dem traurigen Klavier in der Ecke, den schmutzigen Leuchtern an der Decke und den ausgeblichenen, löchrigen Vorhängen.

Auch bei den anderen, meist ehemalige Gäste, war die Betroffenheit ziemlich groß. Die Gasträume hatte man zwar genauso in Erinnerung, allerdings fiel auf, dass die schönen alten Fenster, wohl aus Kostengründen, durch hässliche, zweckmäßige Löcher ersetzt worden waren. Beim Betrachten der Küche, der Vorratsräume, der Gästezimmer und vor allem der Toiletten sank der Optimismus beträchtlich.

Besonders schmerzlich war der Anblick des ehemals so hübschen »Salettls«, eines Pavillons, der rundum verglast war und in dem kleinere Gruppen feiern konnten. Es war schon sehr lange baufällig gewesen, sodass es eines Tages gesperrt werden musste. Regen und Schnee hatten zuverlässige Arbeit geleistet, und jetzt sah das kleine verspielte Bauwerk so aus wie ein Schneemann im Februar.

Auch die Möbel auf der Terrasse waren nicht mehr die, an die sich die früheren Gäste erinnerten. Jetzt standen da rund hundert billigste Plastikstühle, die früher einmal weiß gewesen, jetzt aber schmutzig grau waren. Bei einigen waren die Lehnen abgebrochen oder die Beine eingeknickt. Die dazu passenden Tische waren ebenfalls aus Plastik unterster Preislage. Ein längst verlassener Campingplatz hätte nicht trostloser aussehen können.

»Das wird teuer, das wird teuer ...«, murmelte Johann Wolf vom Baugeschäft – der mit dem grauen Pferdeschwanz – und besah sich den »Alten Esel« in einer Panoramaeinstellung. »Das Dach ist in Ordnung. Aber die Wände! Der Fußboden! Die Toiletten! Von der Küchenausstattung ganz zu schweigen. Und wennst rechnest ... 100 schöne Stühle und 25 Tische dazu – da bist ja allein schon bei 40 000 Euro. Alles in allem – ich tät schätzen ... mit 200 000 ist die Frau Baronin mindestens dabei.«

Bürgermeister Kuhn nickte. Diese Zahl war nicht geeignet, seinen Optimismus zu vergrößern. Er hatte einen dicken Kloß im Hals, aber er fühlte sich verpflichtet, seinen Mitbürgern Mut zu machen. Er versammelte nach der Begehung die Besucher auf der Terrasse, wo der Kratopek-Michi alle verfügbaren Stühle aufgestellt hatte. Die meisten der Anwesenden mussten stehen. Bürgermeister Kuhn betrachtete sich die Zuhörer, die er alle mit Namen kannte. Er kam sich ein bisschen vor wie auf einer Beerdigung, wo es galt, den Verblichenen noch ein letztes Mal zu würdigen.

»Liebe Zeislhöringer, liebe Mitbürger! Ihr habt euch jetzt angeschaut, wie es um den ›Esel‹ steht. Und ich glaube, euch ist das Herz so schwer geworden wie mir. Ich bin sicher, es gibt hier niemanden unter uns, der nicht schon einmal im ›Esel‹ gefeiert hätte, ein Fest, das wichtig war für sein Leben. Eine Hochzeit oder eine Beerdigung.«

»Einen Anfang und ein Ende!«, rief der Pfarrer Hallberger dazwischen, der hier mit seinem Besuch die Rechnung von so manchem Leichenschmaus vergrößert hatte.

Der Bürgermeister fuhr mit seiner Ansprache fort: »Vor beinahe 150 Jahren hat Graf Theodor von Waldeneck dieses Haus im italienischen Stil erbauen lassen, sodass es ein bisserl wie in der Toskana aussieht hier am Ufer des Starnberger Sees. Damals hat es noch keine Eisenbahn gegeben, und auch keine große Straße. Ein paar Jahre später ist ein kleiner Park entstanden. Beauftragt worden ist immerhin der Münchener Hofgartendirektor und Schöpfer der Parkanlagen von Linderhof und Herrenchiemsee, Carl von Effner, dem wir heute noch dankbar dafür sind.

In all den Jahren hat immer ein Mitglied der Familie Waldeneck drin gewohnt, und vor beinahe hundert Jahren hat sich dann Graf Bernhard von Waldeneck entschlossen, eine Wirtschaft daraus zu machen, den ›Alten Esel‹ – weil ein Esel im Familienwappen vorkommt und weil sich seine Familie schon immer einen Esel gehalten hat – als Glücksbringer. Der heutige alte Esel ist der Seppi, der jetzt seine Heimat verloren hat.«

Bürgermeister Kuhn musste kurz schlucken, ihm wurde weh ums Herz und weich in den Knien.

»Die Blütezeit unseres ›Alten Esels‹ waren die 50er- und 60er-Jahre. Die Älteren werden sich noch erinnern. Damals ist hier sogar ein Film gedreht worden, *Die Wirtin und der Wilderer* mit Marianne Hold und Gerhard Riedmann. Ich weiß es deshalb so genau, weil ich mitgespielt hab als kleiner Bub. Ohne Text, aber ich bin volle zehn Sekunden zu sehen – mit zwanzig anderen Zeislhöringer Buben.«

Zustimmendes Nicken unter den Zuhörern, von denen einige damals ebenfalls ihr Leinwanddebüt gegeben hatten.

»Und ich glaube, wir sind uns alle einig: Den ›Alten Esel‹ muss es weiter geben! Wir müssen alles tun, was wir können, damit wir auch in Zukunft in unserem ›Esel‹ feiern können!«

Beifälliges Gemurmel, stellenweise Applaus.

»Ich habe leider noch kein Signal von der Besitzerin, unserer lieben Baronin von Waldeneck, von der Schauer-Gisela. Aber ich befürchte, dass es kein großes Interesse von ihrer Seite geben wird, in den ›Esel‹ zu investieren. Vielleicht hat sie sogar völlig andere Pläne, was wir nicht hoffen wollen.«

Wieder Gemurmel, etliche Missfallensbekundungen.

»Und so frage ich euch: Wollen wir gemeinsam versuchen, den Esel zu retten? Wer kann etwas dazu beitragen? Einige spontane Helfer waren schon bei mir im Rathaus und haben ihre Unterstützung angeboten. Aber das wird nicht reichen. Jetzt sind alle Zeislhöringer aufgefordert! Denn alleine sind wir nichts, aber zusammen sind wir stark!«

Bürgermeister Kuhn wunderte sich, dass er für den abgedroschensten Satz den größten Applaus bekam, erinnerte sich dann aber daran, dass das in der Politik keine Seltenheit war.

»Ich habe hier eine große Sammelbüchse. Sie wird eine Woche im Rathaus stehen. Wir hoffen auf die Unterstützung der Kirche …«

Pfarrer Hallberger nickte so zaghaft, dass man es später nicht als Lüge bezeichnen konnte.

»… und der Johann Wolf hat angeboten, mit seinem Baugeschäft das Projekt zu unterstützen.«

»Aber nur, wenn *der* nicht mitmacht!« Das war Easy-Rider-Fan Wolf, und er deutete auf den Kastner-Willi.

So klein Zeislhöring auch war, aber es hatte zwei Baugeschäfte, die sich seit Jahren, wenn nicht Jahrzehnten, mit Inbrunst bekriegten. Das Baugeschäft Kastner hatte dem Baugeschäft Wolf schon so manchen Auftrag abgejagt – mit unlauteren Mitteln, wie der Rocker Wolf nicht müde wurde mitzuteilen, während der Konkurrent Kastner beteuerte, er mache einfach die bessere Arbeit und die besseren Preise.

»Langsam, Hansi!«, beruhigte der Bürgermeister den aufgeregten Wolf-Johann. »Es ist doch von Vorteil, wenn sich möglichst viele Helfer beteiligen, da kann man doch die geschäftliche Rivalität einmal beiseite lassen.«

»Ja niemals nicht!«, schrie der Wolf. »Wenn der Verbrecher auch nur einen Stein hier anrührt, bin ich weg. Verschwunden! Disappeared, you know!«

Das konnte der angebliche Verbrecher Kastner nicht auf sich sitzen lassen. Das kleine, würfelförmige Temperamentbündel mit den blond gefärbten Haarbüschelchen pumpte erst ein paar Sekunden lang und hielt dann aus sicherer Entfernung dagegen.

»Den Verbrecher nimmst du zurück, du Betrüger! Nur weil er eifersüchtig ist, bekämpft er mich schon seit Jahren! Dabei wissen wir doch alle, dass es die Firma Wolf ist, die schlampig arbeitet, und das auch noch zu Fantasiepreisen!«

Der Motorrad-Rocker musste zurückgehalten werden, sonst wäre er über fünf Tische hinweg gesprungen und dem Würfel an die Kehle gegangen.

»Schlampig? Hast du schlampig gesagt, du Haderlump, du ausg'schamter? Wie war denn des damals mit der Autobahn nach Starnberg?«

Der Kastner winkte höhnisch ab. »Geh weiter, des is doch schon ein halbes Jahrhundert her …«

»Das weiß ich selber, du Mistkerl, du miserabliger! Dein Vater war damals der Bürgermeister von Wangen und hat des Baugeschäft gehabt. Und mein Vater hat auch in Wangen gewohnt und wollt den Auftrag haben. Und was ist passiert? Der Bürgermeister hat sich selber den Auftrag gegeben! Und was noch viel schlimmer ist: Er hat mit voller Absicht die Autobahn ganz nah an Wangen vorbeigeführt, obwohl eine ganz andere Strecke geplant war. Und warum? Weil ihm die Grundstücke gehört haben! Die hat er sich teuer für den Autobahnbau abkaufen lassen, und dafür rauscht jetzt der Verkehr direkt an den Wohnhäusern vorbei! Da sieht man doch, was des für Leute sind, diese Kastner-Bagage!«

Jetzt war es der Kastner-Willi, den es nicht mehr auf seinem Platz hielt. Bedrohlich näherte er sich dem einen Kopf größeren Koch und ballte die rechte Hand zur Faust.

»Dafür verklag ich dich, du Verleumder! Du Hundskrippl, du elendiglicher!«

Mehrere Anwesende richteten ihre Blicke auf den Pfarrer, weil sie der Meinung waren, er wäre der Richtige, um hier einzugreifen.

Es war aber der Einerdinger-Max von der Freiwilligen Feuerwehr, der sich dazwischenwarf und die Kampfhähne auf Distanz hielt.

»Ruhe! Ruhe! Meine Herrschaften! Wir sind hier doch nicht beim Königlich Bayerischen Amtsgericht! Sind wir doch bitte friedlich und geben wieder Ruhe!«, versuchte der Bürgermeister die Lage zu entspannen.

Die beiden Baugeschäftsinhaber warfen sich finstere Blicke zu, dann zogen sie sich wieder auf ihre Plätze zurück.

Bürgermeister Kuhn hatte das ungute Gefühl, dass der »Esel« mit Eigeninitiative der Zeislhöringer nicht zu retten war. Er räusperte sich.

»Ich schlage vor, dass wir uns jetzt hier noch ein bisserl umschauen. Dann macht der Kratopek die Tür wieder zu und wir gehen alle nach Hause. Wir schauen, wie viel wir in einer Woche an Spenden zusammenbekommen haben, und wir warten ab, was die Frau Baronin für einen Vorschlag zu machen hat. Ich bedanke mich für eure Zeit – bis bald!«

Ein paar Hände rührten sich zum Applaus. Die meisten der Anwesenden traten bedrückt den Heimweg an. Vorher warfen sie noch einen wehmütigen Blick auf den See und auf das alte Gebäude.

»Das war ein Schuss in den Ofen!«, räumte der Igel in seinem Dienstzimmer ein. Frau Penz-Pigulla hatte einen unschönen Gesprächsbeitrag: »Am Anfang waren vierzig Euro in der Sammelbüchse, jetzt sind es nur noch zwanzig. So etwas nennt man Privatentnahme.«

»So wird das nichts!«, orakelte der Igel mit besonders vielen Falten auf der Stirn.

»Das ist zutreffend!«, kommentierte die Vorzimmerdame erstaunlich vielsilbig.

»Was schlagen Sie vor?«, fragte der Igel.

»Sind Sie hier der Politiker oder ich?«, lautete die Antwort.

Der Igel seufzte: »Wir brauchen jetzt keine Politiker, sondern Praktiker. Also: Was schlagen Sie vor?«

Frau Penz-Pigulla: »Erst muss die Baronin zustimmen. Dann braucht die Bewegung einen Kopf. Jemanden, der die Zeislhöringer überzeugen kann. Der muss nicht gebildet sein, aber er muss die Herzen gewinnen. Und dann braucht man noch ein vernünftiges System, damit sich die Leute nicht streiten.«

Der Igel stimmte zu: »Das ist alles richtig. Aber wer ist denn der geeignete Herzensbrecher? Und was kann das für ein System sein?«

»Den Herzensbrecher kennen Sie so gut wie ich. Und den Berater kennen Sie auch …«

Bürgermeister Kuhn erschrak: »Um Gottes willen. Sie meinen den Schorsch Scheberl!?«

»Genau den. Aus Untergamskornzeisgrubengernhaferlverdimmering.«

Der Igel verzog das Gesicht vor Schmerzen. »Dieser entsetzliche Wichtigtuer! Der Weißbier-Politiker mit den vielen Ehrenämtern, für die er nix tut! Der Ehrenvorsitzende von sämtlichen zwanzig Vereinen, die Pest auf Rädern!«

»Genau der!«

Nicht eine winzige Regung war im Gesicht von Frau Penz-Pigulla abzulesen. Und der Bürgermeister wusste, dass sie recht hatte.

»Und mit dem Herzensbrecher – da meinen Sie doch nicht am Ende mich?«

Die Vorzimmerdame antwortete knochentrocken: »Am Ende schon. Aber auch nur am Ende.«

6

Die zunächst geschlechtslose Person auf dem Fahrrad raste mit Höchstgeschwindigkeit durch den Nymphenburger Park. Haarscharf rasierte sie an Spaziergängern vorbei, die ihr erstaunt oder ärgerlich hinterhersahen oder auch etwas nachriefen. Tiernamen waren in der Mehrzahl.

So sehr Resi auch in die Pedale trat – das hohe Tempo konnte die fehlende Steigung nicht wettmachen. Immer nur in der Ebene bleiben, kein Höhenunterschied und dazu die vielen Menschen, denen man immer ausweichen musste, das war kein Spaß.

Schließlich gab sie auf, bremste auf dem Kies im Park und stieg ab. Es war einiges los an diesem wechselhaften Apriltag. Resi setzte sich auf eine Bank und nahm den Helm ab. Zu spät erinnerte sie sich daran, dass sie den Kopf nicht mehr schütteln musste, damit sich die Haare entfalten würden. Denn die Haare waren nicht mehr da.

Sie musste die Erinnerung an ein sehr unangenehmes Erlebnis wegradeln. Zwei Stunden zuvor hatte sie ein Vorstellungsgespräch gehabt, in Neuaubing, bei einem »Dienstleister für Telefon-Marketing«. Ein sehr norddeutscher junger Schnösel hatte ihr erklärt, wie ihr zukünftiger Job aussehen würde: Sie müsse Menschen am Telefon überzeugen, ein Internet-Lexikon zu abonnieren. Dreißig Euro im Monat für mindestens ein Jahr. Dafür hätte der Kunde Zugriff auf fulminante Datenbanken, in denen jedes Detail dieser Welt erklärt würde. Resis Aufgabe sei es, die Menschen davon zu überzeugen, dass kostenlose Internetangebote niemals die Tiefe und Kompetenz des zahlungspflichtigen Angebots haben könnten. Um diese These glaubhaft zu vermitteln, würde sie einen Monat geschult werden – auf eigene Kosten natürlich. Danach bekäme sie für jeden Vertragsabschluss zehn Euro. Bei möglichen vier Abschlüssen pro Stunde pro Arbeitstag also 320 Euro. Nicht schlecht, oder? Aber sie müsse sich natürlich diesen bayerischen Dialekt abgewöhnen, denn die Ansprechpartner säßen schließlich überall in ganz Deutschland.

Resi hielt die Rechnung für unrealistisch, das Lexikonangebot für überflüssig, das Unternehmen für unseriös, den Gesprächspartner für widerlich und ihre Anwesenheit für beendet. Nichts wie ab nach Neuhausen, das Fahrrad aus dem Keller geholt und in den Park gestrampelt.

Der breite Weg, der vom Park aus zum Schloss führte, wäre noch schöner gewesen, wenn es Bäume gegeben hätte. Aber eine Allee war wohl nicht gewünscht, damals, 1664, als Kurfürst Ferdinand Maria das Schloss in Auftrag gab als Geschenk für seine Frau Adelheid von Savoyen, weil sie ihm Max Emanuel als lang ersehnten Thronerben geboren hatte.

Resi hatte noch nie ein Schloss als Geschenk bekommen. Allerdings war sie auch noch nie verheiratet gewesen und hatte auch noch keinem Kurfürsten einen Thronerben geboren.

Was hatte sie eigentlich jemals von Toni geschenkt bekommen? Ein Fahrrad-Emergency-Set, eine Flasche Oil of Olaz, und, zum letzten Geburtstag, als Gipfel der Frechheit und Einfallslosigkeit, eine Dose Nivea-Creme.

»Die braucht man doch immer. Und bevor ich dir etwas Überflüssiges schenk, schenk ich dir lieber etwas Praktisches!«

Der Perfektionist hätte gut daran getan, etwas gegen sein romantisches Defizit zu unternehmen und sein kümmerliches Gentleman-Talent zu perfektionieren, das Panzernashorn, das bayerische!

Als Kind war Resi oft mit ihrem Vater hier im Nymphenburger Park gewesen. Der feudale Bau war zwar 200 Jahre älter als ihr Elternhaus, aber beide Bauherren hatten eine Vorliebe für Italien und die Toskana. Abgesehen von den Dimensionen waren durchaus Ähnlichkeiten vorhanden. Das Schönste an den Nymphenburg-Besuchen in ihrer Kindheit war der Spaziergang durch den angrenzenden Botanischen Garten gewesen. Resis Vater hatte stundenlang von den Pflanzen schwärmen und Resi hatte ihm stundenlang zuhören können.

Neben ihr auf der Bank nahm eine Mutter mit ihrer ungefähr vierjährigen Tochter Platz. Als Resi so alt war wie das Kind, standen ihr nur noch sechs weitere Jahre in einer intakten Familie bevor.

Bevor sie sentimental wurde, schwang sie sich wieder aufs Fahrrad und fuhr zu Schloss Blutenburg und von da in Richtung Süden, von Pasing nach Gräfelfing und dann weiter nach Planegg und Stockdorf – Kilometer für Kilometer, bis die Beine wehtaten. Und bloß nicht an dieses Monster von Mutter denken und schon gar nicht an das einzige Panzernashorn der Welt, das perfekt Tuba spielen konnte.

Innerhalb von nur einer Stunde verschlechterte sich das Wetter rapide. Aus einem zunächst noch frühlingshaften wurde ein stürmisch-kalter Apriltag. Das bekam Resi auf ihrem Fahrrad zu spüren, aber auch Frau Blümel, die Kindergärtnerin. Sie machte einen Spaziergang am See und merkte, wie der Wind sehr viel stärker wurde. Und plötzlich hörte sie ein merkwürdiges Knirschen und Quietschen, und dann sauste ein schweres, dünnes Rechteck an ihrem Kopf vorbei und blieb zitternd im Gehweg stecken, etwas Grünes, das aussah wie geriffeltes Backblech.

Da sauste ein weiteres Teil heran, und kurz darauf ein drittes – ein mysteriöser Backblech-Hagel! Frau Blümel sah sich gehetzt um, konnte aber keinen Verursacher entdecken. Erst ein weiteres Wimmern und Heulen ließ die Ursache erkennen: Der »Alte Esel« verlor seine Fensterläden. Drei hatten sich schon losgerissen und waren davongeflogen. Mindestens sieben weitere hingen noch in den Angeln. Sie wurden vom Wind geschüttelt, drei von ihnen würden jeden Moment aus den Angeln gehoben werden.

Frau Blümel brachte sich so schnell wie möglich in Sicherheit. Sie rannte am See entlang, nur weg von dem unheimlichen Haus! Mit hundert Meter Abstand wurde sie Zeugin, wie der »Alte Esel« sämtliche Fensterläden verlor. Ein Haus in der Mauser. Wer weiß, was da noch alles herunterkommen würde? Die Dachziegel, der Schornstein, vielleicht sogar die Balkone? Frau Blümel ging schnurstracks zum Rathaus, bewältigte die Strecke in fünf Minuten und wurde beim Bürgermeister vorstellig. Ganz klar: ein Fall für Schwamminger!

Der Hauptwachtmeister sperrte zunächst das Katastrophengebiet mit rot-weißen-Plastikbändern ab und nahm dann einen der Fensterläden in Augenschein. Es fiel sofort auf, dass er nicht etwa, wie man zunächst hätte vermuten können, vom starken Wind aus den Angeln gepustet worden war. Nein, der Fensterladen hatte die Angeln, in denen er befestigt war, gleich mitgenommen, und zwar beide, oben und unten. Eine Überprüfung der anderen Läden ergab: In allen Fällen hatten sich die herabgewehten Fensterläden zusammen mit ihren Angeln gelöst. Ein seltsamer Zufall!

Als Bürgermeister Kuhn von diesem Vorfall informiert wurde, war ihm sofort klar: Jetzt muss gehandelt werden! Er berief den zwölfköpfigen Gemeinderat zu einer Sondersitzung ein, und er nahm Kontakt auf zu einem Mann, von dem er nicht genau wusste, woher er ihn kannte und wer das eigentlich war. Es war einer von denen, die man überall trifft, die einen sofort freundlich grüßen, die in allen möglichen Gremien sitzen und angeblich einflussreiche Freunde haben: Schorsch Scheberl aus Untergamskornzeisgrubengernhaferlverdimmering. Ein Ort, von dem er immer launig sagte: »Des brauchts gar net guugeln, des is' ganz weit weg, und selbst da liegts noch dahinter.«

Sein Alter war undefinierbar, und seine Aufmachung immer gleich: kariertes Hemd, Cord-Trachtenjacke mit circa 50 Ansteckern und Ehrennadeln, speckige Hose. Eine Frisur wie ein Nistkasten, eine Brille mit Gläsern wie aus einer Windschutzscheibe geschnitten und zu jeder Tageszeit eine schwere Zunge – ein Typ, wie man ihn bei jedem CSU-Parteitag in hundertfacher Ausführung findet, und am Aschermittwoch in Passau in nahezu tausendfacher. Aber eben auch einer, der sagenhafte Verbindungen hat und eine Lösung für jedes Problem – manchmal allerdings eine, für die man lediglich in einigen Ländern Südamerikas nicht ins Gefängnis kommt. Aber für solche Fälle kannte der Schorsch dann auch wieder die Organe der Legislative und Exekutive, die für ihn immer ein offenes Ohr hatten.

Diesen Scheberl also sollte Frau Penz-Pigulla unbedingt für die nächste Gemeinderatssitzung einladen. Und wen hat sie damals eigentlich mit »Herzensbrecher« gemeint?

»Na, eine Galionsfigur. Ein Aushängeschild. Einen Sympathieträger.«

»Also so einen wie mich!?«

»Sie sind Politiker. Die Leute wollen aber einen Ehrlichen.«

Bürgermeister Kuhn musste seiner Vorzimmerdame recht geben. Die Hilfebekundungen in seinem Amtszimmer, der Lokaltermin, der Spendenaufruf – das führte nicht zum Ziel. Es musste ein vernünftiges System her, und es brauchte jemanden, der die Zeislhöringer kannte und sie emotional berühren konnte.

»Wer könnte das sein?«, fragte der Bürgermeister.

»Die Resi Schauer. Sie ist eine Hiesige und im ›Esel‹ aufgewachsen. Eine Bessere gibt es nicht.«

»Und sie ist gerade aus Zeislhöring weggezogen und hat sich vermutlich mit ihrer Mutter verkracht.«

»Beides lässt sich ändern.«

Der Igel kratzte sich am Kopf zwischen den Stacheln.

»Ich weiß noch nicht einmal, wo sie wohnt …«

»Fragen Sie den Toni.«

»Und wo wohnt der?«

»Wo wohnt einer, der sich gerade getrennt hat und nicht weiß, wo er hin soll?«

Der Igel schaute seine Vorzimmerdame unsicher an. Er wollte jetzt keinen Fehler machen.

»Im Hotel?«

»Bei seiner Mutter!«

Der Igel zuckte mit den Schultern. »Ich bin Bürgermeister und kein Psychologe.«

»Das ist der Fehler«, konstatierte Frau Penz-Pigulla und verließ unter knallartiger Geräuschentwicklung das Zimmer.

Der Gemeinderat war vollständig angetreten: Zwölf ehrenamtlich tätige Bürger Zeislhörings, sechs von der CSU, keiner von der SPD, ein Grüner, einer von den Freien Wählern und vier Parteilose.

Sie trafen sich wie immer im kleinen Besprechungszimmer, in dem eigentlich nur Platz für sieben war. Aber irgendwie hatte man sich immer um den Tisch gequetscht. Und heute war es besonders eng, denn es wurde Platz für zwei weitere Gäste gebraucht. Der eine war der Notar Köberle, ein fideler Mittsiebziger mit extrem buschigen Augenbrauen, und der andere war noch nicht da.

»Wozu brauchen wir denn einen Berater, wir sind doch wirklich selber schlau genug!«, maulte der Schindler-Pauli, das Ottfried-Fischer-Double von der CSU.

»Wartet es bitte ab, ich glaub, er kann uns helfen.«

»Dieser Scheberl ist doch in höchstem Maß unseriös!«, kommentierte Frau Kestin vom Fremdenverkehrsverein. »Also dass der überhaupt noch auf freiem

Fuß ist, das ist doch ein Wunder! In alle Affären der letzten zehn Jahre ist der verstrickt, von ganz viel Korruption ist da die Rede!«

»Als ob die bei euch im Norden völlig unbekannt ist!«, höhnte der Schindler. »Wir nennen das ›Nachbarschaftshilfe‹ und ›Sich erkenntlich zeigen‹!«

Und dabei machte er die international verständliche Geste, bei der man Daumen und Zeigefinger aneinander reibt.

Die Tür flog auf, und der Türrahmen wurde vollständig ausgefüllt von einer Figur mit kariertem Hemd, Cord-Trachtenjacke und speckiger Hose.

»Bin scho do, bin scho do, bin scho do! Servus miteinand, i bin's, der Schorsch!«

»Der ist ja völlig betrunken …«, flüsterte Frau Kestin, stieß aber nur auf Achselzucken.

»Servus, mein lieber Schorsch!«, begrüßte der igelartige Bürgermeister Kuhn den neuen Gast. »Danke, dass du dich herbemüht hast aus … aus…«

»Untergamskornzeisgrubengernhaferlverdimmering!«, half der Schorsch fröhlich aus. »Des brauchts gar net guugeln, des is' ganz weit weg, und selbst da liegts noch dahinter.«

Und dann lachte er dröhnend und haute vor Vergnügen mit der flachen Hand auf den Tisch.

»Du sag amal, Herr Bürgermeister, gibt's a Weißbier da herin bei euch? Beim Reden kommen die Leit z'samm, und bei einem Weißbier redet es sich gleich viel leichter. Stimmt's oder hob i recht, ha?«

Einige der Gemeinderäte pflichteten ihm sehr rasch bei, und so wurden unverzüglich etliche Flaschen des gesprächsverbessernden Getränks organisiert.

»Übrigens, bevor ich's vergess! Wir haben jetzt ja ein Neubaugebiet bei uns in Untergamskornzeisgrubengernhaferlverdimmering! 180 Grundstücke, und die besten sind noch frei! Vor allem die mit Seeblick! Gut, wir haben da jetzt noch keinen See, aber mit den Vorbereitungen für die Planungen wird vermutlich demnächst begonnen werden. Sprecht mich hinterher einfach darauf an, da mach ich euch super Preise, das ist alles überhaupt kein Problem!«

Die Gemeinderatsmitglieder wussten nicht, ob sie Spaß oder Abscheu empfinden sollten und überließen dem Bürgermeister die Steuerung des Ausnahmegastes.

Der Igel drohte immer mehr zur Kugel zu werden, entspannte sich dann aber wieder und klopfte seinem Besucher auf die Schulter.

»Ein echtes Original, der Herr Scheberl!«

»I bin der Schorsch aus Untergamskornzeisgrubengernhaferlverdimmering. Da bin ich der Vorsitzende aller zwanzig Vereine, auch vom Pfetteranenverein. Des passiert mir oft, dass die Leit sagn: ›Pfetteranen? Hast du da mit Viecher zum Tun?‹ – Weil sie einen Pfetterinär nicht von Pfetteranen unterscheiden können, des muss ma si amal vorstelln!«

Während er diese Jahrhundertanekdote erzählte, hatte sich der Schorsch ein Weißbier eingeschenkt – trotz der kurzen Zeit mit genau der richtigen Schaummenge. Und genauso schnell war es auch schon wieder geleert. Das hat er wohl schon jahrelang geübt, daheim in Untergamskornzeisgrubengernhaferlverdimmering. Die anderen Weißbier-Konsumenten hatten gerade einmal die Flasche geöffnet und waren bemüht, den Anschluss nicht zu verlieren.

»Mein lieber Schorsch ...«, rang der Bürgermeister um Haltung, »... wir haben dich eingeladen, weil du dich auskennst in der Politik und mit der bayerischen Lebensart.«

»Da hast recht, Bürgermoasta!«, pflichtete ihm der Schorsch bei. »Also wenn ihr ein Seegrundstück braucht, eine Kapitalanlage – überhaupt kein Problem! Sprecht mich hinterher einfach darauf an. Ma sagt ja bei uns: leben und leben lassen. Eine Hand wäscht die andere. Wias hoit so zugeht in unserem geliebten bayerischen Heimatland.«

»Bravo!«, rief der CSU-Schindler und nahm einen beeindruckenden Schluck aus seinem Weißbierglas – noch nicht die Scheberl-Liga, aber auf einem guten Weg dahin.

»Wos habt's ihr denn für ein Problem bei euch am Bonzensee? Ha? So viel Jaguar und Rolls-Roize und Lamborghettos wie bei euch hob i ja no nie auf an Hauf'n gsehn! Mir ham amal einen Porsche Cayenne g'habt bei uns in Untergamskornzeisgrubengernhaferlverdimmering, aber dann war der oanzige von der FDP nimmer im Gemeinderat, und dann hat des oanzige Hotel zugmacht, und dann war der Cayenne ebenfalls verschwunden. Dafür hammer jetzt an Asia-Imbiss.«

Der Bürgermeister starrte den Schorsch an wie eine Luftspiegelung, war für mehrere Sekunden nicht sprechtauglich, räusperte sich ausgiebig und machte einen weiteren Anlauf.

»Mein lieber ... äh ... Schorsch... die vielen Luxusautos, die fahren bei uns bestenfalls durch. Die Besitzer wohnen in Starnberg und drüben in Ammerland oder in Berg, aber nicht bei uns. Wir haben einen Bus. Dreimal am Tag. Aber darum geht's uns gar nicht. Wir wollen unser Wirtshaus retten, den ›Alten Esel‹.«

Der Schorsch blinzelte verschmitzt, wobei die dicken Brillengläser seine Augen grotesk vergrößerten.

»Aber das ist ja alles überhaupt kein Problem. Jetzt bringt ihr mir noch ein Weißbier, und dann sag ich euch die Lösung!«

Resi radelte immer weiter Richtung Süden. Sie wollten nicht wenden und zurückfahren, denn dann fuhr sie ihren Problemen nicht mehr davon, sondern wieder auf sie zu.

Das Ortsschild von Stockdorf lag hinter ihr, und sie überlegte, ob sie nach Gauting rechts abbiegen und über Andechs wieder zurückfahren sollte. Sie erinnerte sich: Hier links lag ein altes Wirtshaus, in dem sie früher als Kind ein paar Mal eingekehrt war. Ihr Vater hatte den Wirt gekannt, ebenfalls ein Franke. Hier, gleich hinter der nächsten Kurve, hinter den Bäumen, da musste es kommen.

Aber da war kein Wirtshaus mehr. Das Gebäude stand noch, keine Frage. Aber es war nicht mehr wiederzuerkennen. Was früher ein bayerisches Forsthaus war, hatte sich in eine luxuriöse Edelresidenz verwandelt. Ein riesiges Tor suggerierte Unüberwindbarkeit, mehrere Kameras überwachten Straße und Einfahrt. Die Fassade zierten jetzt weiß-graue Balkone, und man hatte zwei Säulen aus Marmor vor den Eingang gesetzt. Die Tür war aus Glas und Messing, die sprossenlosen Fenster aus Kunststoff, das Dach aus Kupfer mit Solaranlage und riesiger Satellitenschüssel.

Der Kinderspielplatz mit dem Klettergerüst und dem Karussell war einem großen Carport gewichen. Der ehemals dahinter liegende Biergarten war von der Straße aus nicht zu sehen, und Resi hatte keine Lust, sich sein heutiges Aussehen nach der Verwandlung vorzustellen – ein Hochsicherheitstrakt auf Basis einer bayerischen Traditionsgaststätte.

Resi hatte einen Geschmack von Bittermandeln im Mund, als sie sich schließlich auf den Rückweg machte.

Alles wartete gespannt, bis sich Schorsch Scheberl das Weißbier ins Glas gegossen hatte. Das ging erfahrungsgemäß schnell. Ebenso kurz war die Zeitspanne bis zum Ansetzen des Glases und der halben Leerung desselben. Der Schorsch wischte sich den Schaum vom Mund und eröffnete dann dem Gemeinderat von Zeislhöring seinen Plan. Zuvor aber gab es einen Anlauf auf wackligen Beinen und mit immer schwerer werdender Zunge.

»So, jetzt passt's amal auf, meine Freunde und Kameraden. Jetzt erklär ich euch, was ma da am besten macht mit euerm alten Muli!«

»Esel!«, korrigierte der Bürgermeister der Form halber.

»Einfach das Wirtshaus abreißen und als etwas anderes wieder aufbauen – geht nicht. Das könnt ihr verbieten, schließlich seid ihr der Gemeinderat, net wahr!« Er nahm einen tiefen Schluck aus dem Weißbierglas, das somit wieder so gut wie leer war. »In Luxuswohnungen umwandeln – geht auch nicht. Das könnt ihr auch verbieten. Über das Nutzungsrecht. Hab ich recht, Herr Notar?«

Notar Köberle musste seinen kleinen schweinsledernen Koffer nicht öffnen, die Antwort wusste er auch so: »Völlig richtig, netwahrundsoweiter!«

Schorsch Scheberl haute zur Bestätigung mit der flachen Hand auf den Tisch.

»Passt! Was aber passieren kann: Die Besitzerin kann das Haus verrotten lassen. Niemand kann sie zwingen, irgendwas zu investieren. Ihr dürft dann nach einer bestimmten Zeit protestieren, und dann muss das Landratsamt darüber entscheiden. Stimmt's, Herr Notar?«

»Wieder richtig, netwahrundsoweiter!«

»Na also!«

Schorsch Scheberl ließ eine Kunstpause eintreten und sah sich in der Runde um: »Was also tun, sprach Diogenes!«

Der Bürgermeister ersparte sich in diesem Fall eine Korrektur zu »Zeus« und wartete gespannt auf die jetzt bestimmt gleich folgende Lösung.

»Als Erstes beantragt ihr Denkmalschutz für euer Wirtshaus. Des is über hundert Jahr alt, oder? Na also, hammers doch schon!«

»Aber Denkmalschutz muss doch der Besitzer beantragen, also die Frau Baronin!«, gab der Einerdinger-Max zu bedenken.

Der Notar widersprach: »Nein, das kann auch die Gemeinde tun, wenn sie ein Interesse daran hat, dass das Gebäude zur Erhaltung des Erscheinungsbildes einen wesentlichen Anteil hat, netwahrundsoweiter!«

Schorsch Scheberl klopfte dem alten Mann auf die Schulter: »Sehr gut, Herr Notar! Ich hätt's nicht schöner sagen können! Und jetzt, meine Herrschaften, kommt der Moment, wo der Hammer den Nagel auf den Daumen trifft! Und zwar habe ich folgende verblüffende Mitteilung zu machen! Trocken habt ihr's da herin. Ich hab selten so ein trockenes Rathaus erlebt wie euers, wirklich wahr! Und ich kenn viele Rathäuser, nicht nur das von Untergamskornzeisgrubengernhaferlverdimmering …«

Ein weiteres Weißbier wurde herbeigeschafft, geöffnet, eingeschenkt und halb getrunken, das alles in einer Rekordzeit von unter 30 Sekunden.

Pause.

»Aber!«, schrie der Scheberl, und alle in der Runde erschraken. »Aber jetzt kommt die Lösung!«

Keiner wagte jetzt mehr zu atmen, zumal der Sauerstoffanteil in der Luft ohnehin immer mehr zugunsten des Weißbieraromas abnahm.

»Herr Bürgermoasta, über welche Summe reden wir?«, wollte der Schorsch wissen.

Der Igel blätterte in seinen Unterlagen: »Ich habe zwei Kostenvoranschläge, einen von der Baufirma Wolf, einen von der Baufirma Kastner. Die kommen beide auf ungefähr dieselbe Summe, nämlich 200 000 Euro.«

Den Schorsch ließ diese Summe unbeeindruckt.

»Des ist koa Dreecklacka, aber überhaupt kein Problem. Ich verkehre zwar viel in Adelskreisen, aber die Frau Baronin ist mir dabei noch nicht vor die Flinte gekommen. Wurscht. Ich brauch sie gar nicht zu kennen, aber ich glaub nicht, dass sie 200 000 Euro in ihr Wirtshaus investiert. Also müsst ihr einen Pächter finden, der diese Kosten übernimmt!«

»Das wird schwer werden …«, flüsterte der Notar.

»Genau das denke ich mir auch! Und deshalb habt ihr ja mich, den Schorsch Scheberl, damit er für euch eine Dings entwickelt, eine Stratigé! Einen Plan, net wahr!«

Gluckerglucker, da war das Glas geleert.

»Wisst ihr – ich kenn sie ja alle!«, verfiel der Schorsch in einen jovialen Plauderton. »Den Dings von BMW. Oder den andern von Siemens. Mit dem Ackermann von der Deutschen Bank war ich sogar schon einmal im selben Lokal, im Augustiner, einen Meter weiter am Nebentisch. Und weil ich mich auskenn in der Wirtschaft, und zwar nicht nur im Augustiner … das war ein Schpass …«

Die Atmosphäre war zu angespannt, als dass jemand gelacht hätte.

»Weil ich mich also auskenn, sag ich euch, was ihr macht. Ihr gründet eine AG. Eine Aktiengesellschaft.«

Stille. Keiner gab einen Laut von sich. Weder einen bewundernden oder zustimmenden, noch einen zweifelnden oder ablehnenden.

Der Schorsch schaute siegessicher in die Runde.

»Und? Was meint der Bürgermeister? Und der Herr Notar!«

Der zuletzt Angesprochene war als Erster zu einer Lautäußerung fähig und ließ lediglich seine Augenbrauen zittern.

»Also, die Aktiengesellschaft, abgekürzt AG, nach deutschem Recht ist eine von fünf Formen der Kapitalgesellschaft. Die rechtlichen Grundlagen finden sich im Ersten Buch des Aktiengesetzes, abgekürzt AktG. Netwahrundsoweiter. Die AG kann durch eine oder mehrere natürliche oder juristische Personen oder rechtsfähige Personengesellschaften gegründet werden, die die Aktien gegen Einlagen übernehmen, steht im Paragrafen 2 des AktG. Der Gesellschaftsvertrag – die Satzung – muss notariell beurkundet werden, des wär dann ja quasi durch mich, netwahrundsoweiter!«

Der Schorsch schaute triumphierend in die Runde: »Bitte sehr! Da habt ihr's! Eine Spitzenidee, glaubt's es mir!«

Der Notar war in seinem Element: »Das gezeichnete Kapital einer AG nennt man Grundkapital. Das müssten mindestens 50000 Euro sein, und das wird in Aktien zerlegt, netwahrundsoweiter! Und dann brauchen wir natürlich einen Vorstand, einen Aufsichtsrat und natürlich das Grundkapital!«

»Des klingt super, aber wahnsinnig kompliziert!«, seufzte Bürgermeister Kuhn.

»Schmarrn!«, kommentierte der Schorsch sachkundig. »Des is alles überhaupt kein Problem! Stimmt's oder hab i recht, Herr Gerichtsrat?«

Der Notar Köberle dozierte weiter: »Da rechnen wir einmal kurz im Kopf: 200000 Euro brauchen wir, dazu kommen Personal und eine Reserve, sagen wir zusammen 250000 Euro. Zeislhöring hat 2500 Einwohner. Wenn jeder eine Aktie im Wert von 10 Euro kauft, haben wir das Geld beieinander!«

Der Schorsch strahlte wie ein Lottogewinner. »10 Euro! Pro Kopf! Das ist doch überhaupt kein Problem!«

Der Notar fand immer mehr Gefallen an dem Gedanken. »Und dafür bekommt jeder Aktionär pro Jahr … sagen wir … eine halbe Bier und eine Portion Leberkäs. Und das zehn Jahre lang. Das ist eine Rendite, die ist besser als bei jedem Sparbuch!«

Der Einerdinger-Max zeigte sich als Bedenkenträger: »Entschuldigung bitte, aber eine Aktiengesellschaft ... das klingt scho arg pompös! Reicht denn da nicht ein Bankkredit oder so was?«

»Burschi, welche Bank gibt dir denn an Kredit auf nix!«, präsentierte der Schorsch seine Finanz-Kompetenz. »Eine Aktiengesellschaft ist eine saubere Sache, einwandfrei, überhaupt kein Problem!«

Der Notar nickte zustimmend: »Zumal der Gesetzgeber in den letzten Jahren da einiges an Erleichterung geschaffen hat, netwahrnetundsoweiter! Da gibt's zum Beispiel die sogenannte ›kleine AG‹, geregelt durch das Gesetz für kleine Aktiengesellschaften und zur Deregulierung des Aktienrechts. Und, Moment amal, da gibt's sogar die ›gemeinnützige AG‹, die wär dann sogar von Körperschaftssteuer und Gewerbesteuer befreit, netwahrnet. Also ich mach euch da einen Vorschlag: Des arbeit ich amal aus, des kostet auch nix. Des mach ich ehrenamtlich für unser Wirtshaus, netwahrundsoweiter.«

Der Bürgermeister hatte etliche Stunden mit einem Pflasterstein im Magen verbracht. Der war jetzt gerade dabei, sich aufzulösen. Ein Hoffnungsschimmer war aufgetaucht, vom Scheberl-Schorsch mit Weißbier an den Horizont gemalt!

Der Gemeinderat hatte das dringende Bedürfnis, der Enge des kleinen Besprechungszimmers zu entkommen, vor allem die Raucher. Man verabschiedete sich und versprach sich gegenseitig, sofort wieder zusammenzukommen, wenn etwas Beschlussfähiges erarbeitet worden war. Zurück blieben der Bürgermeister, der Notar und der Scheberl.

Zur Feier des Tages machte sich der Schorsch noch ein Weißbier auf, während der Bürgermeister ein paar Details zum Thema Aktiengesellschaft wissen wollte. Wer zum Beispiel sollte der Vorstand sein, der ins Risiko geht, die Verantwortung übernimmt und die Zeislhöringer davon überzeugt, zur Rettung ihres Wirtshauses eine Aktie der Leberkäs-AG zu erwerben?

Frau Penz-Pigulla kam herein und erwog einen Moment lang, in Ohnmacht zu fallen. Hätte sie tief eingeatmet, hätte sie sich vermutlich eine Alkoholvergiftung zugezogen.

Der Bürgermeister stellte die entscheidende Frage, und zwar eher an sich selbst als an die anwesenden Personen: »Wer pachtet den ›Alten Esel‹? Und wer ist der geeignete Vorstand für die Leberkäs-AG?«

»Ach, eine Aktiengesellschaft wollen Sie gründen?«, fragte Frau Penz-Pigulla, die an der Sitzung nicht teilgenommen hatte und mit der Getränke-Organisation beschäftigt war. »Eine gute Idee, das hätte ich Ihnen auch empfohlen! Und jetzt brauchen Sie also einen Pächter, einen Vorstand und einen Herzensbrecher!«

Der Notar blickte den Bürgermeister mit seinen unter dichten Augenbrauen verborgenen, winzigen, aber listigen Augen irritiert an, während der Scheberl seinen Beitrag als beendet ansah und lediglich physische Präsenz zeigte. In seinem Gesicht werkelte ein weißbierbasierter Bildschirmschoner.

Bürgermeister Kuhn wandte sich an den Notar: »Meine Mitarbeiterin meinte mit ›Herzensbrecher‹ eine Person mit erheblicher emotionaler Intelligenz. Jemanden, der die Zeislhöringer nicht nur mit Argumenten überzeugt. Aus Gründen, deren Erläuterung jetzt zu weit führen würde, komme ich dafür natürlich nicht infrage …«

Frau Penz-Pigulla ging nicht darauf ein: »Die richtige Person für diese Aufgabe steht vor der Tür.«

Sie trat beiseite und gab den Blick frei auf eine geschlechtslose Person in Radlertrikot, mit verspiegelter Sonnenbrille und futuristischem Helm. Der wurde jetzt abgenommen, eine Frau mit Kurzhaarfrisur stand vor ihnen und sagte:

»Herr Bürgermeister, ich würd gern alles dafür tun, damit der ›Alte Esel‹ gerettet wird.«

Frau Penz-Pigulla hatte bis jetzt in ihrem Leben nur sechsmal gelächelt. Jetzt lächelte sie das siebte Mal.

Bürgermeister Kuhn stand auf und war kurz davor, Resi zu umarmen. Das war ihm dann aber doch zu peinlich, und er sagte: »Ich glaube, jetzt ist es an der Zeit, einen alten Esel zu besuchen.«

7

Kann ein Tier einen Menschen nach zehn Jahren wiedererkennen? Seppi, der alte Esel, war eindeutig dazu in der Lage. Bürgermeister Kuhn und Resi hatten sich richtig verstanden: Nicht dem Wirtshaus statteten sie einen Besuch ab, sondern dem alten Esel Seppi, der Unterschlupf gefunden hatte im Gut Oberschwaige inmitten der fast doppelt so großen Pferde, wo er von der kleinen Magdalena täglich besucht wurde.

Als Resi den Weggefährten ihrer Kindheit das erste Mal nach langer Zeit wiedersah, musste sie vor Rührung weinen – und Seppi auch, so hatte es zumindest den Anschein. Zunächst legte er den Kopf schief und dachte nach. Dann aber wusste er wieder, wer da vor ihm stand. Er schüttelte heftig den Kopf und führte einen kleinen Tanz auf. Immer wieder stupste er Resi an, biss sie zärtlich in die Radlerhose, rieb seinen Kopf an ihrem Arm. Resi umarmte den Esel und sprach auf ihn ein, voller Freude und voller Rührung.

Schließlich setzten sich der Bürgermeister und Resi auf eine Bank, von der aus man hinunter auf Zeislhöring sehen konnte. Den See verdeckten Bäume und Häuser, aber das Dach des Wirtshauses war auszumachen. Es war frisch, und es wehte ein ziemlich kräftiger Wind. Er trieb die Wolken über den Himmel und zerzauste die Haare. Der Bürgermeister hatte einen Mantel an, Resi aber nur ihre Fahrradmontur. Aber sie fror offenbar nicht.

Resi konnte zunächst nicht viel erzählen. Sie war noch übermannt von der Wiedersehensfreude, aber auch von der Wiederbegegnung mit dem alten

Wirtshaus hinter Stockdorf, das man kaputtrenoviert und in Luxusappartements aufgeteilt hatte.

Der graue Igel neben ihr auf der Bank ließ ihr Zeit und wartete, bis Resi anfangen würde zu sprechen.

»Ich habe keine Ahnung, wie das werden wird und ob das zu schaffen ist. Aber ich will nicht, dass in mein Geburtshaus reiche Witwen aus dem Ruhrgebiet einziehen. Seppi muss wieder nach Hause. Und ich auch.«

Sie kraulte dem alten Esel, der neben ihr stand, das Fell und tätschelte seinen Kopf zwischen den großen, sehr beweglichen und aussagekräftigen Eselohren.

Der Igel blinzelte in die April-Sonne, die sich jetzt kurz zwischen zwei Wolken zeigte, und meinte:

»Punkt 1: Du musst mit deiner Mutter reden, sie muss ihre anderweitigen Pläne mit dem Haus vergessen und dich zur Pächterin machen.«

»Eine Kleinigkeit!«, meinte Resi lapidar.

»Das Haus und die Wirtschaft müssen dringend renoviert werden. Man rechnet mit 200 000 Euro. Diese Kosten wird deine Mutter wohl nicht übernehmen.«

»Da kommen Sie der Wahrheit ziemlich nah …«

»Traust du dir denn zu, eine Wirtschaft zu führen?«

Resi sah dem Igel tief in die Augen. »Herr Bürgermeister – ich bin in einer aufgewachsen!«

Der Igel grinste: »Stimmt. Zehn Jahre lang. Am Ende hast du sogar schon addieren können!«

»Und das kann ich heute noch!«

»Du brauchst Personal. Hast du darüber schon nachgedacht?«

»Was glauben Sie, was ich auf der Fahrt gemacht habe? Ich könnte meinen Onkel Edi fragen. Der hat früher für meine Eltern gearbeitet, ich bin bei ihm aufgewachsen, heut ist er pensioniert. Früher hab ich alles von ihm bekommen, was ich gewollt hab. Ich hab ihn um den Finger wickeln können! Und den Finger hab ich heut noch!«

Resi lachte, und jetzt war sich der Bürgermeister endgültig sicher, dass sie es ernst meinte.

»Und ich könnte die Jennifer fragen, das ist die jüngere Schwester der Jacqueline, die jetzt den Friseurladen betreibt. Die Jennifer hilft da gelegentlich aus, vielleicht hat sie Lust, sich Geld dazuzuverdienen.«

»Bliebe noch der Koch …«

Resi antwortete hastig: »Da kenn ich keinen.«

Der Igel schwieg.

Resi fauchte ihn an: »Ich weiß ganz genau, was Sie jetzt denken! Aber mit dem hab ich Schluss gemacht! Ein für alle Mal!«

»Wie mit Zeislhöring!«, schmunzelte Bürgermeister Kuhn. »Und trotzdem bist du wieder da!«

Resi funkelte ihn an: »Aber der Toni ist kein Dorf! Er ist ein Panzernashorn, ein Sturkopf, egoistisch wie Robinson Crusoe und sensibel wie ein Amboss!«

Der Igel lächelte sie friedfertig an. »Ich sag ja nicht, dass er dich heiraten soll. Er soll ja nur kochen!«

»Niemals!«, zischte Resi. Dabei hatte sie aber ein Funkeln in den Augen, das dem Bürgermeister signalisierte, dass dieses Thema noch nicht ausdiskutiert war.

»Weißt du, wo du wohnen wirst?«

»Beim Onkel Edi. Da gibt's immer noch mein altes Kinderzimmer von früher.«

Der Igel nickte. »Ja, das wäre natürlich eine Lösung. Ich mach nur kurz darauf aufmerksam: Im ›Alten Esel‹ gibt es auch noch ein Kinderzimmer von dir. Und daneben viel Platz – für Personal, für die Jennifer, für einen Koch …«

»Im Wirtshaus wohnen? Das kommt ja überhaupt nicht infrage! Da zieh ich lieber zu Ihnen in den Rathauskeller!«

Der Bürgermeister zog es vor, auch dieses Thema noch nicht als abgeschlossen zu betrachten.

»Gut. Bis hierher. Dann wäre wohl der erste Punkt auf der Liste: Besuch bei der alten Dame!«

Resi lachte bitter. »Alte Dame? Das ist ein Granitblock mit Migräne! Ob ich den knacken werde, weiß ich nicht.«

»Ich hätte ein kleines Hilfsmittel.«

Der Bürgermeister griff in die Innentasche seines Mantels und holte ein Briefkuvert hervor. Darin steckte ein Papier in der Größe einer Ansichtskarte. Resi nahm es vorsichtig in die Hand. Eine Zeichnung, mit Tusche und völlig unverkennbar: Das war Seppi, aber in jungen Jahren.

»Wo haben Sie das her?«

»Ich habe es geschenkt bekommen.«

»Von wem?«

In das Lächeln des Igels schlich sich jetzt eine wehmütige Note. »Von einer Frau.«

Resi schaute ihm ins Gesicht. »Die Ihnen wohl viel bedeutet hat.«

»Sehr viel«, bestätigte der Bürgermeister. »Aber das ist lange her, 35 Jahre.«

»Und wer hat das gezeichnet?«

»Ich.«

Resi staunte und lachte: »Eine echte Doppelbegabung! Bürgermeister und trotzdem Künstler!«

»Ich war ja nicht immer Bürgermeister. Vorher war ich Grafiker.«

Resi schaute sich bewundernd die Zeichnung an und entdeckte dann unten rechts die Signatur. »R. Kuhn« stand da mit feiner Schrift geschrieben.

»Das verstehe ich nicht. Sie haben das Bild, das Sie selbst gezeichnet haben, von einer Frau geschenkt bekommen?«

»Erst habe ich es ihr geschenkt, und als wir uns getrennt haben, hat sie es mir zurückgegeben.«

»Und wer war diese Frau?«

Der Igel blinzelte Resi ins Gesicht.

»Ein Mal darfst du raten ...«

Resi wusste in derselben Sekunde die Antwort: »Das gibt es nicht. Sie und meine Mutter!«

Der Igel schmunzelte: »Sie war ja nicht immer ein Granitblock mit Migräne ...«

Resi schüttelte den Kopf. »Davon hat sie mir nie etwas erzählt. Aber ... wenn ich drüber nachdenke ... sie hat mir eigentlich *nie* etwas erzählt ...«

Dem Bürgermeister wurde es zu kalt auf der Bank, und vielleicht war ihm die Geschichte auch peinlich.

»Nimm die Zeichnung mit und schenk sie ihr. Vielleicht bekommt der Granitblock dadurch Risse und du kannst ihr Herz sehen.«

»Registrierkassen haben kein Herz.«

Bürgermeister Kuhn stand auf und klopfte Resi auf die Schulter. »Viel Glück. Und einen schönen Gruß von Raini.«

»Von Raini?«

Der Igel zuckte mit den Schultern. »Weißt du eine bessere Abkürzung für meinen Vornamen?«

Resi lächelte und schüttelte den Kopf. Früher hatten dabei ihre Haare die Ohren berührt. Jetzt nicht mehr.

»Ich bleib noch ein bisserl hier sitzen und schaue mir meine neue Heimat an!«

»Mach das, Resi! Schön, dass ich dich wieder regieren darf!«

Resi lachte, und der Seppi, so schien es, lachte mit.

Da sie nun schon einmal mit dem Fahrrad in ihrer alten Heimat war, konnte sie auch gleich der Ilkahöhe einen Besuch abstatten. Und während sie durch den Wald den Berg hinaufradelte, so war der Plan, konnte sie sich in Ruhe zurechtlegen, wie sie das Gespräch mit ihrer Mutter eröffnen würde.

Sie verstaute also die Esel-Grafik in ihrer Satteltasche und stemmte sich in die Pedale. Vom Gut Oberschwaige aus waren es nur 15 Minuten bis zu ihrem Lieblingsort mit dem erhabenen Blick über den See bis zu den Alpen.

Aber die ersten Tritte waren wohl zu heftig. Oder sie war unkonzentriert beim Wechseln der Gänge. Auf alle Fälle gab es ein hässliches, metallisches Geräusch. Und dann sah sie die Bescherung: Die Kette war gerissen. An ein Weiterfahren war nicht zu denken. Das Emergency-Biker-Kit, das romantische Geschenk von Toni, war zwar dabei, aber damit konnte man den Schaden nicht beheben.

Es half alles nichts. Sie musste ihr Rad schieben, hinunter nach Zeislhöring, zum Fahrradladen, zu Toni. Ärgerlich! Peinlich! Demütigend!

Nach einer halben Stunde kam sie an und schob das Rad zum Hintereingang, wo die neuen Modelle, aber auch die reparaturbedürftigen Exemplare standen. Toni unterhielt sich gerade mit einer drallen Mittvierzigerin. Keck hatte sie ihre Sonnenbrille in die Haare geschoben, obwohl man an einem Apriltag wie diesem keine Sonnenbrille brauchte. Für Resis Geschmack war auch ein Knopf zu viel an der Bluse geöffnet, und gar so kokett musste man auch nicht die Füße übereinanderschlagen und hin- und herwippen.

Dem Toni schien das aber zu gefallen, man hörte ihn laut lachen. Dann sagte er etwas, und daraufhin kicherte wiederum die Dralle. Die nahm jetzt die Brille ab und einen Bügel in den Mund. Das schien Resi der geeignete Moment zu sein, um das Gespräch zu unterbrechen.

»Grüß Gott zusammen. Ich bitte um Entschuldigung, dass ich störe, aber ich wäre ein Notfall!«

Die Dralle kaute weiter an ihrem Brillenbügel und besah sich die plötzlich aufgetauchte Nebenbuhlerin.

Toni blieb völlig ruhig und emotionslos. »Einen kleinen Moment, Resi, ich bin gleich so weit. Ich muss nur noch die Kundin fertig bedienen!«

Kichern aus dem Mund der Blonden, die keinerlei Anstalten machte, Resi den Vortritt zu lassen. Mit geziertem Hochdeutsch kiekste sie: »Dann würd ich gern auf Ihr Angebot zurückkommen, dass Sie mir einmal zeigen, wie so ein E-Bike funktioniert. Ich kenn mich ja überhaupt nicht aus mit allem, was einen Motor hat. Da bin ich immer auf die Männer angewiesen!«

»Aber selbstverständlich zeig ich Ihnen das – und zwar mit meinem besten Gerät!«

Nahezu hysterisches Gewieher bei der Drallen. Dem Toni wurde das jetzt doch ein bisschen peinlich, und er wandte sich Resi zu: »Resi, was ist passiert? Ist es sehr dringend? Du siehst doch, dass ich eine Kundin hab!«

»Die Kette ist gerissen.«

Toni warf einen Blick auf den Schaden.

»Pass auf, Resi, lass des Radl da, ich mach's dir gleich morgen!«

Die Dralle quittierte diese Äußerung mit überlautem Lachen, und der Toni kannte, wie auch in allen Fällen vorher, nicht den Grund.

Resi überlegte, ob sie nachgeben sollte. Dass Toni auch nur den geringsten Gefallen an so einer billigen Person haben konnte, wollte ihr nicht in den Kopf. Oder führte er wirklich nur ein Kundengespräch.

Da plötzlich entschied sich der Toni um und sprach zur Drallen: »Wissen S' was? Schauen Sie sich doch bitte ein bisserl um unter den E-Bikes, ich bin gleich wieder da, gell?«

Dann nahm er Resi am Arm und ging mit ihr hinein in seine Werkstatt.

»Eine sehr anstrengende Person ... Wie geht's dir, Resi?«

Resi hatte nicht mit so einer Reaktion und Frage gerechnet und antwortete wahrheitswidrig mit »Gut!«

Der Toni fixierte sie und meinte dann: »Schön für dich. Mir geht's nicht gut. Du fehlst mir, und ich sehn mich nach dir, obwohl ich weiß, dass es nicht gut geht mit uns zwei. Ich würd am liebsten den Leberkäs aufessen und behalten!«

»Du bist der erste Mann, der mich mit einem Leberkäs verglichen hat!«, antwortete Resi, war aber nicht böse.

»Ja mei, ich bin halt ein Kavalier alter Schule. Leider ein paar Mal sitzen geblieben …«

Toni schaute sie mit seinen blauen Augen so umwerfend intensiv an, dass ihre Kniekehlen beinahe den Dienst versagten. »Und, Resi, ich sag dir ganz ehrlich: Ich kann keine Fahrräder mehr sehen. Am liebsten würd ich ganz etwas anderes machen!«

»Wie wäre es mit Kochen?«

Resi wollte diesen Satz nur denken, aber da war er schon ausgesprochen. Hab ich das wirklich gerade gesagt?, fragte sie sich im Stillen.

Der Toni wollte antworten, aber da schaute die Dralle zur Werkstatttür herein: »Huhu! Also ich wär dann so weit!«

Der Toni rief: »Ich komm gleich!«, worauf die Dralle mit einem koketten »Wie schön!« reagierte.

Zur Resi sagte er: »Wie meinst du das mit dem Kochen? Als Beruf? Wüsstest du da eine Stelle für mich? Nehmen die denn einen Ungelernten wie mich?«

»Du bist der Beste!«, sagte Resi leise, und das Panzernashorn sah jetzt gar nicht mehr aus wie ein Panzernashorn, sondern wie der Wildschütz Jennerwein.

»Huhu! Herr Fahrradverkäufer! Wann helfen Sie mir denn in den Sattel?«, ließ sich die Dralle vernehmen.

Resi lächelte ihn an und sagte: »Jetzt kümmer dich um deine Kundschaft und pass auf, dass bei ihr alles an der richtigen Stelle sitzt. Ich komm morgen wieder. Mach's gut, Toni!«

»Du auch, Resi!«

Jetzt wäre die Möglichkeit für ein kleines Küsschen gewesen – auf die Wange, wie man es alten Tanten oder Arbeitskolleginnen gibt. Aber es fand nicht statt.

»Frau Penz-Pigulla, kommen Sie doch bitte einmal kurz zu mir!«

Die Vorzimmerdame erschien im Büro des Bürgermeisters und meinte »Champagner! Sie haben sich meinen Namen gemerkt!«

»Wenn das weiter alles so gut läuft, kauf ich Ihnen eine ganze Kiste!«

»Auf dieses Wahlversprechen komme ich zurück.«

Bürgermeister Kuhn war jetzt zu unternehmungslustig, um an seinem Schreibtisch zu sitzen. Er legte die Hände auf den Rücken und tigerte hin und her. Also setzte sich Frau Penz-Pigulla auf den Besucherstuhl, denn sie mochte keine Tiger.

»Die Resi wird mit ihrer Mutter sprechen und den ›Alten Esel‹ pachten – wenn alles gut geht. Und wir werden eine Aktiengesellschaft gründen – wenn alles gut geht. Und die Resi wird den Vorstand machen – wenn alles gut geht. Und dann kauft jeder Zeislhöringer eine Aktie, und wir renovieren unser schönes altes Wirtshaus!«

»Wenn alles gut geht ...«, ergänzte Frau Penz-Pigulla, um dem Bürgermeister Arbeit abzunehmen.

»Wie informieren wir denn die Zeislhöringer darüber, haben Sie da eine Idee?«

»Zwei sogar. Wir haben doch unser kleines Nachrichtenblatt, das einmal im Monat erscheint und das in jeden Briefkasten gelegt wird. In der Mai-Ausgabe schreiben wir das so auf, wie Sie das gesagt haben. Und dann laden wir die Zeislhöringer ein zu einer Informationsveranstaltung, und da können sie dann auch gleich die Aktien kaufen. Oder zeichnen, wie wir in Börsenkreisen sagen.«

Das war viel Text, aber mit sehr viel weniger Wörtern wäre das nicht zu formulieren gewesen.

Bürgermeister Kuhn meinte: »So etwas Ähnliches habe ich mir auch schon gedacht.«

»Natürlich!«, sagte Frau Penz-Pigulla ironiefrei.

Der Igel setzte seine Wanderung fort und dachte weiter laut nach: »Da müssten wir den Artikel schreiben und veröffentlichen und haben eventuell zu diesem Zeitpunkt noch keine Zusage von der Resi oder ihrer Mutter. Egal, wir sind optimistisch und wünschen uns das so sehr, dass es bestimmt eintritt. Und diese Informationsveranstaltung ... Wo könnte die denn stattfinden? Wir haben ja keinen großen Saal bei uns in Zeislhöring?«

»Doch. Einen haben wir. Im ›Alten Esel‹.«

Der Igel blieb stehen.

»Stimmt! Und da machen wir das auch!«

Jetzt war es Frau Penz-Pigulla, die eine Frage stellte. »Aber entschuldigen Sie, Herr Kuhn – wir dürfen da gar nicht hinein. Wir haben auch gar keinen Schlüssel!«

»Aber wir haben den Kratopek-Michi. Der ist besser als jeder Schlüssel.«

»Das ist Hausfriedensbruch! Wenn das die Frau Baronin erfährt!«

»Dann ...« – der Igel holte tief Luft – »wird uns leider der Schwamminger alle verhaften.«

Resi hatte ihr Lieblingskleid angezogen, das Blaue mit dem dezenten kleinen weißen Muster. Eigentlich war es zu kalt für diese Jahreszeit, aber sie wollte ihrer Mutter in einem Kleidungsstück entgegentreten, in dem sie sich absolut wohlfühlte – nicht für einen Büßergang, nicht wie eine Bittstellerin, sondern wie eine Tochter, die ihre Mutter besucht und einen Wunsch äußert.

In ihrer Longchamps-Handtasche waren die Tuschezeichnung mit dem Esel – und der originale Pachtvertrag, den damals ihr Vater unterschrieben hatte. Resi hatte ihn geerbt, zusammen mit vielen anderen Unterlagen, an denen ihre Mutter kein Interesse hatte.

Sie klingelte, und nach einer Ewigkeit ertönte der Türöffner. Der Eingang roch nach Marmorpflegemittel und nach Geld.

Gisela Schauer, die geborene Frau Baronin, hatte dieses Mal eine Garderobe gewählt, mit der sie auch zu einem Wohltätigkeitsdinner hätte gehen können. Sie saß am großen Esstisch, ihr gegenüber ihr Vermögensverwalter, Dr. Krampl, mit seiner Gelfrisur in Tango-Schwarz.

Er war nicht erfreut, Resi zu sehen, erhob sich aber von seinem Stuhl. Die Frau Baronin sah kaum auf und war gerade dabei, Unterlagen zu unterschreiben.

»Hallo, mein Schatz, schön, dass du mich besuchst!«, sagte sie geistesabwesend.

»Gschamster Diener!«, verbeugte sich ihr Vermögensverwalter leicht, mit einer Eleganz, die er bestimmt auf der Wiener Hofreitschule gelernt hatte.

»Grüß Gott zusammen! Ich möchte nicht lange stören, ich bin nur vorbeigekommen, weil ich dich um etwas bitten möchte … Mama!«

Die Anrede verfehlte ihre Wirkung nicht. Die Frau Baronin blickte auf und griff nach ihrer Brille, die an einer goldenen Kette an ihrem Hals hing. Dann wurde sie aufgesetzt. Die Gläser vergrößerten die Verblüffung, die in den Augen ihrer Mutter lag.

»Das ist ja … erstaunlich … Soll uns der Herr Dr. Krampl allein lassen?«

»Nein, es ist sogar gut, wenn er dabei ist. Entschuldigen Sie bitte, dass ich von Ihnen in Ihrer Anwesenheit in der dritten Person rede, aber Sie als Wiener werden das nicht als Unhöflichkeit auffassen!?«

»Nein!« Dr. Krampl witterte die Gefahr, aber höflich fügte er hinzu: »In der Hofzuckerbäckerei Demel ist das für die Angestellten sogar Pflicht!«

»Mama, ich möchte dir einen Vorschlag machen. Ich spreche im Namen von ganz Zeislhöring – immerhin deinem Geburtsort – wenn ich sage: Wir wünschen uns, dass es das Wirtshaus weiter gibt.«

Dr. Krampl lachte spöttisch, doch die Frau Baronin hörte weiter zu.

»Und?«

Bevor Resi weitersprechen konnte, fiel ihr Krampl ins Wort: »Aber verehrte gnädige Frau! Wir waren uns doch einig, dass das keine Option ist. Völlig unwirtschaftlich und unlukrativ! Denken Sie nur an die Renovierungskosten! Die Ausstattung! Es ist ja praktisch nichts mehr da außer ein paar alten Sesseln. Und die sind eigentlich reif für den Mistkübel! Es liegen schon etliche Angebote von Investoren vor, und Sie haben sich doch eigentlich auch schon entschieden!?«

»Ich weiß. Darf ich bitte weiter meine Tochter anhören?«, fragte die Baronin leise.

Resi hörte ihr Herz so laut in ihren Ohren schlagen, als hätte sie In-Ear-Kopfhörer, die direkt mit dem Inneren ihres Brustkorbs verbunden waren.

»Mama, ich möchte dir anbieten, dass ich den ›Alten Esel‹ von dir pachte – wie du damals von deinem Vater.«

Die Frau Baronin stand auf und ging zu einem Tischchen mit einer Wasserkaraffe. Sie goss sich ein Glas ein und nahm einen großen Schluck. Dann massierte sie sanft ihre Schläfen mit den Fingerspitzen.

»Mein Kind … ich würde dir den Wunsch ja gern erfüllen … aber das Haus muss renoviert werden. Und das Geld dafür habe ich nicht!« Ein flackernder Blick zu ihrem Vermögensverwalter, der bestätigend nickte.

»Ich habe schon einen Weg gefunden, das Problem zu lösen. Erfüllst du mir den Wunsch?«

Die Frau Baronin sah erneut zu Dr. Krampl, der die Augen schloss und den Kopf schüttelte.

Wieder ein Schluck aus dem Wasserglas.

»Ich glaube, die Geschichte des ›Esels‹ ist zu Ende.«

»Ich bin dort geboren und aufgewachsen. Für mich ist seine Geschichte niemals zu Ende.«

»Mein Kind, die Dinge sind nun einmal so, wie sie sind.«

Sie wandte den Blick ab, ihre Hände zitterten.

»Würden Sie jetzt bittschön gehen, Fräulein Therese? Ich glaube, Ihr Besuch ist für Ihre Mutter zu aufregend«, ließ sich Dr. Krampl mit gedämpfter Stimme vernehmen.

Resi wollte am liebsten brüllen, am zweitliebsten heulen. Sie entschied sich aber für die dritte Möglichkeit, die sie im Kopf schon an die hundert Mal durchgespielt hatte.

»Mama, ich möchte dir etwas schenken. Von jemandem, den du kennst. Von Raini.«

»Ich kenne keinen Raini. Was für ein blöder Name!«

Resi holte die Zeichnung aus ihrer Tasche und reichte sie ihrer Mutter. Die nahm die kleine Karte in die Hand und führte sie an ihre Augen. Ihre Hände zitterten jetzt noch mehr.

»Ist das … Seppi?«

Dr. Krampl ahnte, dass sich hier Dinge abspielten, die nicht in sein Konzept passten: »Hochverehrte gnädige Frau, Sie sollten das jetzt wirklich abbrechen, bittschön!«

Er wollte sie am Arm nehmen und zum Sofa oder aus dem Zimmer führen, aber Frau Baronin lehnte ab.

»Ja, das ist der Seppi … Meine Güte! Wie geht's ihm denn? Lebt er noch?«

»Ja, er lebt noch, und es geht ihm gut. Aber er hat seine Heimat verloren. Und ich möchte, dass er sie bald wieder bekommt.«

Dr. Krampl wurde nervös: »Frau Baronin, Sie werden doch wegen so einer schlechten Zeichnung nicht Ihre Dispositionen ändern!?«

Aber die Frau Baronin wurde gerade zu Gisela Schauer und fragte ganz leise ihre Tochter: »Wer hat dir das gegeben?«

»Derjenige, der es gezeichnet hat … und der es dir geschenkt hat … und der noch heute an dich denkt!«

Die letzte Behauptung war erfunden und improvisiert, aber Resi war der Meinung, dass sie an dieser Stelle ruhig etwas dicker auftragen konnte. Immerhin wurde sie Zeugin einer emotionalen Reaktion ihrer Mutter. Dieses Erlebnis hatte sie zwanzig Jahre lang nicht, und davor auch nur sehr selten.

»Rainer«, flüsterte die Mutter. »Wie geht es ihm?«

»Er ist unser Bürgermeister, Mama!«

»Oh. Ich habe mit einem Bürgermeister namens Rainer telefoniert. Aber da habe ich nicht gewusst, dass es dieser Rainer ist!« Ein Lächeln spielte um ihren Mund, und Resi meinte, dass sie in den Augen etwas glitzern sah.

Dr. Krampl versuchte, die davonschwimmenden Felle auf Wienerisch zu retten: »So, und jetzt setz mer uns ganz kommod in den weichen Sessel und entspannen uns. Und das Fräulein Tochter lässt uns jetzt bittschön alaanig. Die Frau Baronin braucht jetzt Ruhe!«

Die Frau Baronin blieb aber noch stehen und schaute auf die Zeichnung. Dann blickte sie wieder auf ihre Tochter.

»Therese … ich weiß nicht … ich bin ganz durcheinander … ich muss darüber nachdenken.«

»Frau Baronin!«, rief Dr. Krampl und vergriff sich dabei in Tonfall und Lautstärke.

Da griff Resi zum letzten Mittel, das sie sich ausgedacht hatte. Es kostete sie große Überwindung, und sie spürte, wie ihr Mund dabei trocken wurde. Sie machte einen Schritt auf ihre Mutter zu und nahm sie in die Arme. Sie spürte diesen leichten, dünnen, zitternden Körper, und sie merkte, wie die Mutter ganz langsam ihre Arme anhob und die Umarmung erwiderte.

Die beiden blieben lange so stehen, zum großen Missfallen von Dr. Krampl. Schließlich lösten sie sich wieder. Resi schaute ihrer Mutter in die Augen, die jetzt erfüllt waren mit vielen, vielen Tränen. Da musste auch Resi weinen. So hatte sie ihre Mutter noch nie in ihrem Leben gesehen.

Dann wollte Gisela Schauer etwas sagen, aber sie konnte es nicht. Stattdessen schaute sie noch einmal die Tuschezeichnung an. Und dann ihre Tochter. Und dann nickte sie.

8

Eine Woche später gab es in Zeislhöring kein anderes Gesprächsthema mehr: Der »Alte Esel« macht wieder auf. Wie man hört, wird er so schön wie früher. Die Resi Schauer kümmert sich darum, und vielleicht kann man da dann auch wieder hingehen, so wie früher einmal, bevor der Beder Bobb alles hat verkommen lassen. Und eine Aktiengesellschaft soll es geben, was immer das auch ist, aber für zehn Euro soll man dabei sein, und man bekommt dann sogar noch etwas für sein Geld!

So ungefähr war es im kleinen Mitteilungsblättchen zu lesen, und auch der *Starnberger Merkur* hatte das Thema noch einmal aufgefrischt und aktualisiert.

An jedem Samstagvormittag war Wochenmarkt auf dem kleinen Platz zwischen Rathaus, Kirche und Wertstoffhof.

Ein Fleischhändler fuhr dafür extra aus Garmisch-Partenkirchen hierher, schon seit vielen Jahren. Er bekam die Geschichte von mehreren Kunden erzählt, und er erklärte sich bereit, mindestens fünf Aktien zu kaufen, auch wenn er sonst mit dem Ort nichts zu tun hätte. Es war wohl weniger innerste Überzeugung als eine Aktion zur Kundenbindung.

Etliche ältere Zeislhöringer, die den »Esel« seit ihrer Kindheit kannten, freuten sich sehr über die Aussicht, wieder ein repräsentatives Ausflugsziel zu bekommen, waren aber wegen der Aktiengesellschaft beunruhigt.

»Muss ich da jetzt ein richtiger Aktionär werden? Mit Jahreshauptversammlung und Vorstandswahl?«, wollte die Kindergartenleiterin Frau Blümel wissen.

Neben ihr am Gemüsestand wartete der Apotheker Enderlein und beruhigte sie: »So schlimm wird es schon nicht werden. Die machen das bestimmt nicht so kompliziert. Und selbst wenn – dann sehen wir uns halt zusätzlich zum Markt einmal im Jahr bei der Hauptversammlung!«

Eine Welle des Mutes und der Energie erfasste Zeislhöring, Miesepeter waren nicht bekannt. Noch war zwar nichts beschlossen oder verkündet, aber immerhin bewegte sich etwas – und das nach den vielen Jahren, in denen alles immer nur zurückgegangen war! Geschlossene Läden und Betriebe, leerstehende Wohnungen, schwindende Mitgliederzahlen in den Vereinen und Verbänden. Endlich ging es wieder aufwärts, wenn auch nur in den Köpfen der Bürger und noch lange nicht auf dem Papier, geschweige denn im »Alten Esel«.

»Herr Gebauer, der Herr Hanselmann wäre jetzt da!«

Die Vorzimmerdame des stellvertretenden Starnberger Landrats Günther Gebauer unterschied sich erheblich von ihrer Kollegin in Zeislhöring: eine junge, topgestylte Schönheit im schwarzen Business-Kostüm. Ihre Schuhe mit den spitzen Absätzen stellten eine permanente Bedrohung für den schönen Parkettfußboden dar.

Günther Gebauer, wie immer mit perfekter Ananasfrisur, studierte gerade zum wiederholten Male den Artikel im *Starnberger Merkur* über die Wiedereröffnung des »Alten Esels«.

Dann kam Herr Hanselmann herein, ein melancholisch dreinblickender, aber nicht unfreundlicher

Langzeit-Beamter, der Termine im Büro seines Chefs überhaupt nicht schätzte.

»Mein lieber Herr Hanselmann!«, freute sich Herr Gebauer, und von seinem Tonfall ging eine große Gefahr aus. »Wie geht es Ihnen? Wie lange sind Sie jetzt schon bei uns?«

»Gut 32 Jahre«, war die knappestmögliche Antwort.

»Da kennen Sie doch bestimmt den ›Alten Esel‹ in Zeislhöring?«

»Ja.«

Günther Gebauer musterte den grauen Hanselmann mit seinen wenigen über die Glatze gelegten Haaren und seinem Seehundsschnauzbart.

»Sie sind kein Freund von großen Worten, was?«

»Ja.«

»Was bedeutet dieses Ja?«

»Ja, ich bin kein Freund von großen Worten.«

War das schon aufsässig oder nur maulfaul? Gebauer würde es herausfinden.

»Herr Hanselmann, wann haben Sie denn das letzte Mal den ›Alten Esel‹ in Augenschein genommen?«

»Ja.«

Der stellvertretende Landrat wurde langsam nervös.

»Was bedeutet denn jetzt schon wieder *dieses* Ja?«

Hanselmann überlegte: »Ja … wann hab ich denn das letzte Mal den ›Alten Esel‹ in Augenschein genommen … Jetzt weiß ich es wieder: Das war vor einem halben Jahr. Reine Routine. Keine Beschwerde. Es war alles in Ordnung. Kein Musterbetrieb, aber auch keine Auflagenverstöße.«

Das war offenbar nicht ganz die Antwort, die Gebauer hören wollte.

»Soso. Naja …«

Gebauer schaute wieder auf den Zeitungsartikel.

»Sie haben bestimmt gelesen, dass das Wirtshaus wieder eröffnet werden soll!?«

»Ja.«

Gebauer zuckte kurz zusammen und nahm sich vor, seine Fragetechnik zu verändern.

»Wenn es einen neuen Pächter geben sollte, dann müssen Sie doch da erneut kontrollieren? Sagen Sie nichts, ich kenne die Antwort … Die letzte Konzession hat der ehemalige Wirt vor zwanzig Jahren bekommen. Mittlerweile haben sich aber einige Vorschriften geändert. Das heißt, es gelten die Regeln von heute und nicht die von damals. Richtig?«

»Ja.«

»Mit anderen Worten: Was bis vor Kurzem erlaubt war unter dem alten Pächter, gilt nicht automatisch für den neuen?«

»Ja.«

Gebauer war wieder irritiert. »Nein?«

»Ja, es gilt nicht automatisch für den neuen!«

Gebauer spürte deutlich die Ablehnung, was ihn aber nicht weiter störte.

»Es sei denn, das Haus würde unter Denkmalschutz stehen, dann gäbe es Ausnahmeregelungen? Ich denke da an Fluchtwege, behindertengerechte Toiletten und so weiter …«

»Ja.«

»Das habe ich mir gedacht. Aber der Antrag dafür ist noch gar nicht eingegangen …«

Hanselmann hätte noch Etliches dazu sagen können, aber er mochte seinen Chef nicht. Warum sollte er also auf Fragen antworten, die dieser noch gar nicht gestellt hatte?

Gebauer überlegte kurz und ließ dann für einen Moment die Maske des jovialen Vorgesetzten fallen.

»Herr Hanselmann, ich wünsche, dass Sie diesen Sachverhalt für sich behalten. Es ist nicht Ihre Aufgabe, angehende Gastronomen zu beraten. Alles, was mit diesem Projekt zu tun hat, möchte ich unverzüglich wissen. Haben wir uns verstanden?«

Das war eine Mischung aus Befehl und Drohung. Hanselmann zog es also vor, die letzte Frage nicht verbal, sondern mit einem Kopfnicken zu beantworten, auch wenn er sich nicht erklären konnte, warum Gebauer ausgerechnet bei diesem Projekt so heftig reagierte.

Da Gebauer nichts mehr fragte, stand Hanselmann auf und verließ mit einem gemurmelten Gruß das Zimmer. Hanselmann würde heute Abend gleich seine Mutter fragen, die in Zeislhöring aufgewachsen war. Vielleicht wusste sie etwas von einem Vorgang in der Vergangenheit, der eine Erklärung für Gebauers seltsames Verhalten sein konnte.

Der Lastwagen fuhr langsam die kleine Allee hinunter und hielt unten bei dem Rondell. Resi stieg aus. Erst sah sie hinaus auf den See, als wage sie es noch nicht, auch das Haus zu betrachten. Schließlich war es so weit. Sie schaute sich ihr Geburtshaus an, das erste Mal nach langer, langer Zeit. Zunächst fühlte sie den Schmerz. Sie erinnerte sich daran, wie sie als zehnjähriges Kind aus dieser Haustür gekommen war. Onkel Edi hatte auf sie gewartet. Ihre Eltern hatten sich ein letztes Mal angesehen und waren dann in zwei verschiedenen Autos in zwei verschiedene Richtungen davongefahren. Der Onkel hatte die kleine Resi an der Hand genommen, in ein drittes Auto gesetzt und war mit ihr weggefahren. Ihr Vater hatte sich noch einmal nach ihr umgedreht, ihre Mutter nicht.

Diese trübe Erinnerung war stärker als die schönen Momente. Die Schaukel gab es noch, den Sandkasten, nur die Rutsche war jetzt eine andere. Die Fenster, der Schornstein, die Balkone, die pastellfarbenen Gemälde auf der Fassade – alles so, wie es die kleine Resi gespeichert hatte.

Die beiden starken Männer vom Umzugsunternehmen fingen an, die großen Gegenstände auszuräumen. Sie waren deponiert worden, jetzt wurden sie wieder gebraucht. Ihr Aufenthalt bei Claudia in Neuhausen war kürzer ausgefallen, als sie vermutet hatte.

Resi ging um das Haus herum zum Seiteneingang, der zu den Wirtschafts- und Privaträumen führte. Dort wurde sie von Bürgermeister Kuhn erwartet – und vom Kratopek-Michi, der gerade die Schlösser austauschte. Der Bürgermeister hatte sich seine Igel-Stacheln heute besonders geschmeidig gebürstet und den Anzug für besondere Anlässe angezogen. Also den anderen. Er strahlte über sein sympathisches Igelgesicht, als er Resi sah.

»Willkommen zu Hause!«

Er schüttelte Resi kräftig die Hand. Am liebsten hätte er sie umarmt, aber das erschien ihm unangemessen.

Resi holte den Pachtvertrag aus der Handtasche und wedelte damit vor Kuhns Gesicht: »Ich hab ihn! Sie hat tatsächlich unterschrieben, die Königskobra!«

Kuhn lächelte: »Bitte sprich nicht so über meine Beinahe-Ex-Verlobte!«

Resi nickte lächelnd. »Ja, das sollte ich nicht tun. Denn dieser alten Geschichte und der Zeichnung haben wir es zu verdanken, dass ich heute hier stehe. Hier entlang bitte, meine Herren!«

Das war an die starken Männer gerichtet, die fragend herüberschauten.

Der Bürgermeister sagte: »Ich habe hier einen Zettel vom Jack, das war der letzte Stammgast.«

Resi musste lachen: »Das war er schon, als ich noch nicht geboren war.«

»Er hat aufgeschrieben, wer im ›Alten Esel‹ zu Gast war, damals und heute. Das hilft dir vielleicht für die Neueröffnung.« Er überreichte ihr das Blatt. »Ich lass dich jetzt allein. Der Michi gibt dir danach die Schlüssel von den neuen Schlössern. Und hier hab ich noch etwas für dich ...«

Er holte aus einer Aktentasche ein altes Handy heraus, ein schweres Brikett mit winzigem Display.

»Hier, das ist mein altes Dienst-Handy. Bitte vorsichtig damit umgehen, die vom Deutschen Museum sind schon ganz scharf drauf. Die Rechnung geht aufs Rathaus, da du ja jetzt quasi auch eine Gemeindemitarbeiterin bist. Da ist der Zettel mit der Rufnummer und der PIN. Und jetzt alles Gute – für uns alle!«

Er packte Resi an den Schultern und schüttelte sie ein bisschen, was wohl als aufmunternde Geste gemeint war. Dann übermannte ihn die Rührung, er schniefte und verschwand ganz schnell aus ihrem Blickfeld.

Der Michi war jetzt fertig und öffnete stolz die Tür. Was Resi sofort entgegenschlug, war der beißende

Geruch der Toiletten. Das musste dringend geändert werden! Dann ging sie langsam die Treppe nach oben. Die Bilder an den Wänden waren immer noch dieselben. Oben betrat sie den Flur. Vier Türen links, zwei rechts. Die beiden rechten gingen zum Bad und zur Toilette. Und links – da war früher das Schlafzimmer der Eltern, dann ihr Kinderzimmer, dann ein Raum voll mit Gerümpel und am Ende das Gästezimmer. Ein Wohnzimmer gab es nicht, Wohnzimmer – das war das ganze Haus.

Welches Zimmer sollte ihr neues Zuhause werden? Sie öffnete die erste Tür. Hier hatten Peter Popp und seine Frau gewohnt und am Ende nur noch Peter Popp. Die Möbel hatte er zurückgelassen, was verständlich war – billig, ungemütlich, zweckmäßig.

Das Zimmer daneben – das war Resis Reich gewesen. Sehr zögerlich drückte sie die Klinke und machte die Tür auf. In diesem Raum war die Zeit stehen geblieben. Nichts war verändert worden. Ihre Puppen saßen noch im Schrank, das kleine Kaffeeservice stand daneben. Ihr Kinderschreibtisch sah so aus, als hätte sie vor einer Stunde ihre Hausaufgaben gemacht, sogar die Bleistifte lagen noch da.

Daneben stand der Turm mit der Stereoanlage, mit Kassettenrekorder und Plattenspieler – alles von der Kaufhausmarke Universum, damals vom Mund abgespart und in Raten bezahlt.

Auf der anderen Seite befand sich das Sofa mit dem Bettkasten, in dem das Bettzeug verstaut war. Der Kasten war allerdings leer. Das dürfte allerdings so ziemlich die einzige Veränderung gewesen sein, die hier vorgenommen worden war. Sogar die Poster hatten überlebt: Michael Jackson, Take That, die Kelly Family und die Schlümpfe.

Resi machte die Tür wieder zu. Sie fühlte sich noch nicht in der Lage, das Bücherregal zu überprüfen, nach alten Briefen zu suchen oder Fotos anzuschauen.

Das dritte Zimmer war leer. Da hatte also jemand in den letzten dreißig Jahren einmal aufgeräumt und den Sperrmüll entfernt: kaputte Terrassenstühle, alte Kaffeemaschinen, ausgediente Vorhänge. Was sich halt so ansammelt im Laufe der Jahre.

»Bitte alles hier hinein!«, sagte sie zu den starken Männern. »Stellen Sie alles einfach irgendwohin!«

»Das ist unsere Spezialität!«, grinste ein starker Mann zurück.

Nun schaute sie auch noch in den vierten Raum, das ehemalige Gästezimmer. Auch hier sah es noch aus wie auf ihrem Gedächtnisfoto. Der röhrende Hirsch und der Dürersche Hase über dem Doppelbett, dazu ein Schrank und ein Tisch, alles Baujahr 1962.

Nun noch schnell ein Blick ins Bad: so wie damals, sauber, in Ordnung. Die Toilette: immer noch mit dem Wasserkasten oben an der Decke und der Kette mit dem Porzellangriff. Ein kurzer Versuch: Der Spülvorgang war einwandfrei. Also auch hier kein großer Handlungsbedarf.

Während die starken Männer ihr Auto leer- und das Zimmer vollräumten, ging Resi die Treppe hinunter und in die Küche.

Der Anblick verpasste ihr einen Stich ins Herz. Die Küche war so gut wie leer und sehr schmutzig. Ein paar alte, hässliche Holzregale hingen an der Wand, darauf ein paar Plastikeimer und Blechdosen. Das Spülbecken war noch das von damals und der alte Heizkörper auch. Alles andere war abmontiert und wegtransportiert worden. Abdrücke am Fliesenboden zeigten, wo einmal der Herd gestanden hatte, der Kühlschrank, die Geschirrspülmaschine, der Tisch für die Vorküche, die Gefriertruhe, die Schränke für die Töpfe und das Kochgeschirr. In einer Ecke hatte es früher einen Tisch und ein paar Stühle gegeben, da hatte sie als Kind oft zu Mittag oder zu Abend gegessen oder auch Hausaufgaben gemacht, wenn es in der Gaststube zu voll und in ihrem Zimmer zu einsam war. Sogar diese Möbel, die sie so geliebt hatte, hatte Peter mitgenommen. Es musste ihm sehr schlecht gegangen sein am Ende.

Da! Eine alte Pfanne hing noch an der Wand. Sie war die einzige Veteranin, die zurückgelassen worden war. Resi war zwar informiert, dass Peter Popp alles gestohlen hatte, aber der Anblick schockierte sie sehr. Wie mochte es ihr gehen, wenn sie jetzt gleich dieGaststube betreten würde?

»Besser!«, stellte sie erleichtert fest. Ähnlich wie ihr Kinderzimmer war auch dieser Raum wie in einer Zeitkapsel aufbewahrt und von allen Entwicklungen verschont worden. Die Wände waren immer noch halbhoch holzgetäfelt, die Kleiderhaken aus Messing. Die alten Fotos ihrer Vorfahren, die Urkunden, auf den Regalen an der Wand die alten Pokale – niemand hatte hier jemals etwas verändert. Sogar das Bild, das sie als Kind gemalt hatte, hing noch an derselben Stelle: »Sonnenblumen, gemahlt von Resi Schauer«. Auch der Schreibfehler hatte die Zeiten überdauert.

Der Fußboden war ein Grund zum Weinen: Die uralten Bohlen hatten schwer gelitten, waren malträtiert und gequält worden. Teilweise waren handtellergroße Stücke herausgebrochen und notdürftig mit Sperrholz geflickt. Die Scheuerleisten hingen an dünnen Nägeln oder waren nicht mehr vorhanden. An vielen Stellen gab es große schwarze Flecken, die sich im Laufe der Zeit in das Holz hineingefressen hatten. Zufällig angebrachte Fußboden-Intarsien aus Bier, Schweinsbratensoße, Kaffee, Rotwein – ein Forensiker hätte interessante Ergebnisse erzielen können.

Wie man den Geruch aus dem Raum bekommen würde, das wäre noch zu klären. Was man verändern sollte, ohne den Charakter zu zerstören, und was man modernisieren konnte, ohne dem Raum die Seele zu nehmen – darüber müsste intensiv beraten werden.

Der Tresen war noch derselbe wie an dem Tag, als das Wirtshaus eröffnet wurde, ebenso wie die Regale dahinter mit den Gläsern und den Schnapsflaschen.

Ein starker Mann streckte den Kopf zur Tür herein. »Wir wären dann fertig, Frau Schauer!«

Sie gab den beiden ein großzügiges Trinkgeld und bedankte sich. Was sie da oben auf welche Weise abgeladen und hingestellt hatten – das zu überprüfen hatte noch Zeit. Erst wollte sie weiter auf Forschungsreise in die Vergangenheit gehen.

Im kleinen Nebenzimmer, wo gern und oft Karten gespielt wurde, war der Geruch lange nicht so intensiv. Offenbar war es nicht mehr so oft benutzt worden oder vielleicht auch gar nicht mehr. Sie hatte diesen kleinen Raum mit den Kassettenfenstern immer sehr geliebt. Ihre Kindergeburtstage waren hier gefeiert worden, und wenn ihr Leben hier weitergegangen wäre, dann hätten in diesem Raum bestimmt auch kleine Partys stattgefunden. Dazu aber war es nicht mehr gekommen.

Der große Festsaal nebenan war gar nicht so groß, wie sie ihn in Erinnerung hatte. Die Bühne bot immerhin Platz für eine Blaskapelle, wenn auch nicht in ganz großer Besetzung. Das Klavier stand immer noch am selben Fleck und war wohl nicht allzu gut behandelt worden. Aber es gab noch den Leinenvorhang mit dem bayerischen Wappen darauf. Früher waren hier sogar Theaterstücke zur Aufführung gebracht worden. Sie erinnerte sich an eine Inszenierung von »Der verkaufte Großvater« mit ihrem Opa in der Hauptrolle!

Vor der Bühne, auf die ein kleines Treppchen führte, war ein ziemlich großer Tanzboden, und davor standen viele lange Tische, mit der schmalen Seite Richtung Bühne aufgestellt. Die Wände waren holzverkleidet, was dem Raum eine angenehme Akustik verlieh. Auch wenn sich viele Menschen gleichzeitig unterhielten, dröhnte und schepperte es nicht in den Ohren. Und Musik, gleich welcher Art, klang wunderbar warm, satt und gutmütig.

Hatte es nicht auch einmal eine Jazzband gegeben, die hier gespielt hat? Sie holte den Zettel von Jack hervor, den mit den Stammgästen von einst und jetzt. Und tatsächlich: Da standen fünf Namen von der ehemals über die Grenzen von Zeislhöring hinaus bekannten Dixieland-Band »Starnberg Stompers«. Ihrer Erinnerung nach waren es damals insgesamt sieben Musiker, und sie konnte sich den traurigen Grund für die zwei fehlenden Namen vorstellen.

Vom großen Fenster aus konnte man das Salettl sehen. Ihr Vater hatte den kleinen Pavillon immer so genannt, später hat sie erfahren, dass das Wort vom italienischen »saletta« abgeleitet wurde, also einem »Sälchen«.

Als ganz kleines Kind hatte sie noch drin spielen dürfen, was sie sehr geliebt hatte! Eines Tages aber war ein Balken von der Decke gefallen und hatte sie nur knapp verfehlt, und danach war ihr der Aufenthalt im »Sälchen« verboten worden. Man hatte es abgesperrt und nie wieder betreten. Traurig sah es aus mit seiner abgeblätterten Farbe und den größtenteils kaputten Glasscheiben.

Plötzlich hörte Resi ein Geräusch, ein Scharren und Poltern. Sollte einer der Umzugsleute noch da oder wiedergekommen sein? Resi ging zurück in den Eingangsbereich der Seitentür. Kein Zweifel – da stand ein Mann. Aber er rührte sich nicht. Resi, eigentlich kein ängstlicher Typ, bekam ein flaues Gefühl im Magen.

»Hallo?«, rief sie. Und bekam eine Antwort: »Ja?«

»Wer ist denn da?«

Da endlich konnte sie erkennen, um wen es sich handelte: Es war Toni, und er hatte ihr Fahrrad dabei.

»Ich bin's, dein Lieblingseinbrecher. Du hast doch dein Fahrrad abholen wollen! Aber ich weiß ja, dass wichtige Sachen passiert sind. Der Kuhn hat mir gesagt, dass du heute hier ankommst – und da wollte ich es dir vorbeibringen.«

Er zeigte auf Resis Fahrrad – mit reparierter Kette.

»Das ist aber lieb, Toni!«

Toni lehnte das Fahrrad außen an die Wand und blieb unschlüssig stehen.

»Das ist heute dein erster Tag? Nach zwanzig Jahren?«

Resi nickte. »Ich weiß noch nicht, ob es die richtige Entscheidung war. Ich wollt ja eigentlich weg von hier – vom ›Alten Esel‹, von Zeislhöring und von dir.«

»Aber?«, machte ihr der Toni einen Vorschlag für einen Satzanfang.

»Aber es schaut so aus, als ob's nicht geht.«

Der Toni wollte etwas Ähnliches sagen wie »Das freut mich!«, aber er schluckte es ungesagt herunter.

»Gut. Dann geh ich wieder. Zurück muss ich laufen. Der Weg ist weit. Und ich will noch vor Sonnenuntergang wieder in Laramie sein!«

Der Toni grinste schief und tippte mit zwei Fingern an einen nicht vorhandenen Cowboyhut.

»Toni!«, rief Resi etwas zu laut und viel zu schnell. »Toni!« machte sie einen zweiten Anlauf, leiser und langsamer. »Du warst doch bestimmt auch schon lang nicht mehr da herin. Willst du dir anschauen, wie's aussieht?«

»Warum nicht?«, murmelte Toni und trat näher. Weil die Resi im Türrahmen stehen blieb, musste er sich an ihr vorbeidrücken und berührte sie dabei zwangsläufig. Und er konnte riechen, wie sie roch, und beides war ihm alles andere als unangenehm.

Resi führte ihn durch die Gaststube, die der Toni ähnlich bestaunte wie vorhin die Resi. An die Theateraufführungen im Festsaal konnte er sich nicht erinnern. Damals, als es die Gruppe noch gab, hatte er mit seiner Mutter in Münsing gelebt.

An das kleine Nebenzimmer hatte der Toni keine Erinnerung, an den Festsaal natürlich schon. Und auch Toni sah das einsturzgefährdete Salettl und meinte: »Also wenn du den ›Alten Esel‹ wieder gesund pflegst, dann musst du das mit dem Salettl auch machen! Das hat es einfach verdient!«

Resi pflichtete ihm bei und bereitete ihn auf einen noch deprimierenderen Anblick vor: die Küche. Toni war entsetzt. »So eine Sau. Alles hat er mitgehen lassen. Da brauchst du ja eine komplette Ausstattung! Das wird teuer!«

Resi zuckte mit den Schultern. Darüber war sie sich im Klaren, als sie den Entschluss gefasst hatte.

»Wollen wir uns noch den Keller anschauen? Da haben wir als Kinder immer gespielt und uns gefürchtet!«

Resi und Toni öffneten die Tür zur Treppe, die nach unten führte. Hier gab es einen Waschraum – ohne Waschmaschine. Die Wäscheleinen waren noch aufgespannt, eine alte Bettdecke hing anklagend im hintersten Eck. Auch einen Trockner hatte es wohl einmal gegeben. Ob der erst seit Kurzem verschwunden oder schon vorher verkauft worden war – keiner wusste es.

Im Raum daneben die Heizung, die einen ordentlichen Eindruck machte. Dann ein Vorratsraum mit ein paar wenigen Dosen und Eimern und ein Raum mit Gartenutensilien, mit Harken, Besen und einem verrosteten Benzinrasenmäher.

Resi wollte wieder nach oben gehen, da fiel dem Toni eine weitere Tür auf: »Wo geht es denn da hin, was ist denn da dahinter?«

Resi dachte nach – und sie wusste es nicht.

»Komisch. Ich kann mich nicht erinnern, dass es da noch weitergeht. Das gehört dann auch schon gar nicht mehr zum Keller vom Haus. Mach auf, wenn du dich traust …«

Beherzt machte Toni die Tür auf, die sich sehr schwer nach innen drücken ließ. Erst einmal sah man nichts. Denn im Unterschied zu den anderen Räumen gab es keine Fenster. Erst nahmen sie einen Geruch war, ein bisschen süßlich, aber auch würzig, nach Holz, nach Hefe, nach Getreide – und nach Bier.

Und jetzt, als sich ihre Augen an die Dunkelheit gewöhnt hatten, erkannte sie, wo sie waren: in einem großen Raum mit halbgerundeter Decke, einem gemauerten Gewölbe. Darin ein Gang, links und rechts davon große, fast mannshohe Bierfässer. Pro Reihe bestimmt sieben, wenn nicht zehn Stück.

Toni strahlte über das ganze Gesicht wie ein kleiner Junge in einem Spielwarenladen – oder wie ein großer Junge in einem Apple-Store: »Natürlich! Hier ist doch früher einmal Bier gebraut worden! Das sind die Fässer, in denen das Bier gelagert worden ist! Schön kühl, bei 10 Grad, eine ideale Temperatur!«

Resi schaute sich wie verzaubert um. Und dann fragte sie Toni: » Ich denk, du bist nur Spezialist für Fahrräder? Und jetzt kennst du dich auch beim Bierbrauen aus?«

»Ja, das hab ich einmal gelernt, in Weihenstephan. Das geht ganz schnell, wenn man ein bisserl aufpasst.«

»Du bist gelernter Bierbrauer?«

»Unter anderem ...«

Resi war perplex. »Das hast du mir ja nie gesagt?«

Toni antwortete: »Du hast mir ja auch nicht alles über deine Vergangenheit erzählt. Komm, wir gehen wieder, sonst wird's dir zu kalt.«

»Erzähl *du* mir nicht, wann es *mir* zu kalt wird!«, flackerte die kampflustige Resi wieder auf, aber sie wurde gleich wieder versöhnlich: »Du hast recht, es ist wirklich kalt …«

Aber dann fesselte etwas ihre Aufmerksamkeit. Am Ende des Ganges war schemenhaft ein Regal wahrzunehmen, und da war etwas in Reih und Glied einsortiert und aufbewahrt. Man konnte es leicht übersehen in diesem Halbdunkel, zumal es dieselbe Farbe hatte wie die Backsteinwand dahinter.

Resi ging darauf zu und erkannte fasziniert, was es war: Bierkrüge, große und kleine, insgesamt wohl an die hundert Stück. Und alle hatten dieselbe Aufschrift: »Zum Alten Esel 1920«.

Resi flüsterte ehrfürchtig: »Schau dir das an, Toni! Die sind an die hundert Jahre alt. Aus dem Jahr, in dem der ›Alte Esel‹ eröffnet worden ist! Du, die verwenden wir wieder! So etwas hat kein anderes Wirtshaus!«

Toni warf einen Blick auf die alten Tonkrüge, ihn beschäftigte aber ein anderer Gedanke: »Dann muss es hier auch noch irgendwo die eigentliche Brauerei geben. Mit großen Bottichen. Wo könnte die denn sein?«

Resi schüttelte den Kopf: »Keine Ahnung. Ich kann mich nicht erinnern, dass ich als Kind hier eine Brauerei gesehen hab. Das würd man sich doch merken!«

Sie verließen den Keller und gingen wieder die Treppe hinauf nach oben.

»Und jetzt schaun wir noch schnell, wo der Seppi gewohnt hat. Und wo er bald wieder wohnen wird! Drüben, im Heuschober!«

Toni ging mit ihr aus dem Haus und über den Hof hinüber zu dem großen Holzhaus.

»Merkwürdig! Hast du ›Heuschober‹ gesagt?«

»Ja natürlich. Was ist denn da so merkwürdig dran?«

Toni fuhr sich mit dem Rücken seines Zeigefingers mehrere Male über den Schnauzbart.

»Schau, die Gegend hier rund um den Starnberger See, die ist bekannt für Fischfang, aber nicht für Landwirtschaft. Ein paar wenige Bauern hat es gegeben und gibt es immer noch, aber hier, beim ›Alten Esel‹, ist weit und breit kein Feld und keine Wiese. Also auch kein Heu. Warum braucht man da einen Heuschober?«

»Na für den Seppi!«, jauchzte Resi und sprang auf die Stalltür zu. Ja, hier hatte er immer gestanden und auf Besuch gewartet. Und bald würde er an seinen angestammten Platz zurückkehren.

Toni schaute sich um. »So ein großes Haus … Da ist doch noch mehr herin als nur ein Esel …«

Und wieder fand er eine Tür. Sie war schwer zu erkennen, denn man hatte Strohballen davor gestapelt und Schaufeln und Harken daran aufgehängt.

Diesmal war die Tür abgesperrt. Toni drückte und wackelte und zerrte – und da sprang das morsche Schloss auf, und die Tür war offen.

Hier war Resi noch nie im Leben gewesen, und was sie sah, sah sie zum ersten Mal: einen kupferfarbenen, breiten Bottich, der sich nach oben verjüngte und in einem ebenfalls kupferfarbenen, dicken Rohr endete, das oben aus dem Dach des Heuschobers trat. Unten hatte der Bottich große Schrauben und Klappen und sah ein bisschen so aus wie eine Illustration aus einem Science-Fiction-Buch des 19. Jahrhunderts. Ob man damit ins All fliegen oder unter Wasser tauchen konnte, war noch nicht klar. Die Klappen waren offenbar dazu da, ins Innere des Bottichs zu schauen oder etwas hineinzuschütten oder zu entnehmen. Daneben standen zwei Messinstrumente, an denen man ablesen konnte, was sich im Inneren abspielte.

»Resi, das war eine Brauerei ...«, flüsterte der Toni ehrfürchtig.

»Ah so«, flüsterte Resi verständnislos zurück.

Toni näherte sich dem Bottich wie einem Altar und schaute sich alles genau an. Strohreste lagen darauf, eine dicke Staubschicht hatte sich angesammelt, und die Anzeigen auf den Messinstrumenten waren fast blind.

Toni klopfte vorsichtig daran herum und öffnete eine Klappe. Er sah und roch hinein. Dann folgten seine Augen dem Rohr nach oben bis unter die Decke.

»Resi«, sagte der Toni mit trockenem Mund, »so wie das aussieht, ist das funktionstüchtig. Du könntest für dein neues Wirtshaus dein eigenes Bier brauen! Das wäre einfach riesig!«

Der Toni bekam plötzlich einen Lachanfall und hob Resi hoch. Er tanzte mit ihr ein paar Runden durch den dunklen Heuschober und ließ sie dann wieder vorsichtig auf den Boden zurück.

»Entschuldigung, Resi, aber das freut mich wahnsinnig! Das wär eine Riesenchance für den ›Alten Esel‹. Ich glaub, du musst das unbedingt machen!«

Resi wollte ihre Haarmähne ordnen, bis sie wieder einmal merkte, dass sie keine mehr hatte.

»Jaja«, sagte sie mit verhaltener Freude, »... aber dann bräucht man ja auch jemand, der das Bier braut.«

Der Toni schaute die Resi lang an. Dann wurde sein Gesicht sehr ernst.

»Komm, wir gehen hinaus. An den See.«

Sie setzten sich auf die Terrasse und schauten auf das Wasser. Die Alpen waren nicht zu erkennen, dazu fehlte die Sonne. Der See spiegelte die Farbe der Wolken und war somit grau. Aber auch mit der Farbe einer Schiefertafel war er nicht bedrohlich, nicht majestätisch oder erhaben oder beeindruckend, sondern vertraut wie ein Freund.

Resi wollte das Gespräch nicht eröffnen und wartete darauf, dass der Toni etwas sagte. Das tat er schließlich auch: »Das wär also die freie Stelle, von der du gesprochen hast?«

Resi nickte stumm.

»Reizen tät mich das schon … Immer nur Fahrräder an Zuag'roaste verkaufen – das ist auf Dauer kein Spaß. Da wäre Kochen schon eine ganz andere Herausforderung. Und dann noch dazu Bier brauen … Also dafür wäre ich ja perfekt!«

Bei dem Wort zuckte Resi zusammen, da reagierte sie sehr empfindlich.

»Aber das hätte natürlich zur Folge …«, rasonierte der Toni weiter, »… dass wir uns täglich sehen.«

Resi nickte wieder.

»Und das wollen wir doch eigentlich nicht. Wir sind zusammengezogen, weil wir uns mögen, und dann haben wir gemerkt, dass wir es nicht miteinander aushalten, und haben uns wieder getrennt. Richtig?«

Resi blieb nichts anderes übrig, als wieder zu nicken. Sie fand Tonis Art, sich laut alles zurechtzulegen, enorm liebenswert und sympathisch.

»Das heißt, wir haben gemerkt: Wir passen nicht zueinander. Und da sollen wir jetzt jeden Tag zusammenarbeiten?«

»Schau«, sagte die Resi jetzt, und es drängte sie, seine Hand zu nehmen, aber sie tat es nicht. »Schau, dasselbe denke ich mir doch auch. Ich mag dich sehr, und es war furchtbar, wie ich erkannt hab, dass es nicht geht mit uns beiden. Aber zusammen arbeiten ist ja nicht dasselbe wie zusammen leben. Obwohl …« Resi ließ eine Pause eintreten. »Ich hab gehört, du hast noch keine Wohnung und lebst bei deiner Mutter. Oben, im ersten Stock, da wär ein Zimmer frei.«

Sie merkte, wie sie rot wurde.

»Ganz weit weg von meinem, ganz weit hinten! Wir begegnen uns quasi gar nicht! Und ich sag das auch ohne Gedankenhintern!«

Toni starrte sie an. »Ohne was!?«

»Ohne Hintergedanken!«, konnte Resi gerade noch herausbringen, dann musste sie fürchterlich lachen. Und der Toni lachte mit. Wäre man jetzt erst dazugekommen, hätte man gedacht: Was für ein schönes, nettes, glückliches Paar!

Als sich das Lachen legte, wurde Toni wieder ernst – für Resis Geschmack viel zu ernst: »Resi, ich glaub, wir beide wissen, dass das nicht gut gehen würd'. Wir würden uns unentwegt streiten, erst recht bei der Arbeit. Ich reg mich auf, weil du mich herumkommandieren willst, und du regst dich auf, weil ich alles perfekt machen will. So sind wir nun einmal, und da werden wir uns auch nicht mehr ändern.«

Resi schaute ihn an, wie damals, als sie ihn zum ersten Mal im Fahrradladen gesehen hatte: »Du hast mit allem hundertprozentig recht. Das Dumme ist nur …«

Toni wartete, und dann fragte er: »Was ist das Dumme?«

»Das Dumme ist nur …«, zögerte Resi die Antwort hinaus, nicht weil sie ihn auf die Folter spannen wollte. Sollte sie sagen: »… dass ich dich immer noch lieb habe!«? Oder sollte der Satz besser weitergehen mit »… dass ich dich einfach brauche, weil ich keinen anderen Koch habe!«?

Was fühlte sie, was wollte sie? Herz und Verstand wollten ihr beide etwas sagen, aber leider gleichzeitig, so dass sie am Ende überhaupt nichts verstand. Da der Satz aber in der Luft hing, wollte sie ihn gern beenden. Sieh an, dachte sie sich, manchmal hast du also auch einen Hang zur Perfektion …

»Das Dumme ist nur …«, fing Resi also ein drittes Mal an, »… dass ich es auch nicht genau weiß.«

Ein ganz schön mickriger Sprung für so einen langen Anlauf!

Toni hatte ihr gespannt ins Gesicht gesehen und sich wohl einen anderen Ausgang erwartet. Oder erhofft? Auf alle Fälle reagierte er jetzt ernüchtert mit einem schroffen »Dann schaun mir mal!«

Er stand auf und ging. Resi sah ihm hinterher. »Los! Hinterher! Lass ihn nicht einfach so weggehen, deinen Jennerwein!« Die Stimme in ihrem Kopf war nicht zu überhören, und Resi war auch schon ein paar Schritte in Tonis Richtung gegangen. Aber dann fehlte ihr der Mut.

Um dem Kapitel einen Abschluss zu geben, dachte sie: »Wurscht. Und doppelt-wurscht.«

9

Sie merkte, wie man sie behutsam aus dem Bett hob und aus dem Zimmer trug, dann die Treppe hinunter und zu einem Auto. Es war kühl, nicht unangenehm, aber sie spürte den leichten Wind. Sie wurde in ein Auto gesetzt, und durch die halb geöffneten Augen erkannte sie ihre Mutter. Sie stand außerhalb des Wagens und schaute Resi ausdruckslos an. Ihr Vater setzte sich ans Steuer und fuhr los. Ihre Mutter im Heckfenster wurde immer kleiner und verschwand schließlich völlig.

Panik stieg in ihr hoch, sie wollte schreien – und dann wachte sie auf. Sie brauchte ein paar Sekunden, um sich zurechtzufinden. Sie erkannte ihre vertrauten Möbel. Sie war sich im Klaren, dass sie nicht mehr bei Toni und auch nicht mehr bei Claudia war, sondern in einem Zimmer ihres Elternhauses – ziemlich viele Umzüge in letzter Zeit, ziemlich viele Änderungen in ihrer Lebensplanung.

Sie schüttelte den Rest des bedrückenden Traumes ab und ging zum Fenster. Der See war schwarzgrau. Der Himmel sah so aus, als säße man in einem Auto mit Glasdach, und jemand hätte die Sichtschutz-Jalousie mit den Lamellen zugezogen. Vielleicht wollte der Mond nicht beim Scheinen beobachtet werden und benützte die Wolken als Sichtschutz.

Das war sie also, ihre erste Nacht in ihrem neuen alten Zuhause. Gekrönt von einem Alptraum mit Erlebnissen aus Kindertagen. Sie ging hinüber in das Badezimmer mit den hellgrünen Fliesen, die offenbar tatsächlich einmal ein paar Menschen schön gefunden haben müssen. Sie machte aus ihren Händen eine kleine

Schale, in die sie Wasser laufen ließ. Sie trank daraus und schaute sich im Spiegel an. Noch immer hatte sie sich nicht an ihre kurzen Haare gewöhnt. Aber sie passten besser denn je zu den Aufgaben, die vor ihr lagen: Geld auftreiben, Aktien verkaufen, Freunde und helfende Hände finden, den »Alten Esel« sanieren und erfolgreich wiedereröffnen.

Dann gab es noch das Kapitel »Toni«, das eigentlich schon beendet schien. War es das wirklich? Oder sehnte sie sich nur nach einem Vertrauten, nach einem Weggefährten? Und wenn ja: War sie bereit, eine zerbrochene Glasscheibe wieder zusammenzukleben?

»Weißt du was?«, sagte sie zu ihrem Spiegelbild. »Das ist im Moment überhaupt nicht wichtig. Zu vernachlässigen. Irrelevant. Wurscht! Und doppelt-wurscht!«

Damit ging sie wieder zurück über den Gang mit dem schäbigen Linoleum und kroch zurück ins Bett. Draußen schickte eine Möwe mit Bettflucht ihr Klagelied in die Nacht. Das Geräusch tat Resi gut. Sie war dabei einzuschlafen und fürchtete, der Alptraum würde nach der Werbeunterbrechung weitergehen. Aber das tat er nicht, und Resi schlief entspannt und friedlich bis zum Sonnenaufgang.

Das Wiedersehen mit Onkel Edi war die blanke Freude. An seinem weichen, langsamen Fränkisch hatte sich nichts verändert. Seine Sprachmelodie erinnerte Resi an die ihres Vaters, schließlich war Edi ja der ältere Bruder und stammte aus demselben Ort. Optisch allerdings unterschieden sich die Brüder erheblich. Während ihr Vater Sport und Wanderungen geliebt hatte, war Edi eher der gemütliche Biergarten- und

Lehnstuhl-Typ. Er hatte somit schon lange nicht mehr die Idealfigur. Dafür aber wies er einen dicken Haarschopf auf. Mit Mitte sechzig überwog das Grau das ehemalige Schwarz.

Er trug wie immer einen seiner geliebten Pullunder, was nicht vorteilhaft, aber wohl bequem war. Freudig bat er seine Nichte herein. Das ehemalige Forsthaus lag am Beginn des Waldes auf einer Anhöhe. Direkt am kleinen Vorgarten verliefen die Bahngleise. Alle zehn Minuten rauschte ein Zug vorbei, eine S-Bahn oder eine Regionalbahn und zweimal in der Woche sogar ein ICE, der über Tutzing nach München fuhr.

Edi hatte Kaffee gekocht und servierte ihn in einer bauchigen Kanne mit Rosenmuster. Es hatte sich absolut nichts verändert, auch nicht in ihrem ehemaligen Zimmer. Acht Jahre hatte sie dort gelebt, seit der Trennung ihrer Eltern bis zu ihrem 18. Geburtstag. Das war einfach nach Absprache geschehen. Irgendwelche behördlichen Verfügungen oder gar eine Adoption hatte es nicht gegeben. Ihre Mutter hatte ihre Tochter einfach abgegeben, das war alles.

Onkel Edi erklärte sich sofort bereit, Resi im Gasthaus zu helfen. Dort hatte er bis vor ein paar Jahren noch gearbeitet, auch unter dem Peter Popp. Und schließlich hatte der ihm gekündigt, weil er sich keinen Angestellten mehr leisten konnte.

Jetzt aber stünde er natürlich zur Verfügung. Als Koch sei er zwar nicht geeignet, aber er könne mit einer Mikrowelle umgehen. Einkäufe und Botendienste seien kein Problem – ja, und er habe immer noch seinen alten VW Käfer, und der spränge sogar noch hin und wieder an!

Resi bedankte und verabschiedete sich. Die nächste Station war Jennifer, die bei ihrer Schwester im Friseursalon arbeitete. Auch hier traf sie auf große Bereitschaft: Jennifer war Feuer und Flamme bei der Aussicht auf eine weitere Einnahmequelle. Als ihr Resi sogar noch ein Zimmer im ersten Stock des Wirtshauses anbot, war Jennifer richtig begeistert – und ihre Schwester Jacqueline erst recht, die sich freute, ihre kleine Wohnung wieder für sich allein zu haben.

Soweit entwickelte sich das also ganz gut. »Ich habe echt einen Lauf!«, dachte sich Resi und besuchte mögliche Lebensmittellieferanten. Für Obst und Gemüse empfahl sich Herr Bahadir Ünal, der schon zu Resis Zeislhöringer Zeiten einen kleinen Laden betrieben hatte. Irgendwie hatte er es geschafft, den kalten Zeiten standzuhalten. Er war gern bereit, den »Alten Esel« zu beliefern, sein Weg zum Großmarkt würde ihn ohnehin daran vorbeiführen. Er kenne auch einen guten Bäcker in Starnberg, da könne er auch Backwaren mitbringen, zum Selbstkostenpreis! Resi bedankte sich sehr für die große Hilfsbereitschaft und konnte aus zwei Fragezeichen zwei Haken machen.

Bliebe noch das Problem mit den Getränken, vor allem mit dem Bier. Die ursprüngliche Brauerei hatte Peter Popp gekündigt und wollte für ein weiteres Engagement den Nachweis für zuverlässige Zahlungsfähigkeit sehen. Den hatte Resi natürlich noch nicht.

Ebenfalls noch unbesetzt war die Stelle des Kochs. Das musste ein guter sein, denn Resi wollte keine Billigabfertigung für Zufallsgäste.

Diese beiden Personalentscheidungen hatten unmittelbar damit zu tun, wie es in Resis Herzen aussah.

Sie wollte da im Moment nicht nachschauen, aber sie wusste, dass die Inspektion unausweichlich war. Jetzt aber war nicht der richtige Zeitpunkt. Manchmal musste man eben Dinge auch einmal auf die lange Bank schieben.

Manchmal aber müssen Dinge auch sofort erledigt werden, dachte sich Resi den langen Zeitraum von fünf Sekunden später, getreu des klugen Rates ihres Vaters: Entweder konsequent oder inkonsequent, aber nicht dieses dauernde Hin und Her!

Also radelte sie kurzerhand zum Fahrradladen, um Toni ein Angebot zu unterbreiten, das er nicht ablehnen konnte. Sie brauchte ihn als Koch, eventuell auch als Bierbrauer, und als Zimmernachbar hätte sie ihn auch gern gehabt – wenn nicht sogar noch mehr. Im Verkaufsraum war er nicht, also vermutlich wieder hinten im Hof. Da war er tatsächlich – und wieder war er mit der drallen Mitvierzigerin beschäftigt. Wieder steckte die unnötige Sonnenbrille in den Haaren, und wieder war ein Knopf zu viel an der Bluse geöffnet.

Allerdings war man schon beim »Du« angekommen. »So, halt dich schön fest, und dann ganz langsam treten, dann springt der Motor von selber an!«

Die Dralle saß auf einem sogenannten Pedelec, also einem Fahrrad mit einem kleinen elektrischen Hilfsmotor. Lachhaft, dachte sich Resi gallig, so etwas ist gut für Senioren, aber die Tussi braucht doch so etwas noch nicht.

Aus sicherer Entfernung sah Resi zu, wie sich die Dralle an Toni klammerte. Sie hätte ohne Weiteres losfahren können, schließlich saß sie ja nicht auf einer

Kawasaki, sondern auf einer Nähmaschine mit Rädern dran. Aber sie genoss offenbar den Körperkontakt mit Toni, und dem war das auch nicht gerade unangenehm. Die Bluse öffnete sich bei dem kleinen Gerangel in immer unanständigerer Weise, was die Dralle provozierte und Toni mochte.

Schließlich stieß die Dralle, immer noch auf dem Fahrrad sitzend, einen spitzen Schrei aus und tat so, als ob sie umfallen würde. Gerade noch rechtzeitig konnte sie Toni um den Hals fallen. Ihre Gesichter kamen sich näher, vor allem die Münder. Nur wenige Zentimeter waren die Lippenpaare noch voneinander getrennt.

»Grüß Gott miteinander!«, rief Resi in den Hof. »Ich wollt nur sagen: Die Kette ist wieder gerissen. Jetzt das zweite Mal. Das wird wohl nix mehr werden. Servus und auf Nimmerwiedersehen!«

Sie fuhr mit ihrem Fahrrad davon und formulierte in ihrem Kopf bereits den Text für die Stellenanzeige.

Als Nächstes mussten sehr lästige Formalitäten erledigt werden. Denn Resi brauchte eine Konzession, ohne die sie keine Gaststätte eröffnen oder betreiben durfte. Zusammen mit Jennifer hatte sie sich kundig gemacht, was man dazu brauchte.

Erforderlich war ein polizeiliches Führungszeugnis der »Belegart 0«, was immer das auch zu bedeuten hatte. Das bekam sie nach telefonischer Voranmeldung ohne Probleme, ebenso wie die Unbedenklichkeitsbescheinigung des Finanzamts. Beim Gewerbeamt musste ebenfalls ein Dokument beantragt werden, nämlich die »Auskunft aus dem Gewerbezentralregister Belegart 9«. Hier hätte es nur Probleme gegeben, wenn Resi schon einmal ein Gewerbe ausgeübt und Ärger verursacht hätte. Das war ihr aber bei ihrem Schuhladen nicht passiert, und somit hatte sie eine reine Weste. Außerdem war dem Antrag ein ordnungsgemäß gültiger Pachtvertrag beizulegen, auch den hatte sie in ihrem Besitz.

Etwas erschrocken war sie, als sie erfuhr, dass sie eine IHK-Bescheinigung über die Kenntnisse der Grundzüge des Lebensmittelrechts vorweisen musste. Das war notwendig, weil sie Alkohol ausschenken wollte (von wem auch immer hergestellt) und keine berufliche Ausbildung im Gaststättengewerbe hatte.

IHK – das bedeutete Industrie- und Handelskammer. Bei genauerem Hinsehen stellte sich heraus, dass man dazu einen Kurs absolvieren musste, der aber nur einen Tag dauerte. Die zuständige IHK-Filiale befand sich in München, es wurden aber regelmäßig solche Kurse in einem Raum des Starnberger Rathauses angeboten.

Also saß sie zusammen mit 14 anderen Aspiranten in einem Zimmer mit Backsteinwänden und zweckmäßigen Kunststoffmöbeln, auf denen man nach wenigen Minuten zu schwitzen begann.

Mindestens die Hälfte ihrer Mitbewerber war eindeutig sehr weit südlicher und östlicher geboren als Resi. Bei einigen hatte sie den Verdacht, dass sie gar nicht Deutsch sprachen und lediglich anwesend waren, weil es das Gesetz so erforderte.

Referent war ein gewisser Herr Meusel, der seine Sache gut machte. Er referierte mit leicht schwäbischem Akzent über die Themen, die es zu absolvieren galt, und drückte sich verständlich aus.

Es begann mit den Rechtsgrundlagen, vor allem mit dem Jugendschutzgesetz. Dann folgte das Kapitel »Betriebliche Eigenkontrolle«, bei dem Resi nicht so richtig konzentriert zuhörte, weil sie in Gedanken bei Toni und der Drallen war. Interessant wurde es beim Thema Lebensmittelüberwachung und Lebensmittelhygiene – vor allem bei den Hinweisen für eihaltige Speisen. Da lauerten Gefahren, aber sie wollte sich nicht verrückt machen lassen, sollte sich doch der noch zu findende Koch darum kümmern.

Dann kam das Thema »Wein- und Bierrecht«, dem sie wenig Beachtung schenkte, gefolgt vom Kapitel »Speisen- und Getränkekarte« – und das dauerte lange. Resi erfuhr, dass auf der Karte nicht nur die Zusatzstoffe kennzeichnungspflichtig waren (das waren die kleinen Zahlen, die am Ende immer auf irgendwelche Säuren oder Farbstoffe hinweisen), sondern dass auch Hinweise für Allergiker angegeben werden mussten. Als Herr Meusel sagte, dafür gäbe es Muster-Broschüren und Internet-Seiten, schaltete Resi wieder ab, ebenso bei den Themen »richtiger Ausschank« (darum kümmerte sich Onkel Edi) und »Infektionsschutzgesetz«. Soweit sie sich erinnern konnte, war sie noch niemals richtig krank gewesen und deshalb vermutlich auch nicht ansteckend.

Am Ende des Tages bekam jeder ein Papier mit einer Bestätigung, und für Resi war die Angelegenheit erledigt. Jetzt alles zusammen eingereicht – und wenig später wurde die Konzession erteilt. Sie konnte zu diesem Zeitpunkt noch nicht wissen, dass das im Normalfall in der Tat so lief, aber dass sie leider kein Normalfall war.

Am Abend wurde Seppi nach Hause geholt. Resi spazierte den Berg hinauf zum Gut Oberschwaige. Dort wurde sie von Magdalena empfangen, die Seppi striegelte und ihm eine gelbe Rübe spendierte. Resi musste Magdalena ein weiteres Mal versichern, dass sie selbstverständlich Seppi jederzeit besuchen könne, ja sogar solle! Esel sind keine Einzelgänger, sie wollen Gesellschaft von anderen Eseln, und das dürfen notfalls sogar Menschen sein.

Resi, Magdalena und Seppi spazierten nach unten Richtung See. Seppi ahnte, dass sich in seinem Leben etwas ändern würde und lief immer schneller. Als er das Wirtshaus sah, war er kaum zu halten und wollte sofort in seinen alten Stall.

Resi und Magdalena leisteten ihm noch eine Stunde Gesellschaft. Dann musste Magdalena nach Hause. Seppi schaute glücklich aus, als er sich ins Stroh fallen ließ und noch ein kleines Abendessen zu sich nahm.

Resi blickte Magdalena nach, die im Abendrot die kleine Allee zur Hauptstraße nach oben ging. Dann fiel ihr ein, dass sie nachschauen könnte, ob jemand angerufen hatte. Auf ihrem neuen großen schweren Brikett-Handy! Es könnte ja sein, dass Toni eine Frage hätte. Aber auf dem Display war zu sehen, dass es keine Anrufe gegeben hatte. Resi stellte darüber hinaus fest, dass ja kaum jemand ihre Telefonnummer besaß. Sie hätte jetzt natürlich Toni anrufen und sie ihm sagen können. Aber zum einen war es schon halb acht, somit war er bestimmt nicht mehr im Laden. Und zum anderen beschloss sie, dass er es sein sollte, der sich zu melden hatte. Schließlich war sie es, die ihm die Stelle angeboten hatte. Und er, der so kurze Zeit nach ihrer Trennung schon wieder mit anderen Frauen flirtete. Noch dazu mit oberflächlichen Großstadt-Flittchen – absolut unter seinem Niveau.

Irgendwo im Hinterkopf registrierte sie, dass ihre Logik nicht die stabilste war. Aber das war ihr jetzt egal. Sie setzte sich auf die Terrasse als ihr einziger Gast und schenkte sich ein Glas von dem Wein ein, den sie tags zuvor zusammen mit ein paar anderen Lebensmitteln, drüben in Tutzing, beim Discounter, gekauft hatte. 15 Minuten mit dem Fahrrad, das war zu verkraften. Schwieriger war die Rückfahrt, mit den beiden Einkaufsbeuteln am Lenker. Denn einen Gepäckträger oder einen Korb am Lenker gab es nicht.

Leider war der Wein zu warm, denn einen Kühlschrank hatte sie ja noch nicht. »Wurscht …«, dachte sie auch am Ende dieses Kapitels, »… doppelt-wurscht.«

10

Notar Köberle hatte fleißig gearbeitet. Die Aktiengesellschaft konnte gegründet und notariell beglaubigt werden. Er war der Erste, der Resi auf ihrem Brikett-Handy anrief. Denn die AG brauchte einen Namen. Ohne lang zu überlegen antwortete Resi: »Leberkäs-AG!«

Frau Kestin, die norddeutsche Fremdenverkehrsbeauftragte, hatte zusammen mit ihrer Tochter am Computer eine Zehn-Euro-Aktie entworfen und im Büro von Bürgermeister Kuhn 630-mal ausgedruckt. Dann war das Papier ausgegangen und auch die Drucker-Tinte. Für Nachschub würde man sorgen, wenn man merkte, wie groß das Interesse war.

Bürgermeister Kuhn ließ über das Gemeindeblatt und den ihm gewogenen *Starnberger Merkur* mitteilen, dass es bald eine große Veranstaltung geben würde: Alle Zeislhöringer sind aufgerufen, sich über die neue Aktiengesellschaft zu informieren. Wenn statistisch jeder Einwohner *eine* Aktie kauft, ist der »Alte Esel« gerettet! Und das Schöne: Diese Zusammenkunft wird im »Alten Esel« stattfinden, im Festsaal oder bei schönem Wetter auf der Terrasse! Was bis vor Kurzem wie das Ende einer Ära aussah, hatte jetzt alle Anzeichen des Beginns einer neuen.

Herr Hanselmann mochte seinen Chef nicht und somit auch keine Besuche in dessen Büro. Aber er wurde erneut zu Herrn Gebauer zitiert, und dem konnte er sich nur durch Krankheit, einen Unfall oder Hochwasser entziehen. Das Landratsamt lag idyllisch am Starnberger See, fast direkt am Ufer. Durch einen Kanal wurde das Seewasser in einen Teich geleitet, und der war auch noch mit Kunstwerken geschmückt, die sich bewegten. Das moderne, nur zweigeschossige Gebäude stand auf dem Gelände des ehemaligen Sägewerks Stadler. Auf den ersten Blick wirkte es wie eine chinesische Pagode, also ganz und gar nicht wie ein menschenfeindliches Verwaltungsmonster. Es war einladend, hell, offen und sympathisch. Absolut unverständlich, wie es Menschen wie Günther Gebauer beherbergen konnte, diesen ehrgeizigen Karrieristen und Strippenzieher.

Hanselmann ging mit flauem Magen an der Vorzimmer-Schönheit vorbei in das Zimmer von Gebauer.

»Mein lieber Herr Hanselmann!«, sagte dieser wie der Wolf zum Geißlein. »Schön, dass Sie da sind!«

»Ja!«, antwortete Hanselmann. Er ahnte Schlimmes.

»Nehmen Sie Platz und passen Sie auf! Es ist also tatsächlich passiert, der ›Alte Esel‹ in Zeislhöring soll wiedereröffnet werden. Es wurde ein Antrag auf eine entsprechende Konzession gestellt, und zwar von einer gewissen …« – Gebauer schaute auf einem Papier nach – »… Therese Schauer. Kennen Sie die?«

Hanselmann strich sich verlegen über die zwanzig Haare, die er sich über die Glatze gelegt hatte, und antwortete wahrheitsgemäß mit »Ja«.

Gebauer wurde ungehalten: »Muss ich Ihnen alles aus der Nase ziehen? Wer ist das, woher kennen Sie die Dame, was hat sie für einen Ruf?«

Hanselmann rutschte auf seinem Stuhl hin und her.

»Sie ist die Tochter von Gisela Schauer, der geborenen Baronin von Waldeneck. Sie hat mit ihrem Mann das Wirtshaus betrieben. Dann haben sie sich getrennt. Ich war ein paar Mal drunten in Zeislhöring, damals, als es da noch schön war ...«

Gebauer wurde immer genervter: »Und? Was wissen Sie von der neuen Pächterin? Hat sie eine Ausbildung? Wer wird ihr helfen? Wie will sie das alles finanzieren? Und wenn Sie jetzt wieder mit ›Ja‹ antworten, lass ich Sie in den Teich werfen!«

Hanselmann zuckte mit den Achseln: »Ich glaube, sie hatte einmal ein Schuhgeschäft. Dann ist sie weggezogen.«

»Ja!«, lachte Gebauer sarkastisch. »Und jetzt ja wohl wieder hin!«

Er blätterte wieder in seinen Unterlagen.

»Hören Sie, Hanselmann, aus bestimmten Gründen möchte ich nicht, dass es zur Wiedereröffnung dieses zweifelhaften Etablissements kommt. Und Sie sollten mit mir zusammenarbeiten, denn wir wollen ja nicht, dass bestimmte Leute bestimmte Dinge erfahren, nicht wahr?«

Jetzt hatte Gebauer zum ersten Mal direkt gedroht. Hanselmann wusste, dass es so weit kommen würde. Er hatte einmal in seinem Leben einen Fehler gemacht, damals, als er das Wirtshaus seines Schwagers kontrollieren musste, in Possenhofen. Der Schwager hatte Geldprobleme, und Hanselmann hatte beide Augen zugedrückt, unter anderem bei einem nicht vorhandenen Fluchtweg. Ein paar Wochen später hatte es tatsächlich gebrannt, und ein Kind konnte nicht rechtzeitig das Wirtshaus verlassen. Es hatte fürchterliche Angst. Passiert ist ihm glücklicherweise nichts, aber die Eltern haben mit Klage gedroht. Gebauer hatte sie damals abgewiesen und Hanselmann geschützt. Sonst wäre dessen Laufbahn zu Ende gewesen, wenige Jahre vor seiner Pensionierung.

Hanselmann dachte damals, dass Gebauer aus Menschenfreundlichkeit gehandelt habe. Kurze Zeit später merkte er: Das war alles kühl kalkuliert. Von anderen Kollegen erfuhr er, dass es Gebauer liebte, andere zu manipulieren und zu erpressen, indem er sie in ein Abhängigkeitsverhältnis brachte.

»Jetzt schauen wir doch einmal, was wir tun können ...« Gebauer studierte das Papier, das vor ihm lag. Dann las er laut vor: »Eine Gaststättenkonzession ist zu versagen, wenn der Antragsteller nicht die notwendige Zuverlässigkeit besitzt, insbesondere weil er dem Trunke ergeben ist oder besorgen lässt, dass er Unerfahrene, Leichtsinnige oder Willensschwache ausbeuten werde, dem Missbrauch geistiger Getränke, dem Glücksspiel oder der Unsittlichkeit Vorschub leisten werde oder die Vorschriften des Lebensmittelrechts, des Gesundheitsrechts, des Jugendschutzes und des Arbeitsschutzes nicht einhalten werde.«

Gebauer strahlte. »Das ist ja super! Und es geht noch weiter!«

Gebauer las mit wachsender Begeisterung vor: »Ferner, wenn die dem Betrieb der Gaststätte oder dem Aufenthalt der Beschäftigten gewidmeten Räume für den Betrieb insbesondere wegen des erforderlichen Schutzes der Gäste und Beschäftigten vor Gefahren für Leben, Gesundheit oder Sittlichkeit nicht geeignet sind oder den sonstigen Vorschriften für die Aufrechterhaltung der öffentlichen Sicherheit und Ordnung nicht entsprechen.«

Hanselmann sah mit wachsendem Unbehagen zu, wie sich Gebauer freute. Aus irgendwelchen Gründen musste er eine Riesenwut haben, und er sah Chancen, dieser Wut Luft zu machen.

»Und es geht immer noch weiter! Ich zitiere: Ferner, wenn die Gaststätte in Ansehung ihrer Lage oder ihrer Verwendung dem öffentlichen Interesse widerspricht, insbesondere schädliche Umwelteinwirkungen oder sonstige Gefahren oder Belästigungen für die Allgemeinheit besorgen lässt.«

Jetzt erst lehnte sich Gebauer zurück und machte schmale Augen. Vor seinem geistigen Auge sortierte er die Möglichkeiten der Konzessionsverhinderung nach Wahrscheinlichkeit und Aufwand.

»Hanselmann, ich möchte, dass Sie da hinfahren und sich anschauen, wie wir denen möglichst viele Steine in den Weg legen können. Oder wie wir den ganzen Weg unpassierbar machen. Meinen Sie, Sie finden die Zeit dafür?«

Ein maliziöses Grinsen begleitete die bösartige Frage. Hanselmann hatte das heftige Bedürfnis, irgendwie körperlich zu reagieren, etwas umzuwerfen, den Schreibtisch leer zu fegen, seinem Chef etwas ins Gesicht zu schleudern. Doch er unterließ es.

»Herr Gebauer, ich glaube, das gehört nicht zu meinen Aufgaben. Ich werde selbstverständlich das Wirtshaus in Augenschein nehmen, wenn es lizenziert ist und alle rechtlichen Auflagen im Vorfeld erfüllt sind. Jemandem Steine in den Weg zu legen, steht aber nicht in meiner Berufsbeschreibung.«

Gebauer spielte nachdenklich mit seinem Kugelschreiber und ließ eine sehr lange Pause eintreten.

Dann sah er Hanselmann ins Gesicht: »So, das steht also nicht in Ihrer Berufsbeschreibung. Eine sehr korrekte Dienstauffassung. Wie ich mich erinnern kann, waren Sie nicht immer so korrekt. Wollen wir nicht hoffen, dass dieser Vorgang aus Ihrer Vergangenheit irgendwann einmal eine Rolle spielen wird.«

Dann machte Gebauer eine Geste mit dem Kugelschreiber, die Hanselmann auffordern sollte zu gehen. Als er das Zimmer verließ, hörte er Gebauer lachen.

Bald würde es so weit sein, bald würde Resi die Konzession bekommen, und dann ging es darum, dass alle Zeislhöringer zu Aktionären wurden. Vorher wollte sie noch ein wichtiges Gespräch führen: mit ihrem Nachbarn, dem alten Hausarzt von Zeislhöring, Dr. Dünneisen. In der Gaststube gab es ein altes Telefonbuch, darin fand sie seine Telefonnummer. Mit ihrem Handy rief sie mehrfach an, aber es hob niemand ab. Also entschloss sie sich, unangemeldet zu erscheinen.

Das Haus war vom »Alten Esel« durch einen kleinen Bach getrennt, der hier in den See floss. Der Baustil der kleinen Villa erinnerte an den »Alten Esel«, vielleicht war es derselbe Architekt. Die beiden Häuser waren nur etwa fünfzig Meter voneinander entfernt. Sie konnte verstehen, dass auf der Terrasse ein Geräuschpegel entstehen konnte, der einen da drüben störte, ganz zu schweigen von den Ausdünstungen der Küche oder dem Geruch der Brauerei. Sie erinnerte sich daran, wie intensiv das in den Straßen Münchens roch, wo noch Brauereien standen.

Beherzt verließ Resi den kleinen Park, der den »Alten Esel« umgab, und ging die paar Schritte hinüber zum

Nachbarhaus. Die Tür des Gartenzauns war offen. Sie ging den kleinen Weg bis zur Haustür, die ein regelrechtes Kunstwerk war: hübsche Schnitzereien, ein kleines Holzmosaik und ein schöner großer Messingknauf. Von einer Klingel war nichts zu sehen.

Resi klopfte. Nach einer Minute immer noch keine Reaktion. Sie klopfte erneut. Wieder nichts. Sie wollte schon wieder gehen, da hörte sie, wie sich jemand von innen der Tür näherte. Dann wurde offenbar durch den Türspion gelinst. Metallische Geräusche ließen darauf schließen, dass mehrere Schlösser geöffnet wurden, und schließlich ging knarzend die Tür auf.

Vor ihr stand Dr. Dünneisen, der sie damals als Kind vor einer Blutvergiftung bewahrt hatte – und dem sie so oft wie keinem anderen Menschen die Zunge herausgestreckt hatte. Er trug einen uralten Hausmantel über einem viel zu weiten Hemd und einer alten Anzughose. Er hatte kaum noch Haare auf dem Kopf und war dünner geworden. Aber die kleinen Augen hinter der großen Hornbrille blickten wach und agil in die Welt.

»Grüß Gott, Herr Dr. Dünneisen! Sie werden mich nicht mehr kennen …«

»Schauer. Therese Schauer, die Esel-Resl. Komm herein!«

Er drehte ihr den Rücken zu und ging ins Innere des Hauses, mit gebeugtem Rücken zwar, aber erstaunlich schnell und behände.

Es war finster in dem Haus, weil die Vorhänge zugezogen waren, und es roch muffig. Tausende von Büchern waren über den großen Wohnraum verteilt, die meisten mit medizinischem Inhalt, und in der Ecke stand das aus zahlreichen Filmkomödien und Sketch-Sendungen bekannte Skelett.

Resi schaute sich um in dieser versunkenen Welt. Sie bekam ungefragt eine Tasse Tee hingestellt. Dr. Dünneisen schlurfte wieselflink in seinen ledernen Hauslatschen an ihr vorbei und setzte sich in einen großen Ledersessel.

»Und? Was hast du für Beschwerden?«

»Keine. Ich bin nicht krank.«

Dr. Dünneisen kicherte: »Das sagen alle. Weil sie nicht lange genug suchen ...«

Resi setzte sich jetzt auch. Das Skelett schien Humor zu haben, es lachte sie aufmunternd an.

»Herr Dr. Dünneisen, ich wollte mich als Ihre neue Nachbarin vorstellen.«

»Weiß ich schon, ich les Zeitung, ich bin ja nicht senil.«

»Dann wissen Sie auch, dass ich den ›Alten Esel‹ wieder eröffnen möchte?«

»Weiß ich.«

Resi lächelte ihn an.

»Und Sie sind immer noch so freundlich zu mir?«

Dr. Dünneisen kicherte wieder: »Zu schönen Frauen bin ich immer freundlich!«

Resi wusste sehr wohl, dass der alte Mann einen Scherz machte, trotzdem freute sie sich über das Kompliment.

»Herr Doktor, ich weiß, dass es früher einmal einigen Ärger gegeben hat. Sie haben darauf Wert gelegt, dass die Brauerei geschlossen wird und dass auf der Terrasse um zehn Uhr Schluss sein muss und im Wirtshaus um elf.«

Dr. Dünneisen nahm einen Schluck aus seiner Teetasse.

»Das ist nicht ganz korrekt. Nicht ich habe mich durch den Geruch der Brauerei belästigt gefühlt, sondern meine Frau. Ihr zuliebe habe ich damals deinen Vater darum gebeten, dass nicht mehr gebraut wird. Das wurde dann auch so gemacht, es war aber kein großes Opfer. Deinem Vater war das zu aufwendig und zu teuer, er wollte das Bierbrauen ohnehin beenden.«

Dr. Dünneisen hing einen Moment seinen Gedanken nach. Dann fuhr er fort: »Und das mit der früheren Sperrstunde … das war dann in der Tat ein Wunsch von mir. Aber nicht, weil mir die Leute zu laut waren. Ich habe es einfach nicht ertragen, eine lachende Frau zu hören.«

Resi war nicht sicher, ob sie richtig verstanden hatte.

»Meine Frau war im Frühling gestorben. Und kurz danach hörte ich dann lachende Frauen, und bei jeder habe ich gedacht: ›Mein Gott, die lacht ja wie meine Elisabeth‹.«

»Das tut mir leid«, murmelte Resi und schaute zu Boden.

»Ach, das ist doch ewig lang her. Mittlerweile ist es umgekehrt, da wäre ich beunruhigt, wenn ich *keine* Frau mehr lachen hörte!«

Dr. Dünneisen funkelte sie vergnügt an und nahm schlürfend einen Schluck.

Resi wagte es: »Versteh ich Sie richtig? Wir könnten also darüber reden, dass die Gäste länger auf der Terrasse bleiben können? Sie sind der einzige Nachbar, die anderen Häuser sind so weit weg, dass man da nichts hört.«

»Denken Sie daran, dass abends Autos wegfahren und Leute beim Heimgehen Krach machen. Das hören dann die anderen auch. Aber wenn Sie mich fragen: Lassen Sie Ihre Gäste so lange bleiben, wie sie wollen!«

Damit hatte Resi nicht gerechnet. »Das ist ja wundervoll! Ich danke Ihnen sehr! Das ist wirklich sehr großzügig von Ihnen!«

Dr. Dünneisen winkte ab. »Und Ihre zweite Frage beantworte ich Ihnen auch gleich: Meinetwegen können Sie da auch wieder Bier brauen. Jeder Mediziner wird Ihnen sagen, dass im Alter das Geruchsvermögen abnimmt. Das wird bei mir auch bald losgehen, denn immerhin werde ich demnächst 87.«

Resi war gerührt und glücklich. Da meldete der Doktor noch eine Bedingung an: »Aber für diese Erlaubnis bekomme ich eine Maß gratis im Monat. Und so oft wie möglich Besuch von Ihnen!«

»Beides kann ich akzeptieren!«

Sie wollte aufstehen und gehen, da ergänzte der Doktor: »Und noch etwas: Ich habe drei Kinder und sechs Enkelkinder. Zusammen mit mir sind das insgesamt zehn. Reservieren Sie bitte zehn Aktien für mich – und zehn Maß Bier im Jahr. Und neun Portionen Leberkäs. Ich mag nämlich keinen!«

11

Das Wetter meinte es gut mit Zeislhöring und dem »Alten Esel«. An diesem Samstag im Mai strahlte die Sonne vom Himmel, als bekäme sie es bezahlt.

Alle Bürger waren eingeladen, um 13.00 Uhr in den »Alten Esel« zu kommen, um über die in Gründung befindliche Aktiengesellschaft informiert zu werden. Der Einerdinger-Max von der Freiwilligen Feuerwehr hatte die Organisation übernommen. Irgendwie hatte er es geschafft, mehrere Fässer Freibier zu organisieren und drei Grillstationen aufzubauen. Die Sitzgelegenheiten wurden mit herangekarrten Biergarnituren verdreifacht. Und auch eine Verstärkeranlage hatte er aufgetrieben, damit sich der Bürgermeister verständlich machen konnte.

Die Blaskapelle Traubing hatte sich angeboten, für Festplatz-Stimmung zu sorgen, und es durften sogar die ehemaligen Mitglieder der Zeislhöringer Musikformation mitspielen. Die gab es zwar schon lang nicht mehr, aber die Musikanten von einst hatten nichts verlernt.

Am Vormittag aber gab es noch gehörige Aufregung. Schorsch Scheberl, der sich mehr oder weniger selbst eingeladen hatte, kündigte an, dass er einen Ehrengast mitbringen würde! Man solle die Presse und Fotografen informieren! Das würde das Ereignis kräftig aufwerten und bayernweit bekannt machen! Bürgermeister Kuhn, dessen Blutdruck ohnehin mit landläufigen Instrumenten nicht mehr messbar war, hatte noch zu fragen versucht, um wen es sich denn handeln wird, aber da hatte der Schorsch schon aufgelegt.

Kurz nach dieser aufregenden, aber vielleicht erfreulichen Mitteilung dann die zweite Nachricht, und die klang nach einer Hiobsbotschaft. Resi rief den Bürgermeister an: Sie habe gerade einen Brief vom Landratsamt bekommen. Die Konzession könne nicht erteilt werden, weil »die Gaststätte in Ansehung ihrer Lage oder ihrer Verwendung dem öffentlichen Interesse widerspricht, insbesondere schädliche Umwelteinwirkungen oder sonstige Gefahren oder Belästigungen für die Allgemeinheit besorgen lässt«.

Resi konnte das nicht verstehen. Es habe sich doch seit dem letzten Pächter nichts verändert, im Gegenteil, es würde doch alles besser! Und mit dem Nachbarn habe sie auch gesprochen, der sei kein Gegner mehr, sondern ein Unterstützer!

Bürgermeister Kuhn seufzte schwer und musste ihr dann erklären, dass eine Konzession bei einem Pächterwechsel immer neu überprüft wird. Wenn sich in der Zwischenzeit neue Bestimmungen oder Gesetze ergeben haben, dann wird das berücksichtigt. Eine einfache Fortschreibung sei zwar üblich, könne aber verweigert werden.

»Wer hat denn den Brief unterschrieben?«, wollte Kuhn wissen.

»Moment, ich schau nach … Ach du lieber Gott!«

Resi war geschockt, das konnte man deutlich hören.

»Resi? Was ist denn? Sind Sie noch dran?«

Resi rang um Fassung. Gepresst sagte sie: »Jetzt ist mir alles klar. Der Brief ist unterschrieben vom stellvertretenden Landrat. Von Günther Gebauer.«

Jetzt war Bürgermeister Kuhn genauso schockiert. Als er wieder einigermaßen ruhig atmen konnte, beschwor er Resi: »Das ist eine schlimme Nachricht. Ich habe nicht gewusst, dass der so eine Karriere gemacht hat. Aber wir schaffen das irgendwie. Da muss es Möglichkeiten geben. Jetzt machen wir heute Mittag erst einmal die Werbeveranstaltung für die AG, und danach werden wir einen Weg finden. Einverstanden?«

Resi am anderen Ende, mit dem Brikett in der Hand, schniefte ein bisschen und antwortete mit einem sehr unsicheren »Sicher …«

Kuhn legte auf und rief sofort im Landratsamt an. Da gab es jetzt am Samstagvormittag natürlich nur eine Notbesetzung. Aber da er die Dame gut kannte, verriet sie ihm die Privatnummer von Maurus Hanselmann, dem Lebensmittelkontrolleur.

»Servus Maurus, hier ist Rainer. Sag einmal, was ist denn da los? Warum bekommen wir denn keine Konzession für den ›Alten Esel‹?«

Kuhn hörte lange zu. Maurus erklärte ihm, dass Gebauer die alten Unterlagen herangezogen hatte. Darin war alles nach damaligem Stand aufgeschrieben: Fluchtwege, Lärm- und Geruchsbelästigung, behindertengerechte Toiletten. Das entspräche nicht mehr der heutigen Rechtslage. Deshalb keine Konzession.

»Verstehe, Maurus, was können wir tun?«

»Das Wirtshaus muss neu abgenommen werden.«

»Von wem?«

»Von mir.«

»Würdest du das tun?«

Die Antwort von Hanselmann kam erst nach einer beunruhigend langen Zeit.

»Rainer, mir ist das sehr unangenehm, aber ich glaube, ich kann nicht.«

»Maurus, ich bitte dich! Was soll denn das Problem sein?«

»Der Gebauer.«

Bürgermeister Kuhn verstand und konnte sich die Hintergründe denken.

»Maurus, hör mir bitte gut zu. Für uns hängt eine ganze Menge von unserem Wirtshaus ab. Und wir werden über so viel Geld verfügen, dass wir renovieren können! Wir können die Auflagen erfüllen! Du musst uns sagen, was wir tun müssen, und dann werden wir es tun!«

Bürgermeister Kuhn biss sich nach diesen Sätzen auf die Lippen. Er sprach von einer Geldsumme, die erst noch erbettelt werden musste.

»Gut«, seufzte Hanselmann schließlich, »ich mach' es. Ich bin morgen Nachmittag da.«

»Sehr gut! Dann bekommst du Freibier und Bratwürste, so viel du willst!«

»Tut mir leid. Als Beamter darf ich nichts annehmen!«

Kuhn lachte: »Aber Vernunft! Vernunft wirst du doch wohl annehmen können!«

Maurus lachte zurück: »Ja, das ist aber auch das Einzige!«

Bereits um halb eins war die Terrasse überfüllt. An die 500 Zeislhöringer hatten sich eingefunden, wobei bestimmt die Aussicht auf kostenlose Verpflegung eine nicht unwichtige Rolle spielte.

Die meisten waren schon seit Jahren nicht mehr hier gewesen, erinnerten sich aber gern und schauderten, als sie das Salettl sahen und die Toiletten rochen. Die Blaskapelle aus Traubing war heute um fünf Musiker größer: Drei Trompeten und zwei Posaunen aus Zeislhöring waren dazugekommen.

Bürgermeister Kuhn und Resi standen am Rondell und begrüßten jeden einzelnen Besucher mit Handschlag. Der Bürgermeister hatte seinen festlichsten Trachtenanzug an, und Resi sah hinreißend aus in ihrem Dirndl. Sie hatte beabsichtigt, sich Zöpfe zu flechten, bis sie merkte, dass ihr dafür die Ressourcen fehlten.

Um 13.00 Uhr gingen sie um das Haus herum auf die Terrasse und waren überwältigt von dem Anblick. Menschen überall, auf Bierbänken, auf den schäbigen alten Terrassenstühlen, im Gras. Einige hatten Klappstühle mitgebracht. Seppi, der alte Esel, stand auf einer Wiese und ließ sich von den Kindern streicheln.

Die Sonne schien vom wolkenlos blauen Himmel, die Bäume am Ufer spendeten Schatten, und die Gänse sorgten für weiße Farbtupfer in dem bunten Bild. Gelegentlich wurde es eingetrübt durch die Rauchschwaden, die von den Grillstationen herüberwehten. Das Freibier floss in Strömen, und die Blaskapelle spielte minütlich beschwingter.

Es sah so aus wie früher, als hier Sonnwendfeiern stattgefunden hatten oder ein Tanz in den Mai oder ein Erntedankfest. Noch geschah hier alles auf der Basis von Nachbarschaftshilfe, bald schon aber sollte es hier wieder geregelte Gastronomie geben.

Bürgermeister Kuhn wollte gerade ans Mikrofon treten, da kam ihm mit breiten Seemannsschritten ein alter Bekannter entgegen. Schorsch Scheberl hatte sich herbemüht, in identischer Aufmachung wie beim letzten Mal.

»Der Herr Bürgermoasta, ja griaß Eahna! Wunderschön habt ihr's hier, also wirklich wahr! Gratulation, net wahr!«

An der schweren Zunge hatte sich ebenfalls nichts verändert und an den glänzenden großen Augen auch nicht.

Der Bürgermeister begrüßte den Ehrengast und fragte ihn, ob er ein paar Worte sagen wolle.

»Mach mer freilich! Nur ganz wenig, weil die Leit wollen sich ja nicht meinen Schmarrn anhörn, sondern sie wolln wos über die Aktien erfahren.«

»Das ist gut so!«, antwortete der Bürgermeister. »Und der andere Gast?«

»Ha! Der redt net vui! Der ist so schweigsam wie ein Grab im Wasser! Der ist nur was für die Fotografen, damit amal eine Prominenz hergeht, netwahr!«

Der Bürgermeister nickte und ging ans Mikrofon, das auf einem kleinen Tischchen aufgebaut war. Bevor er begann, winkte er Resi an seine Seite.

»Liebe Zeislhöringerinnen und liebe Zeislhöringer! Ich hab gehofft, dass wir heute schönes Wetter haben, und wir haben schönes Wetter! Ich hab gehofft, dass heute viele Menschen kommen, und es sind viele Menschen gekommen. Und weil sich das Hoffen so bewährt hat, hoff ich halt jetzt *noch* ein paar Dinge. Dass der ›Alte Esel‹ wieder ein schönes, gutes, gemütliches Wirtshaus wird. Dass wir es mit vereinter Kraft schaffen, das Haus wieder herzurichten und mit Leben zu erfüllen. Eine Tochter von Zeislhöring hat sich bereit erklärt, diese schwere Aufgabe zu übernehmen. Viele kennen sie noch aus der Zeit, als sie ein ganz kleines Kind war und hier im ›Alten Esel‹ gelebt hat. Wir freuen uns sehr, dass sie wieder eine von uns ist: unsere Resi Schauer!«

Der Applaus war lang, kräftig und herzlich! Resi verneigte sich und machte aus Versehen sogar einen Knicks. Sie wollte gerade ans Mikrofon treten, da schob sich Schorsch Scheberl nach vorne.

»Test! Test! Eins-zwei, eins-zwei! Ja, des scheint zu gehn, die Maschin'!«

Resi war gar nicht undankbar, dass sie noch nicht reden musste. So hatte sie noch ein bisschen Zeit, um sich etwas zu überlegen. Stattdessen hatte der Schorsch eine angeblich kurze Botschaft für die Bürger und fing schleppend an zu reden.

»Meine lieben Zieslbergerinnen … halt, naa, wie hoaßt's ihr glei wieder? – Irgendwas mit am Zeiserl, gell? – Egal, ihr werd's ja wissen, was bei euch auf dem Ortsschild steht, net wahr? Ha!«

Mit eindeutigen Gesten tat er seinen Wunsch nach einem Weißbier kund, und er bekam auch gleich eines hingestellt.

»Servus miteinander, ich möcht mich erst einmal vorstellen. Ich bin der Schorsch Scheberl aus Untergamskornzeisgrubengernhaferlverdimmering, und euer allseits bekannter Bürgermeister … Dings … wie hoaßt er? – Genau! – Der Bürgermeister Kühn hat mich eingeladen, am heutigen Tage aus angelassenen Gegebenheiten ein paar Worte an Sie zu richten. Vielleicht kennt mich ja jemand, oder er hat die G'schicht in der Zeitung gelesen, und da müssen einige Dinge gerade … netwahr … weil sie nämlich gelogen sind!«

Der Bürgermeister hatte das deutliche Gefühl, dass aus den wenigen Worten doch einige mehr würden.

Und dass die eventuell auch nur wenig mit dem heutigen Anlass zu tun haben könnten. Seine Befürchtung bewahrheitete sich auf fürchterliche Weise.

Mit einem großen Schluck aus dem Weißbierglas versetzte sich der Schorsch in den Redner-Modus: »Wenn I heit scho mal am Mikrofon steh, dann mecht i hier und heute eines ganz klar sagn: Von wegen mit'm Gustl und am Woifi! So geht das nicht! Da bin ich mit mir ganz meiner Meinung.

Wie mir da zugetragen wurde, sind da Dinge gegen mich gesagt worden! Des was jetzt dieser Schreiberling von der Zeitung von irgendeiner g'schnapperten Ratschkatl zugetragen bekommen hod, des hab ich so nie g'sagt, und das ist von mir so nie g'sagt worn. Aber wenn da einer sagt, so hat der Schorsch des g'sagt, dann braucht er sich nicht wundern, wenn ich sage, das habe ich nie g'sagt.

Weil wenn ich des g'sagt, hätt, was die g'sagt haben, dass ich g'sagt hab, dann kann ich ganz klar sagen, hätt ich das noch viel schärfer g'sagt. Jawoll, schärfer hätt i's eane nei g'sagt! In eane G'schwollschädel, eane greislichen! Weil wenn i des net sag, na sagt des ja koana, weil: Wer solls'n macha? Ha? Wer solls'n mach-en? Ha? Mir ham bei der Bepflanzung unserer Gemeindeverwaltung Blut und Tränen g'schwitzt. Insbesondere bei dem Kasus Kaktus, unserem geliebten Waschbetonkübel, der wo seit dem Besuch von Franz Josef Strauß im Jahre 1979 vor unserem Rathaus steht.«

Bürgermeister Kuhn wollte sich schon an den Schorsch heranschleichen und ihn darauf aufmerksam machen, dass er vielleicht etwas vom Thema abkommen würde. Aber dann sah er die 500 faszinierten

Zuhörer, die wie gebannt an den weißbiergeschäumten Lippen des Redners hingen. Und dann unterließ er es.

»Seitdem haben wir in Untergamskornzeisgrubengernhaferlverdimmering den gemeindlichen Waschbetonkübel in Ehren g'hoitn und sogar einen Förderverein zum Erhalt gegründet. Mia ham sogar einen Förderverein zum Erhalt des Fördervereins gegründet.

Vorletztes Jahr dann hat ein gewisser Hauser Heinz nix Bledas zum doa g'habt, als mit der Laderampn von seim g'schissenen Dreckslaster nach der Weihnachtsfeier im Rathaus beim Einladen der Zapfanlage gegen unsere Franz-Josef-Strauß-Reliquie zu fahren!«

Dem Schorsch wurde jetzt ganz weh ums Herz.

»Wir warn alle äußerst betroffen. Gwoant hamma, wo ma die Schande gseng ham! Dieser gewissenlose Hauser ist eindeutig rotzbesoffen in voller terroristischer Absicht gegen unsern Kübel g'fahrn! Und weil des no ned reicht, hot der sich nacha wahrscheinlich in diesem unserem Gemeinde-Kleinod erleichtert. Neig'schbiem hoda!«

Ehrliche Erschütterung im Zuhörerkreis und Gemurmel der Empörung.

»Der Kugelbuchs, den wo ich vor drei Jahren eigenhändig eingsetzt hab, hat im wahrsten Sinne des Wortes zum Kotzen ausgschaut! Und wie's so koid war, hat ma ja wochenlang die g'frorana Breckal no g'segn.

Der Hauser Heinz ist ein eingefleischter Sozi! Unser geliebter Waschbetonnachlass vom FJS ist mit voller Absicht vom Klassenfeind bebrochen worden!

Jedenfalls, letztes Jahr ist dann der Kübel von mir in wochenlanger Kleinarbeit saniert worn. 241 Arbeitsstunden. Ehrenamtlich! Ich hab auf der Innenseite einen Vollwärmeschutz mit Styrodurplatten angebracht und mit Epoxydharz ausgestrichen. Des ist jetzt fast schon ein Niedrigenergiekübel mit einem Energiestandard von KfW 70.

Die Kosten meines ehrenamtlichen Angaschemangs von mir und meiner Person beliefen sich auf 37 Euro und 96 Cent, aber nur, weil ich beim hiesigen Baumarkt einen Rabatt von sieben Prozent herausg'handelt hab.

Und jetzt werfen mir der Gustl und der Woifi vor, dass ich dadurch einen höheren Rabatt auf meinen neuen Carport bekommen hätt. Ausgerechnet der Wolfi! Des Oanzige, was bei dem arbeit, san die Wimmerl auf seim Lahmarsch! Und der Gustl, der is so vui bläd, der hot an Intelentsquotienten unterhalb der Zimmertemperatur. Zwei Punkte weniger, und ma müsst ihn gießen!

Dass wir den Franz-Josef-Strauß-Waschbetonkübel in diesem Jahr feierlich wieder seiner Bestimmung übergeben haben, ist nur der 1938 verstorbenen Hintermoser-Fanni zu verdanken. Weil die hat uns bei der Bepflanzung geholfen, ohne dass sie wos woaß.

Weil wir ham von ihrem stillgelegten Grab den abgeräumten Humus samt Blumenschmuck kostenlos übernommen! Wenn jetzt also jemand behauptet, in dieser Angelegenheit müssten jetzt endlich Köpfe rollen, dann kann ich nur sagen, jawoll, viele, aber nicht meiner! Ich lasse mir das weder vom Günther noch vom Wolfi sagen, von dene bleedg'suffane Schwammalzinkn, dene ausgschamten. Saubande elendigliche!«

Der Schorsch war ein Naturtalent! Seine Zuhörer waren so hingerissen, dass sie jetzt begeistert klatschten. Viele »Bravo«-Rufe waren zu hören, Hüte wurden in die Luft geworfen, Kinder tanzten mit ihren Müttern. Der Jubel wollte kein Ende nehmen.

Bürgermeister Kuhn machte wieder einmal die Feststellung, dass es in der Politik überhaupt nicht wichtig ist, *was* man sagte, sondern nur *wie*. Trotzdem wollte er jetzt gerne zum eigentlichen Anlass zurückkehren.

Der Schorsch badete sichtlich gerührt im nicht enden wollenden Applaus. Das Weißbier war leer, er bekam unaufgefordert ein neues. Und er erinnerte sich tatsächlich daran, warum sein Publikum ursprünglich hierhergekommen war.

»Und so freue ich mich sehr, dass ich auch hier in eurem schönen Zwiebelföhring etwas Gutes anrichten durfte. So Gott es will, wird euer schönes altes Wirtshaus bald wieder im alten Ruhm erstrahlen und für viele von euch stundenlange Heimat werden. Ich darf in aller Bescheidenheit anführen, dass niemand anderer als ich und meine Person die Idee für die Umsetzung gehabt haben hatten! Und so übergebe ich mich an den geehrten Bürgermeister Kühn, der jetzt gleich zu euch sprechen wird!«

Der Schorsch verneigte sich wie ein Staatsschauspieler, griff zu seinem Weißbierglas und räumte den Platz hinter dem Mikrofon.

Die Kapelle spielte spontan einen Tusch, und es brandete erneuter Beifall auf. Der Bürgermeister, der zwar anmoderiert worden war, der aber schon geredet hatte, machte eine Geste in Richtung Resi. Die ging beherzt ans Mikrofon.

»Liebe Mitbürger, liebe Freunde. Wer mich nicht kennt – ich bin die Tochter von der Besitzerin dieses Hauses. Und ich hab einen Pachtvertrag bekommen, was nicht ganz einfach war. Denn eigentlich sollte hier kein Wirtshaus mehr sein, sondern Luxuswohnungen entstehen.«

Vereinzelte Buh-Rufe erklangen, aber die meisten der Zuhörer blickten erschrocken drein.

»Und um euch die Wahrheit zu sagen: Ich hab auch noch keine Konzession. Denn so wie der ›Alte Esel‹ in den letzten Jahren behandelt worden ist, hat ihm das nicht gutgetan. Deshalb, liebe Freunde, hab ich heute eine große Bitte an euch alle! Zusammen können wir es schaffen, dieses schöne alte Haus zu retten. Wir gründen dafür eine Aktiengesellschaft. Eine Aktie kostet 10 Euro. Jeder, der eine Aktie kauft, bekommt dafür einmal im Jahr eine Maß Bier und eine Portion Leberkäs. Und das zehn Jahre lang. Danach schaun mir, wie die Aktien steh'n.

Der Vorstand bin ich und der Aufsichtsrat auch. Unser Notar Köberle wird mir bei der Gründung helfen, und der Herr Bürgermeister steht mir ebenfalls zur Seite. Wenn ihr wollt, fangen wir heute noch damit an. Ansonsten kommt ihr bitte ins Rathaus. Die, die sich mit dem Laufen schwertun, die besuch' ich zu Hause.

Wenn wir 2500 Aktien verkaufen, ist der ›Esel‹ gerettet. Ich bitt' euch von Herzen: Helft mir, und helft unserem geliebten Zeislhöring! Danke sehr!«

»Auch kein schlechtes Rednertalent …«, dachte sich Bürgermeister Kuhn. Und dann ging er noch einmal ans Mikrofon.

»Danke, liebe Resi, und danke, lieber Schorsch Scheberl für diese beeindruckenden Reden. Ein Hinweis an die Kollegen von der Presse: Wir bekommen gleich noch hohen Besuch von jemandem, der sich für unsere Sache einsetzt. In der Zwischenzeit können da hinten an dem Tisch neben dem Salettl beim Notar Köberle Aktien gezeichnet werden! 500 müssen wir verkaufen, dann haben wir das Stammkapital und können sie gründen, unsere ›Leberkäs-AG‹«

Die Aufbruchstimmung war gewaltig. Es bildete sich eine lange Schlange an dem Tisch mit der Aktienausgabe. Resi erkannte den gesamten Gemeinderat, aber auch Fau Penz-Pigulla und einen Mann mit einer amerikanischen Armeemütze, wenn auch der falschen.

Die Blaskapelle spielte »Wer soll das bezahlen?«, und Resi war glücklich. Hoffentlich würde sich das Problem mit dem Koch bald lösen lassen. Acht Kandidaten hatten sich auf ihre Anzeige gemeldet, vier davon hatte sie für heute eingeladen. Gleich müsste der Erste da sein.

Sie ging hinein in die Gaststube und wartete auf den ersten Anwärter. Er kam nicht. Ohne sich zu melden, ohne abzusagen. Resi schaute auf das Display ihres Handys, aber das signalisierte: keine Nachricht.

Der zweite Kandidat erschien pünktlich: ein gewisser Enrico Hamundsen aus Rostock, geschätzte 120 Kilo schwer, also schien er das zu mögen, was er selbst herstellte. Ein fröhliches Schwergewicht aus Mecklenburg-Vorpommern, das erst seit zwei Wochen in Bayern war, sich mit bayerischer Küche nicht auskannte und ein weiteres Angebot von einem Schnellrestaurantbetreiber im Stachus-Untergeschoss hatte. Nach wenigen Minuten hielten es beide für das Beste, wenn er das Innenstadt-Angebot annahm.

Der dritte hatte einen vielsilbigen Nachnamen mit ungefähr acht Konsonanten und hieß mit Vornamen

Bürkan. Er musste rasch zugeben, dass er keine Kochausbildung hatte, obwohl das in der Anzeige als Bedingung genannt worden war. Er habe bis jetzt als Taxifahrer und Zigarettenautomaten-Auffüller gearbeitet und wolle sich verändern. Resi winkte dankend ab.

Und der vierte hieß Miro, ein sympathischer End-Vierziger, der schon in einigen namhaften Hotels gekocht hatte. Resi meinte schon, sie hätte den Richtigen gefunden, da klingelte sein Handy. Die Nachricht, die Miro bekam, ließ ihn sofort aufbrechen. Er müsse leider ganz schnell weg, aber er würde sich wieder melden. Sie hörte noch, wie er sich rasch entfernte – mit einem Auto, dessen Auspuff für großes Geräuschaufkommen sorgte.

Da saß sie allein am Stammtisch – ohne Konzession, ohne Koch. Ihr war nach Heulen zumute, aber die Kämpfernatur in ihr wollte sich nicht entmutigen lassen. Da setzte sich wieder einer an ihren Tisch.

»Ich habe gehört, dass man sich hier für eine Stelle bewerben kann.«

Die Stimme kannte sie, den Schnauzbart auch, und den ganzen Kerl erst recht: Es war Toni, der sie mit seinen blauen Jennerwein-Augen anschaute.

Resi lächelte ihn an: »Wollen wir es wirklich probieren?«

Toni zog kurz eine Schulter hoch: »Ich glaub schon. Du hast gar keine andere Wahl, und mir wird's bei meiner Mutter zu eng. Aber erst einmal tun wir uns nur beruflich zusammen, bitte. Wenn es kracht, gehen wir auseinander wie Arbeitskollegen, dann tut's im Herzen nicht mehr so weh. Einverstanden?«

»Einverstanden. Dann zeig ich dem neuen Koch gleich sein neues Zimmer, wenn's recht ist.«

»Ist recht ...«, brummte der Toni, und sie gingen zusammen in den ersten Stock. Sie zeigte ihm den Raum, in dem bis vor Kurzem noch der Peter Popp gewohnt hat.

»Die Möbel stellen wir in den Keller, dann ist Platz für deine. Und wenn du Angst bekommst – ich wohn gleich nebenan!«

Da lachten sie beide, strahlten sich an, wollten sich umarmen und taten es doch nicht.

Als sie wieder auf der Terrasse waren, sahen sie mit großer Freude, wie viele Menschen eine Aktie kaufen wollten. Die Blaskapelle spielte einen Boarischen, und einige Paare tanzten dazu. Es war ein bayerisches Idyll wie aus einem Heimatfilm.

Da plötzlich verstummte die Musik mit einem Misston, und alle Augen wandten sich Richtung Terrassentür. Dort stand ein Mann mit gegelter Ananasfrisur. Die meisten kannten ihn. Es war der stellvertretende Starnberger Landrat Günther Gebauer. Sofort scharten sich die Fotografen um ihn und zückten ihre Apparate.

Er begrüßte einige Menschen, die er kannte. Er lächelte, aber es war das gekünstelte Politikerlächeln, hinter dem kaltes Kalkül stand. Resi wollte dringend weg, aber er hatte sie schon gesehen. Zügig schritt er über die Terrasse in ihre Richtung.

»Wer ist das?«, wollte Toni wissen,

»Den kennst du nicht...«, zischte Resi ihm zu.

»Hallo Resi«, schnurrte Gebauer mit sonorer Stimme. »Du hast dich überhaupt nicht verändert! Weißt du noch, wer ich bin?«

Resi räusperte sich und konnte nur mit rauer Stimme antworten: »Ja, natürlich, Günther. Darf ich vorstellen, das ist der Toni, unser neuer Koch. Und das ist Günther Gebauer, der stellvertretende Landrat von Starnberg.«

»Grüß Gott!«, brummte Toni, der den öligen Herrn mit der Ananasfrisur nicht leiden konnte.

Günther Gebauer beachtete Toni überhaupt nicht und wandte sich an Resi: »Schau, schau, einen Koch haben wir also schon. Dann werden wir sehen, ob es mit der Konzession noch klappt, oder?« Und, mit einem Blick auf den Notar: »Die Aktien reißen sie euch ja wirklich aus der Hand. Hoffentlich wird das nicht zu viel für das Herz vom alten Notar Köberle ...«

»Was willst du hier?«, fragte ihn Resi erbost.

»Ein Landrat wird sich doch informieren dürfen, was in seinem Landkreis alles so passiert. Und wie du weißt, liegt mir Zeislhöring besonders am Herzen. Und du natürlich auch ...«

Er wollte sie mit dem Rücken seines Zeigefingers an der Wange berühren, aber Resi zog den Kopf weg.

Gebauer lächelte wie ein Teufel. Er schaute kurz in Tonis Gesicht, dann in das von Resi.

»Ich bin sicher, wir sehen uns wieder – jetzt, wo wir wieder miteinander zu tun haben. Wiederschaun!«

Als er zurückging, fiel auf, dass die Gäste eine Gasse bildeten. Es gab nur wenige, die ihm begegnen oder mit ihm sprechen wollten. Wenige Sekunden später war er wieder verschwunden.

Toni wunderte sich. »Na, das war ja ein Charmebolzen. Beliebt wie Fußpilz. Woher kennst du ihn denn?«

Resi wich aus: »Er ist mit mir zusammen aufgewachsen, wir waren zusammen in der Schule.«

»Das ist alles?«

»Ja, das ist alles!«, fauchte ihn Resi an.

Toni hob abwehrend die Hände: »Warum bist du denn so wütend auf mich?«

Resi stemmte die Hände in die Hüften und schrie wütend: »Ich bin nicht wütend!«

Und damit stapfte sie zurück ins Haus. Toni wusste genau, dass sie ihm gerade einmal die halbe Wahrheit gesagt hatte. Aber er würde die andere Hälfte schon noch herausfinden.

12

»Sagen Sie amal, Herr Dings, wie lange brauchen Sie denn noch?« Der Herr mit den weißen Haaren und der randlosen Brille auf dem Rücksitz war ungehalten. »Da sagen Sie: Wenn Sie vom Münchner Hauptbahnhof … in zehn Minuten! Dann sind wir … im Grunde genommen … schon quasi da. Also vor Ort. Wenn Sie so wollen. Aber vorhin war'n wir ja schon zu spät. Und jetzt es ist noch später als vorhin!«

Der Chauffeur am Steuer versuchte, sich mit untauglichen Mitteln zu verteidigen: »Ja mei, der Ort ist wirklich sehr klein …«

»Was soll denn das heißen? Klein? Der Ort, in dem ich wohne, also Hausratswolfen, ich meine natürlich Ratwolfhausen, der ist auch klein! Und trotzdem find ich ihn jedes Mal, wenn ich nach Hause will. Verstehen Sie? Ich mein, ich muss da eine Rede halten, Tausende von Menschen warten auf mich, vielleicht ist die Bundeskanzlerin auch da – und wir finden nicht hin, weil Sie sagen, der Ort ist zu klein!«

Der Chauffeur beruhigte seinen Fahrgast: »Das Navi sagt, in zehn Minuten sind wir da!«

»In zehn Minuten!«, ertönte es vom Rücksitz. »Das wär mit dem Transpirat nicht passiert, ich meine mit dem Transpirant, dem Transrapid natürlich! Was ist denn das eigentlich für eine Veranstaltung?«

»Das weiß ich nicht, ich bin nur der Fahrer!«

Sein verärgerter Gast öffnete seinen Aktenkoffer und sah in seinen Unterlagen nach.

»Ah, weiß schon wieder: *Sechzig Jahre Augsburger Puppenkiste.* Die Rede hab ich dabei!«

Er fing an, halblaut vorzulesen und dabei den Text zu memorieren: »Liebe Festgäste, liebe Frau Bundeskanzlerin, liebe Weinkönigin! Sechzig Jahre Augsburger Puppenkiste in Bayern, das ist ein Tag der Dankbarkeit, der Freude und der Gemeinsamkeit. Ein Tag der Dankbarkeit an jene, die sich vor sechzig Jahren getraut haben, einen neuen Anfang zu wagen. Äh ... ein ... äh ... Puppentheater zu äh ... die Puppen tanzen zu lassen. Und der Freude darüber, was die Augsburger Puppen in sechzig Jahren für die Menschen in Bayern leisten konnten. Und der Gemeinsamkeit, weil die Erfolge der Bamberger Puppenkiste in Augsburg ... eine große Gemeinschaftsleistung aller sind.«

Der Fahrgast sah aus dem Fenster und bemerkte einen See.

»Sagen Sie mal, Herr Dings da vorne am Lenksteuer, da stimmt doch etwas nicht ... das schaut hier gar nicht aus wie das Umland von Augsburg. Und von einer Puppenkiste ist schon amal gleich gar nix zu sehen! Moment, das klären wir gleich!«

Der grauhaarige Herr holte ein Handy aus seiner Sakkotasche und drückte einen Knopf.

»Ja, Herr Haselbeck! Ich bin selber am Apparat. Können Sie mir sagen, wo bin ich? ... Im Telefon, aha! Nein, das weiß ich selber! Sagen Sie, ich habe hier eine Rede *Sechzig Jahre Augsburger Puppenkiste*, Festakt mit anschließender posthumer Aufnahme einer Franz-Josef-Strauß-Marionette in das Ensemble der Puppenkiste. Musikalische Umrahmung mit den Bamberger Symphonikern... und der Strauß ist net amal da!«

Dann hörte der weißhaarige Herr eine Weile lang halbwegs geduldig zu.

»Ach so, der Festakt fürs Puppentheater ist erst nächste Woche! ... Aha. Nicht Augsburg, sondern ... wie heißt das? Zeislhöring? ... Jetzt hörn S' auf, mir zu sagen, was ich hier soll, das weiß ich schon! Das heißt, eigentlich müsste ich Bayern retten und Sie schicken mich ins Kasperltheater! Ja, ich hab jetzt keine passende Rede dabei, schauns doch her! ... Ach so ... Sie sehns ja ned.«

Wieder sagte der Gesprächspartner etwas. Offenbar erkundigte er sich, welche Manuskripte sich außer der Puppenkisten-Rede im Koffer befänden.

»Ja nur die Standardreden halt. Äh ... *Transrapid*, *Problembär* und *Sechzig Jahre CSU in Bayern*, wie immer. Aber ich wäre ja nicht der Ministerpräsident des ehemaligen Bayern, wenn ich nicht ... geistesgegensetzlich und wortgeschneidert sofort ... auf die veränderte Sachlage ... sozusagen ... blitzvorbereitet wäre! Sagen Sie mir gschwind, was da los ist, und ich hol die passende Rede aus dem Stegreif heraus ... Was sagen Sie? ... Wirtshausrettung durch Aktiengesellschaft? Jetzt machen Sie keine dummen Witze, was ist der richtige Anlass? ... Ach, das *ist* der richtige Anlass? Ausgezeichnet, dann nehm ich die Rede mit der Zukunft Bayerns und dass in der Vergangenheit ja auch ein Stück Zukunft liegt und wir in der Gegenwart an beide denken sollen. Auf Wiederdings, Herr Schaun!«

Er steckte das Handy wieder ein und sagte zum Chauffeur: »Lassen Sie sich ruhig noch Zeit, ich muss erst noch meine Rede lernen ...«

Notar Köberle kam aufgeregt auf Toni zu: »Wo ist die Resi? Ich muss ihr unbedingt etwas sagen, netwahrundsoweiternet!«

Toni deutete auf das Wirtshaus: »Sie ist da hineingegangen. Wobei … ›gegangen‹ stimmt eigentlich nicht. Oder nennt man das ›gehen‹, wenn ein Kampfstier die Arena betritt? Warten Sie, Herr Notar, ich komm mit! Aber vorher hätte ich bitte noch eine Frage …«

»Und die wäre?«

»Dieser Mann, der vorhin da war. Und bei dem alle ruhig geworden und dem alle aus dem Weg gegangen sind – wer war das?«

Der Notar kicherte, und seine Augenbrauen wogten regelrecht auf und ab.

»Ich vergess immer, dass Sie ja ein Zugroaster sind! Wenn auch ein bayerischer. Das war der Günther Gebauer, der stellvertretende Landrat, netwahr.«

Toni wunderte sich: »Und vor dem haben alle einen solchen Respekt?«

Jetzt zögerte der alte Notar mit der Antwort: »Sie müssen wissen … da hat es einmal eine unangenehme Sache gegeben … Also der Günther ist ein gebürtiger Zeislhöringer.«

»Ah so? Dafür ist er aber nicht sehr herzlich empfangen worden!«

»Und das aus gutem Grund, netwahrundsoweiter«, begann der Notar zu erzählen. Sie bewegten sich auf die Wirtshaustür zu und hatten sie schon erreicht. Aber vor dem Öffnen erzählte der Notar dem Toni, was er wusste.

»Also der Günther hat sich schon immer für etwas Besonderes gehalten. Es war von Anfang an klar, dass er große Karriere machen wird, in der Politik oder in der Wirtschaft oder sonstwo. Ein fescher Kerl war er, aber auch ein Hallodri, ein Casanova, netwahrundsoweiter. Aber eines Tages, das war vor sieben Jahren, wir haben schon gar nicht mehr dran geglaubt, hat er sich tatsächlich verlobt. Sechs Wochen später hätt' die Hochzeit sein sollen. Und in der Nacht davor ist er erwischt worden, in flagranti, mit der Tochter vom Johann Wolf, dem vom Baugeschäft. Na, da ist die ganze Hochzeit natürlich geplatzt, netwahrundsoweiter.«

»Ein sympathischer Bursche, dieser Gebauer ...« murmelte Toni und dachte nach.

»Seine Braut hat ihn wohl sehr geliebt. Alle im Dorf haben sie sehr gemocht, den Gebauer aber hat keiner leiden können. Und so haben die Burschen leere Konservendosen an sein Auto gehängt, und dann haben sie draufgeschrieben »Nearly just married«. Und dann haben sie allen in Zeislhöring Bescheid gesagt, so dass alle auf der Straße waren, als der Gebauer weggefahren ist. Vorher hat er allen gedroht, dass er wiederkommen und sich rächen will. Netwahrundsoweiter.«

»Und wer war die bedauernswerte Braut?«, wollte Toni wissen.

Aber da hatte der Notar schon die Tür geöffnet.

»Resi!«, rief er freudig. »Ich habe eine großartige Neuigkeit! Wir haben über 500 Aktien verkauft – wir haben das Startkapital zusammen!«

Resi saß mit Jennifer und Onkel Edi am Stammtisch in der ansonsten leeren Gaststube. Als sie die Nachricht hörte, sprang sie auf und umarmte den alten Notar.

»Das ist ... großartig! Ich danke Ihnen sehr!«

Und den anderen rief sie zu: »Ab heute kann ich euch bezahlen! Und ihr könnt anfangen zu arbeiten!«

Der Notar klatschte in die Hände und sagte: »Ich geh wieder an meinen Verkaufsstand! Da stehen noch viele! Hoffentlich haben wir genug Papiere! Notfalls nehmen wir Bierdeckel!«

Er kicherte noch einmal und ließ dazu seine buschigen Augenbrauen zittern. Dann wuselte er hinaus.

Resi wandte sich an Jennifer und Onkel Edi: »Das ist Toni, unser Koch!«

»Und Bierbrauer!«, ergänzte Toni und setzte sich zu den anderen.

»Jawohl!«, strahlte Resi, »Und Bierbrauer!«

Onkel Edi setzte ein breites Lächeln auf: »Das ist ja fabelhaft! Ich hab damals schon beim Brauen geholfen! Ich kenn mich ein bisserl aus! Da kann ich dir gut helfen, Toni!«

Jennifer warf die Haare über die Schulter und sagte: »Und ich werde das alles zapfen und servieren! Danke, dass ich dabei sein darf, im neuen Team vom ›Alten Esel‹!«

Resi wollte gleich ins Detail gehen, da hörte sie von draußen Applaus. Da kam wohl gerade der Ehrengast an.

Die schwarze Limousine fuhr langsam die kleine Allee hinunter zum Rondell. Die Blaskapelle reagierte schnell und spielte den »Bayerischen Defiliermarsch«. Als der Ehrengast ausstieg, brandete ein riesiger Applaus auf. Viele Hände mussten geschüttelt werden, die Fotografen schossen wie wild ihre Fotos, und der Ehrengast bahnte sich einen Weg auf die Terrasse, zu seinem Rednerpult. Es war genauso wie in Passau am Aschermittwoch.

Resi, Toni, Jennifer und Onkel Edi kamen aus dem Wirtshaus und trauten ihren Augen nicht: Edmund Stoiber persönlich in Zeislhöring? Oder war das nur sein Double, dieser Kabarettist, wie hieß er gleich noch? Nein, kein Zweifel – das war das Original!

Federnd sprang der ehemalige Ministerpräsident ans Rednerpult und versuchte, mit den Händen den Applaus abzuschwächen, was ihm zunächst nicht gelang. Schließlich hörte die Kapelle auf zu spielen, und es trat Ruhe ein.

»Meine sehr verehrten Damen und Herren, liebe Frau Bundeskanzlerin, liebe CSU-Wähler, liebe Nicht-Bayern. Und vor allem liebe Bürgerinnen und Bürger von ... äh ... dieser schönen Gemeinde am Ufer vom Starnberger Dings!«

Diese geschmeidige Einleitung wurde mit einem großen Applaus bedacht.

»Heute ist ein Tag der Dankbarkeit, der Freude und der Gemeinsamkeit. Aber ›heute‹ ist morgen schon wieder Donnerstag, wenn Sie meinen, was ich verstehe.«

500 Augen- und Ohrenpaare waren genauso hingerissen wie vorhin bei der Rede von Schorsch Scheberl. Kein Wunder, in beiden Fällen waren die Worte sinnlos und unverständlich. Aber, so stellte sich jetzt ein weiteres Mal heraus: Es kam nicht auf das »Was« an, sondern auf das »Wie«. Und im Bereich des »Wie« war er nicht zu schlagen, der Ministerpräsident des ehemaligen Bayern.

»Was gestern noch heute war, kann morgen schon von gestern sein. Verstehen Sie? Die Zukunft ist ein starker Gegner! Aber auch ein verlässlicher! Denn die Zukunft heißt Zukunft, weil sie verlässlich eines Tages auf uns zukunft!

Schauen Sie, es ist ja gewissermaßen so: Sie kennen ja bestimmt den berühmten Oscar-Preisträger Alfred Einstein. Ein großer Mathematiker und Physiker, der nebenbei sogar noch... wunderschöne Bilder ... mit seiner Geige ... gemalt hat ... bevor er dann dieses Krankenhaus in Afrika gebaut hat.

Dieser Alfred Einstein wurde weit über die Grenzen Bayerns hinaus bekannt durch seine Realitäts-Theorie. Und die sagt ja im Grunde genommen Folgendes: Die Zeit heilt alle Wunden, vor allem die, die sie einem selber geschlagen hat. Oder, um ein praktisches Beispiel zu nehmen: Wenn Sie vorne an einen Zug gebunden sind, der mit vierfacher Lichtgeschwindigkeit durch einen Bahnhof fährt, und wenn Sie dabei beim Einfahren auf die Bahnhofsuhr schauen – und wenn dann der Zug nach vier Minuten Aufenthalt den Bahnhof mit vierfacher Lichtgeschwindigkeit wieder verlässt und Sie dann *wieder* auf die Bahnhofsuhr schauen – dann wird die Zeit exakt dieselbe sein, weil ja Bahnhofsuhren bekanntlich *alle* nicht funktionieren.

Und dafür hat dieser Einstein den Oscar bekommen! Eigentlich unbegreiflich, aber mei, vielleicht waren damals die Ansprüche noch nicht so hoch ...«

Toni schaute zu Resi, die sich kaum das Lachen verkneifen konnte. Sie flüsterte begeistert: »Ist er nicht großartig?«

»Was ich Ihnen eigentlich damit klarmachen möchte: Die Gestaltung der Zukunft in Bayern darf man nicht der Gegenwart überlassen! Das muss ich Ihnen doch nicht groß erklären, Sie haben doch alle das große Latinum daheim in der Garage stehen, das merken Sie doch schon an der Grammatik. Im Deutschen gibt es drei Formen für die Vergangenheit, zwei für die Zukunft, aber nur *eine* für die Gegenwart. Wenn das kein Alarmzeichen ist! Für die Zukunft, da haben wir in der deutschen Grammatik erst einmal die Zukunft, das sogenannte Futur. Das kennen Sie, oder? Aber zusätzlich haben wir auch noch das Futur 2, das ist so gut wie neu, denn das wird ja so gut wie nie benutzt.

Gegenwart ist klar, da haben wir das Praesens, das kommt vor in so schönen Sätzen wie ›Einigkeit und Recht und Freiheit für das deutsche Vaterland‹. Da isolieren wir sofort das Verbum, und das lautet ... äh ... ›für‹. ›Für‹ steht im Praesens, weil das ja klar ist. Ein Zustand, der andauert, obwohl er aus der Vergangenheit stammt und für die Zukunft gelten soll.

Drei Vergangenheitsformen, meine Damen und Dings! Drei! Das heißt, der deutschen Sprache lag schon immer die Vergangenheit mehr am Herzen als Gegenwart und Zukunft. Das muss uns doch zu denken geben! Was haben wir da für eine Auswahl! Perfekt! Imperfekt! Plusquamperfekt! In einigen Teilen Niederbayerns gibt es an die 20 Mischformen! In einigen Teilen der Oberpfalz unterhält man sich *nur* in der Vergangenheit, weil da in der Gegenwart nichts passiert!

Und deshalb muss gelten: Die beste Zeit für die CSU – das ist die Vergangenheit! Das muss der Wahlspruch für den nächsten Parteitag sein! Es lebe der Rückwärtsgang! Alles zurück auf Anfang! Das dritte Jahrtausend geht nach hinten los!

Wenn Sie, so wie ich, immer das Ohr ganz nah am Puls der Herzen haben, dann spüren Sie, was los ist, draußen und drinnen in unserem Vater- und natürlich auch Mutterland. Die Menschen sehnen sich nach ihrem Hinterteil! Also nach allem, was sie hinter sich lassen! Und da muss es die Aufgabe der CSU sein, hinter diesen Menschen zu stehen und alles aufzufangen! Gegenwart und Zukunft schön und gut, aber die Basis für das Heute und Morgen ist das Gestern!«

Jubel und Bravo-Rufe. Und diejenigen, die nicht folgen konnten, suchten die Schuld bei sich.

Der weißhaarige Herr kam zum improvisierten Teil seiner Rede.

»Und dieses Gestern, das hat besonders hier in … Dings … eine besondere Bedeutung. Wir stehen hier vor einem Gebäude, das eindeutig gestern gebaut worden ist. Wenn nicht sogar vorgestern. Verstehen Sie? Und dieses Gestern müssen wir bewahren, und zwar mit Methoden von heute! Wie ich höre, haben Sie hier in Ihrem schönen … Dings … am Ufer des schönen Starnberger … Dings … eine besondere Idee gehabt, Ihr Wirtshaus zu retten. Sie haben eine Aktiengesellschaft gegründet, abgekürzt GmbH.

Diese Idee ist fabelhaft, meine Damen und Herren! Ich gratuliere Ihnen zu dieser Pioniertat und wünsche Ihnen für die Zukunft alles Gestrige und sage Ihnen heute: Das, worauf es ankommt, ist die schwarze Null! Und die bin immer noch ich! Ich danke Ihnen!«

Als hätte man sich abgesprochen, spielte die Blaskapelle einen Tusch und dann wieder den Bayerischen Defiliermarsch. Der Redner ging unter großem Jubel wieder zurück zu seinem Auto, um sich zu seinem nächsten Termin fahren zu lassen – von dem er keine konkrete Vorstellung hatte. Er wusste nur eines: Augsburg war es nicht.

13

Pfarrer Hallberger machte die Aktiengesellschaft an jedem Sonntag zum Gegenstand seiner Predigt. So wie früher an Wahlsonntagen Empfehlungen von der Kanzel aus für die richtige Partei gegeben wurden, so ermahnte der Gottesmann jetzt seine Schäfchen zum Aktienkauf – jedenfalls solange diese Entscheidung sich nicht durch reduziertes Aufkommen im Klingelbeutel bemerkbar machte.

In der Tat waren in der Woche nach der Werbeveranstaltung schon Aktien im Wert von 200000 Euro gezeichnet worden, wobei sich einige Zeislhöringer strikt verweigerten, andere dafür aber weit über die Anzahl der Köpfe in ihrer Familie hinaus Papiere kauften.

Für den Rest machte sich Resi auf die Ochsentour. Sie hatte die Adressen von ungefähr 300 Bürgern, bei denen man Chancen sehen konnte. Diese wurden alle von Resi besucht, die mit ihrem Fahrrad an ungefähr 14 Zehn-Stunden-Tagen ihr Heimatdorf abfuhr und wie ein Zeuge Jehovas Überzeugungsgespräche führte.

Bei einigen ihrer Mitbürger biss sie sich die Zähne aus. »Ich unterstütze keinen Alkoholausschank!«, war da zu hören, oder »Ich glaub nicht an so einen Wirtschaftsschmarrn!«. Das Misstrauen gegenüber dieser Finanzierungsmethode war bei einigen nicht zu überwinden, bei anderen genügten ein freundliches Lächeln und eine charmante Ermunterung.

Schließlich war es so weit. 250000 Euro waren zusammengesammelt, und Notar Köberle beglaubigte in einer genauso umständlichen wie rührenden

Veranstaltung in seinem Wohnzimmer die AG. Seine Frau servierte dazu Kaffee und Marmorkuchen.

Jetzt konnte es endlich an die Renovierung gehen. Jennifer hatte mittlerweile Resis Kinder- und Jugendzimmer bezogen. Die Einrichtung störte sie nicht, allerdings wurden die Poster ausgetauscht. Jetzt hingen Rihanna und David Guetta an den Wänden, lediglich die Schlümpfe überlebten.

Die kleine »Esel«-Mannschaft versammelte sich abends in der Gaststube: Jennifer, Onkel Edi, Toni und Resi. Der Wolf-Johann hatte sein Versprechen wahr gemacht: Er spendierte ein paar alte Küchenmöbel, die er bei Entrümpelungsaktionen abgestaubt hatte: einen alten Kühlschrank, einen kleinen Herd, eine Spüle. Das wurde behelfsmäßig in der Küche installiert, sodass die wenigen Bewohner des Hauses sich ihre Mahlzeiten zubereiten konnten. Und für den Keller gab es eine zwanzig Jahre alte Waschmaschine.

Die frisch gebackene Vorstandsvorsitzende der Leberkäs-AG legte ihre Pläne dar: »Liebe Kollegen und Mit-Aktionäre, der Notar Köberle hat heute die Gründung der Leberkäs-AG notariell beglaubigt. Der Marmorkuchen war ausgezeichnet, und der Notar war erstaunlich fit, immerhin hat er die Siebzig weit hinter sich gelassen.

Da es sich um eine sogenannte ›kleine AG‹ handelt, besteht der Vorstand aus einer Person: dem Gründer, also mir. Ich leite und vertrete die kleine Aktiengesellschaft nach außen. Der Eintrag im Handelsregister ist erfolgt, das Startkapital ist aufgebracht – es kann losgehen. Ihr seid sozusagen der Aufsichtsrat, deshalb würd ich jetzt gern mit euch besprechen, was wir mit dem Geld als Erstes machen. Was erscheint euch am wichtigsten?«

»Die Toiletten!«, seufzte Jennifer und hielt sich demonstrativ die Nase zu.

»Die Küche!«, rief Toni.

»Das Salettl!«, meinte Onkel Edi.

»Die Fenster, die Fußböden, die Vorhänge, die Lampen im Festsaal«, meinte Resi, und musste sich von Toni den Vorwurf der Mädchenhaftigkeit gefallen lassen. Es sei doch wieder typisch: Frauen würden immer erst ans Aufhübschen denken und dann erst an die Praxis! Resi erwiderte, ihrer Ansicht nach sei alles gleichzeitig möglich!

»Und dann ist da natürlich noch die Brauerei!«, gab Toni zu bedenken.

»Können wir das nicht noch ein bisschen verschieben?«, fragte Resi.

»Verschieben?« Toni wurde erstaunlich laut. »Auf keinen Fall! Ein bayerisches Wirtshaus braucht ein gutes bayerisches Bier. Damit steht und fällt aber auch schon wirklich dermaßen alles!«

Resi ärgerte sich über sich selbst. In ihrer Rechnung kam die Brauerei überhaupt nicht vor, aber sie hätte daran denken müssen, dass sie Toni sehr wichtig, wenn nicht am wichtigsten war.

»Eine gute Küche ist aber genauso wichtig!«, gab sie sehr zaghaft zu bedenken und wusste, dass sie schon verloren hatte.

»Eine gute Küche ist selbstverständlich, aber dafür hast du ja mich, darüber musst du dir keine Gedanken machen. Aber ein Wirtshaus ohne gutes Bier – das kannst du vergessen!«

Onkel Edi pflichtete ihm bei, und damit war die Aufsichtsratsvorsitzende nicht mehr in der Mehrheit.

»Also gut, rechnen wir das Ganze einmal durch. Toni, was meinst du, was kostet uns die Brauerei?«

Toni holte ein Papier aus der Tasche, das mit Zahlen vollgeschrieben war.

»Ich hab mir das ganz genau ausgerechnet. Die Brauerei, wie wir sie in der Scheune vorgefunden haben, war seit vierzig Jahren nicht mehr in Betrieb. Sie muss gereinigt und neu geeicht werden. Vermutlich ist das Dach auch nicht mehr in der Lage, das Rohr zu halten. Die Fässer im Keller müssen neu abgedichtet und ebenfalls gereinigt werden, da liegen Reste von vierzig Jahre altem Bier drinnen!«

Jennifer wurde bei dem Gedanken blass, sie hielt sich die Hand vor den Mund.

»Das macht … alles zusammen … mindestens 50 000 Euro.«

Resi riss die Augen auf: »50 000 Euro?«

»Mindestens!«, betonte Toni gelassen. Er zögerte, ob er sich die Provokation trauen sollte, und entschied sich dann dafür: »Denn wenn ich was mache, dann mach ich es gescheit!«

Er wusste, dass er mit diesem Satz Resi auf die Palme brachte. Deren Selbstbeherrschung war aber noch stabil. Also fuhr Toni fort: »Selbstverständlich machen wir ein Bio-Bier ohne irgendwelche Zusätze.«

»Das darf man doch sowieso nicht nach dem bayerischen Reinheitsgebot!«, wunderte sich Jennifer, und Onkel Edi lächelte wissend.

Toni lachte bitter: »Das gibt's schon lang nicht mehr, das ist ein Märchen für die Touristen. Das heißt jetzt

›Deutsches Biergesetz‹, und da sind Dinge erlaubt, da wird dir schlecht!«

Jennifer wunderte sich sehr, und Resi merkte, wie ihr die Felle davonschwammen.

»Hast du schon einmal von PVPP gehört?«, fragte Toni, und Jennifer schüttelte den Kopf.

»Polyvinylpolypyrrolidon. Die reine Chemie. Das kauft man in großen Plastikflaschen, es stinkt fürchterlich nach Benzin. Das schüttest du in die Maische, das macht das Bier haltbar, und danach filterst du es wieder heraus. Eine sogenannte ›Nicht-Zutat‹. Und die muss auch nicht deklariert werden. Oder das Farbebier. Das ist Röstmalz, das schüttest du einfach ins Helle, und danach hast du Dunkles. Und ich sag euch, Leut, das ist alles mit mir nicht zu machen! Ich verwende auch keine Hopfenpellets, obwohl die billiger und praktischer sind. Bei mir kommt echter, frischer Hopfen ins Bier! Vom Bio-Bauern! Des hab ich auch alles schon organisiert und abgesprochen! Das wird ein Spitzen-Bier, unser ›Esel-Bräu‹!«

Toni lehnte sich triumphierend zurück, voller Stolz auf seine Unbeirrbarkeit.

Resi verzog kurz den Mund und fragte dann:

»Und was kostet dann so eine halbe ›Esel-Bräu‹«?

Toni lachte selbstsicher.

»Mit der Frage habe ich gerechnet, und ich weiß auch schon die Antwort. 4 Euro 20.«

Onkel Edi stieß die Luft durch die Zähne aus, Jennifer reagierte mit einem panischen »Ach du lieber Gott …«

Resi lachte bitter: »4 Euro 20 für eine Halbe Bier? Das sind ja Preise wie auf dem Oktoberfest.«

»Und da zahlen es die Leute ja auch!«, konterte Toni.

»Aber vielleicht ist es dir schon aufgefallen, du Ober-Braumeister: Wir sind hier nicht auf dem Oktoberfest, sondern in einer Wirtschaft, die ums Überleben kämpft! Drüben in Tutzing verlangen sie 3 Euro 40, das ist die Obergrenze!«

Toni schaute sie kampflustig an: »Ist das Bier in Tutzing PVPP-frei? Mit frischem Hopfen? Von Meisterhand gebraut?«

»Es ist von Augustiner oder vom Tegernsee, meine Güte!«

Resis Betriebstemperatur hatte die rote Gefahrenzone erreicht. Die Stimme drohte bereits ins Hysterische zu kippen.

Toni blieb ganz ruhig: »Und unseres ist von mir.«

Resi starrte ihn an und wusste: Mit dieser Selbstherrlichkeit, dieser Sturheit würde sie niemals zurechtkommen.

»Und du kannst froh sein«, fuhr er unbeirrt fort. »Du weißt, du musst ein alkoholfreies Getränk im Angebot haben, das billiger ist als Bier. Dann kannst du für ein Mineralwasser 4 Euro 19 verlangen!«

Toni grinste frech.

Resi wollte in dieser Phase keinen Streit vom Zaun brechen und zwang sich zur Gelassenheit: »Dann mache ich jetzt folgenden Vorschlag. Toni, du kümmerst dich bitte um die Kücheneinrichtung. Onkel Edi, du sprichst mit dem Baugeschäft.«

Onkel Edi fragte: »Mit welchem bitte? Wir haben zwei! Den Wolf und den Kastner. Und du kannst sicher sein: Wenn wir *eines* davon beauftragen, wird uns das andere auf ewig böse sein!«

Resi musste ihm zustimmen. Dann hatte sie die Lösung: »Dann fragst du den Wolf für drinnen und den Kastner für draußen. Und erst wenn der Wolf drinnen fertig ist, fängt der Kastner draußen an. Damit wir hier nicht zum Zentrum eines Krisenherds werden – wenn wir es nicht schon sind ...«, fügte sie gepresst in Richtung Toni hinzu.

»Ich selber werde mich dann um die Mädchen-Dinge kümmern ...« – wieder ein Seitenhieb Richtung Toni – »... und zusammen mit Onkel Edi um die Lebensmittel. Und dann schauen wir, wo wir stehen und welche Summen wir wofür ausgeben. Ist damit auch der Herr Braumeister einverstanden?«

»Selbstverständlich, Frau Aufsichtsratsvorsitzende!«

Resi ließ diese Spitze unkommentiert und fuhr fort: »Morgen kommt der Herr Hanselmann vom Landratsamt und schaut sich alles an. Dann wird er uns sagen, was aus seiner Sicht gemacht werden muss, und ich hoffe, dass es da nicht zu bösen Überraschungen kommt. Und damit wünsche ich dem Aufsichtsrat eine gute Nacht!«

Onkel Edi fuhr mit seinem Motorroller nach Hause in das kleine Forsthaus. Jennifer, Resi und Toni einigten sich über die Reihenfolge der Badbenutzung und zogen sich dann in ihre Zimmer zurück. Resi ließ den anderen den Vortritt, weil sie noch nach Seppi schauen wollte. Der alte Esel lag in seinem Bett aus Stroh und blickte hoch, als er Resi sah. Die ging in die Knie und schlang die Arme um den Hals mit dem rauen Fell und der schwarzen Bürste auf dem Rücken. Seppi machte dabei schnurrende Geräusche, die er bestimmt von einer Katze gelernt hatte.

Dann ging Resi ins Bad und danach ins Bett. Aus den Zimmern von Jennifer und Toni drang kein Geräusch, so, als wären sie nicht da.

Als Resi in ihrem leeren Bett lag, dachte sie nicht zum ersten Mal: »Was um Himmels willen habe ich mir da angetan?« Und dann fragte sie sich, warum es in ihrem Leben immer so viele Achterbahnfahrten gab. Von Zeislhöring nach Berlin und dann wieder zurück. Dann nach München und wieder zurück. Und der Fall Toni lag noch komplizierter. Da hätte es einen Mann gegeben, der ihr gefiel, und dann war er stur wie ein Panzernashorn und sie selber tonangebend wie ein Feldwebel. Jetzt waren sie getrennt, aber beruflich doch zusammen. Durch eine Wand getrennt, aber gedanklich doch zusammen. Sollte sie an seine Tür klopfen und den Streit beenden? War es denn überhaupt ein Streit oder nicht vielmehr eine Meinungsverschiedenheit unter Geschäftspartnern? Oder zwischen Chef und Angestellten?

Komm, pfeif auf deinen Stolz, geh hinüber, klopf an, und es kann noch eine schöne Nacht werden und ein schönes Leben. Nein, bleib da, das wird nichts, sei froh, wenn das Wirtshaus eröffnet wird, bevor ihr euch die Augen aushackt. Dummes Zeug, ihr passt gut zueinander, ihr müsst nur ein paar Zugeständnisse machen. Pah, Zugeständnisse? Das hat etwas mit Unterordnung zu tun und mit Demütigung und mit Schwäche!

Diese Diskussion in Resis Kopf wäre sicher noch eine Weile so weitergegangen, wenn es nicht an der Tür geklopft hätte. Resi hatte nicht abgesperrt, warum auch. Also konnte es nur Jennifer sein oder Toni. »Herein!« rief sie halblaut. Die Tür ging langsam auf.

»Stör ich?«, fragte eine Stimme, und sie war eindeutig zu tief für Jennifer.

»Nein«, sagte Resi und stützte sich mit dem Kopf auf ihre Hand.

Toni kam näher. Er trug Boxershorts und ein weißes T-Shirt. Der Wildschütz Jennerwein, würde er heute leben, würde sich in der Nacht nicht anders kleiden.

Toni kam näher und setzte sich zu ihr aufs Bett. Resi spürte, wie ihr Herz lauter klopfte.

»Resi … es tut mir leid. Ich war zu rechthaberisch und zu fordernd, das steht mir nicht zu. Du bist die Chefin, du trägst die Verantwortung, und du bestimmst, was mit dem Geld passiert.«

Resi lächelte ihn an, und sie war sicher, dass er es sah, denn das Mondlicht war hell genug.

»Toni, das ist gut, dass wir den Tag nicht im Streit beenden. Und über die Geschichte mit der Brauerei reden wir morgen noch einmal. Vorausgesetzt, du bist dann nicht stur wie ein Panzernashorn.«

»Und du nicht herrisch wie ein Feldwebel!«

Toni lächelte zurück, und Resi spürte mit einem Stich im Herzen, wie sehr sie dieses Lächeln vermisst hatte. Seine Hand tastete nach ihrer, sie kam ihm entgegen. Sie schwiegen und spürten ihre Hände.

Dann sagte Toni mit sehr belegter Stimme: »So, und jetzt geh ich wieder hinüber in meine Kammer. Es ist nicht gut, wenn der Knecht gesehen wird, wie er aus dem Schlafzimmer der Chefin kommt!«

»Da hast du vollkommen recht!«, raunte Resi mit tiefer Stimme. Die Befürchtung allerdings war unbegründet, weil der Knecht in dieser Nacht das Zimmer der Chefin nicht verlassen würde.

Günther Gebauer hatte gerade um die Rechnung gebeten, als sein Handy klingelte. Da es im »Käfer« sehr ruhig und gediegen zuging und er die Nummer auf seinem Display kannte, zog er sich kurz zum Telefonieren nach draußen auf den Gang zurück.

Er meldete sich mit einem knappen »Ja?« und hörte dann zu. Schließlich verzog sich sein Mund zu einem schiefen Grinsen, das angsteinflößend wirken konnte. Ein leises, giftiges Lachen folgte.

»Ausgezeichnet. Dass sich das Problem auf so einfache Weise lösen lässt, hätte ich nicht gedacht. Bitte dranbleiben!«

Grußlos drückte er den Anrufer weg und ging zurück zu seinem Tisch. Dort saß eine Delegation des Innenministeriums aus Berlin, die zu einem »Informationsgespräch« nach Bayern gekommen war in der Absicht, sich ein Wochenende lang in Starnberg zu »informieren«. An diesem Abend im »Käfer« betrugen die Informationskosten zu Lasten des Steuerzahlers über 600 Euro. Qualität hat eben ihren Preis.

Herr Hanselmann war ein angenehmer Zeitgenosse, auch wenn es Resi so schien, als wäre er nicht in allen Punkten ganz ehrlich. Er sah sich um und meinte dann: »Ja!«

Resi war irritiert und fragte ängstlich: »Was heißt das, ›ja‹?«

»Ja, dann wär ich hier fertig.«

»Und? Was sagen Sie?«

»Ja!«

Resi musste sich erst an die spezielle Art des Dialogs gewöhnen und beschloss, nicht jedesmal zu fragen, sondern abzuwarten, ob nicht die Antwort auch ohne Animation nachgereicht wurde.

»Ja … wissen Sie, ich kenn das Wirtshaus in- und auswendig. Ich war ja schon oft da, mindestens einmal im Jahr, und da verändert sich ja nicht so viel.«

Das leuchtete Resi ein.

»Jetzt ist natürlich die Frage, was verändert werden muss – aus rechtlichen oder sonstigen Gründen.«

»Ja.«

Herr Hanselmann machte keine Anstalten, dieser einen Silbe weitere folgen zu lassen, deshalb musste Resi nachfragen: »Was heißt dieses ›ja‹?«

»Ja«, wiederholte er, »jetzt ist natürlich die Frage, was verändert werden muss – aus rechtlichen oder sonstigen Gründen.«

»Gibt es denn eine Antwort auf diese Frage?«

Sie merkte in dieser Sekunde, dass sie wieder in die Falle getappt war, denn die Antwort lautete »Ja!«.

Sie holte tief Luft, zwang sich zur Ruhe und fragte: »Und wie sieht diese Antwort aus?«

Herr Hanselmann sah keine Möglichkeit, darauf mit seinem Lieblingswort zu reagieren, deshalb holte er in der Tat ein bisschen aus.

»Schauen Sie, die Rechtslage ist heute anders als vor zwanzig Jahren. Die Toiletten müssen deckenhoch gefliest sein, außerdem haben Sie zu wenig, die sind nur für maximal hundert Gäste ausreichend. Haben Sie mehr, brauchen Sie mehr Toiletten. Laut Gesetz! Die Fluchtwege sind unzureichend, und der Brandschutz nicht auf dem neuesten Stand. Aber Sie haben mir gesagt, dass Sie Denkmalschutz angemeldet haben?«

Diesmal sagte Resi: »Ja!«

»Na schauen Sie. Jetzt greift nämlich der sogenannte Bestandsschutz. Für Gebäude, die unter Denkmalschutz stehen, gelten andere Regeln. Drum sage ich Ihnen: Schauen Sie, dass alles sauber und hygienisch ist. Wenn Sie neue Gardinen kaufen, achten Sie auf die Entflammbarkeit. Eine neue Küche brauchen Sie ohnehin, da mach ich mir überhaupt keine Sorgen über die Sauberkeit. Wenn alles fertig ist, komm ich wieder, dann schau ich mir alles an, unterschreib ein Protokoll und dann bekommen Sie Ihre Konzession. Darauf können Sie sich verlassen!«

Resi war zufrieden und sah frohen Mutes in die Zukunft. Irgendwann hatte sich zwar die Miene von Herrn Hanselmann etwas verdüstert, aber da hatte er vielleicht nur an etwas Unangenehmes gedacht.

»Gut! Dann wünsche ich Ihnen einen schönen Tag und bis bald!«

»Ja!«

»Was heißt dieses ›ja‹?«

»Einen schönen Tag und bis bald!«

Hanselmann ging zu seinem Auto. Toni kam gerade aus der Küche und wollte Resi etwas fragen, da klingelte ihr Handy. Toni wollte sie in Ruhe telefonieren lassen und hielt sich, von ihr unbemerkt, im Hintergrund.

Resi sah auf das Display und wunderte sich. Die Nummer kannte sie nicht.

»Schauer!«

Dann erschrak sie. Sie wollte etwas sagen, aber am anderen Ende wurde längere Zeit gesprochen. Schließlich war Resi an der Reihe: »Nein, ich kann die Einladung nicht annehmen. Ich möchte nicht mit dir darüber reden und ich möchte dich auch nicht sehen.«

Wieder ein längerer Monolog des Gesprächspartners.

»Das ist sehr nett, dass du mir das Leben erleichtern könntest, aber ich glaube, ich komme selber ganz gut zurecht. … Nein, ich bin nicht schroff und undankbar, ich bin einfach nur entschlossen, es allein zu schaffen … Das weiß ich, dass du viele Beziehungen hast, das wissen auch noch ein paar andere Frauen in deinem Leben. … Das ist mir egal, ob das lange her ist oder nicht. Es ist mir auch egal, ob du dich geändert hast oder nicht. Würdest du akzeptieren, dass es kein Treffen geben wird? Vielen Dank!«

Sie drückte den Knopf mit dem roten Telefonhörer und atmete tief durch. Jetzt kam wie zufällig Toni um die Ecke: »Wer war denn das?«

»Ooh … niemand. Nur ein möglicher Lieferant.«

Toni legte den Kopf schief: »Also wer denn jetzt: niemand oder ein Lieferant.«

»Niemand.«

»Niemand hat aber ziemlich lang mit dir gesprochen!«

»Hörst du meine Telefongespräche ab? Darf ich nicht telefonieren, mit wem ich will?«

Spätestens jetzt war Toni klar, dass dieser Niemand kein Niemand, sondern ein Jemand war. Jemand, der in Resis Vergangenheit eine Rolle spielte und jetzt auf eine Neuauflage spekulierte.

Toni nahm Resi in den Arm. Er spürte, dass sie zitterte. Erst erschien sie unnahbar, dann legte sie langsam ihre Arme um seine Schultern.

»Resi, wenn du ein Problem hast, kannst du mir das sagen … Ich bin dazu da, es zu lösen, und nicht, es zu vergrößern.«

Resi schmiegte sich dankbar an ihn. »Es ist nichts, Toni. Glaub mir.«

Toni nickte und glaubte es nicht.

Im Laufe des Tages wurden Nägel mit Köpfen gemacht. Resi besprach mit den beiden Baufirmen ihre Tätigkeitsbereiche, Toni gab die Wirtshausküche in Auftrag. Resi trug die zu erwartenden Kosten in ein Haushaltsbuch ein. Das sah Jennifer und bot sich an, diese Aufgabe zu übernehmen, aber mit einem speziellen Computerprogramm. Sie würde ihren Laptop dafür zur Verfügung stellen und, da sie eine Internet-Flatrate hatte, auch entsprechende Recherche- und Organisationsaufgaben übernehmen.

»Ein Glücksfall!«, dachte Resi. »Und so ein hübsches Ding!«

Nasenpiercing und Oberarm-Tattoo waren Pflicht, die schwarzen Haare meistens zum Pferdeschwanz gebunden, dunkle Augen und eine schmale Nase, eine schlanke Figur und vor allem die Ausstrahlung von Zufriedenheit und Lebensfreude. Der sächsische Zungenschlag passte zu ihrem unkomplizierten Humor.

Moment! Was war denn das für ein Blick, den Jennifer da gerade Toni zugeworfen hatte? Und musste man eigentlich so herumlaufen – in dem kurzen Rock und dem knappen Top? Doch da klingelte das Handy schon wieder. Resi ging nach draußen, hinüber zum Stall von Seppi. Der war mit Magdalena unterwegs, im Gut Oberschwaige.

Toni machte sich Gedanken um Resis merkwürdigen Anrufer. Und er merkte sehr wohl, dass ihn Jennifer sehr oft mit glänzenden Augen ansah. Aber das nahm er nicht ernst. Schließlich war er fast doppelt so alt. Doch er musste zugeben, dass ihm eine derart ansehnliche, wenn auch unerfahrene Kollegin natürlich lieber war als eine zuverlässige Fachkraft, die aber aussah wie seine Tante Walburga.

Jennifer hatte alle Zahlen in ihre Excel-Tabelle getippt und verkündete fröhlich: »Toni, es schaut gut aus für deine Brauerei!«

Toni trat hinter sie und schaute über das Tattoo auf ihrer Schulter auf den Computerbildschirm.

»Stimmt! Wir haben 30000 Euro übrig! Wenn ich mich einschränke, könnte es reichen!«

Resi kam ins Zimmer und sah die beiden auf den Bildschirm schauen, wobei ihr Abstand der Höhe eines Löschblatts entsprach.

»Was könnte reichen?«, wollte Resi mit strenger Kommandostimme wissen.

Jennifer plapperte drauflos: »Das Rechenprogramm sagt, dass wir ungefähr 30000 Euro ohne Verwendungszweck haben. Damit könnte der Toni seine Brauerei betreiben!«

Onkel Edi kam in die Wirtsstube. Er hatte sich draußen um das Salettl gekümmert und den größten Teil der heruntergefallenen und vermoderten Teile entfernt.

»Das hör ich aber gern! Der ›Esel‹ bekommt wieder eine Brauerei!«, rief er hocherfreut.

Resi wollte kein Spielverderber sein und setzte sich an den Tisch.

»Also gut. Toni, was würde das bedeuten, wenn du hier nicht nur als Koch, sondern auch als Bierbrauer arbeitest?«

Toni setzte sich ihr gegenüber und überlegte: »Ich brauch erst einmal eine sogenannte Steuerlagernummer, die bekomme ich beim Hauptzollamt. Keine Rückfragen bitte, das ist alles wahnsinnig kompliziert, und warum sich das Zollamt dabei wichtig machen will, weiß ich auch nicht. Das Brauen selber ist an sich keine Kunst – es sei denn, das Bier soll gut werden, dann braucht man Leute wie mich. Die Zutaten hab ich schnell beieinander. Die Brauerei drüben im Stall muss in Schuss gebracht werden, das Lager im Keller auch. Das Brauen geht schnell, das Lagern dauert länger, sagen wir … acht Wochen.«

Resi nahm einen Kalender zur Hand: »Wir wissen, wie lang die Handwerker brauchen und wann die Geräte für die Küche geliefert werden. Wenn wir jetzt einen Termin für die Neueröffnung festlegen wollen, dann wäre das … sagen wir: heute in zehn Wochen. Am 21. Juni.«

Jennifer klatschte in die Hände: »Sonnenwende!«

Onkel Edi brummte: »Das klingt gut!«

Toni hielt Resi die Hand hin: »21. Juni. Schlag ein!«

Resi schlug ein, und Toni hielt ihre Hand lange fest.

Dann schaute sie auf die Uhr: »Oh, schon so spät. Ich muss heute Abend weg! Nach München! Da hab ich einen Geschäftstermin.«

Toni stutzte: »Einen Geschäftstermin? Mit wem denn?«

»Mit einem Geschäftsmann!«, antwortete Resi ohne eine Spur von Unsicherheit. Und damit es zu keinen weiteren Fragen kam, stand sie auf und ging.

Eine Stunde später hatte sie das kleine Schwarze an und sah entzückend aus.

»Sehen wir uns noch?«, wollte Toni wissen und lächelte genießerisch.

»Ich glaube nicht!«, lautete die etwas kühle Antwort. »Also dann – einen schönen Abend zusammen! Und drückt mir die Daumen!«

Sie machte eine kleine Winkbewegung mit der Hand und spazierte dann die Straße hinauf zur Bushaltestelle.

Etwas später ging Toni auf sein Zimmer, um sich umzuziehen. Er bemerkte, dass jemand einen Zettel unter der Tür hindurchgeschoben hatte. Darauf stand, mit großen Druckbuchstaben geschrieben: »Maraschino, Maximilianstraße.«

Toni starrte auf die Buchstaben. Dann steckte er den Zettel ein und überlegte, wie er den Abend verbringen sollte. Und vor allem wo.

14

Resi fühlte sich auf Anhieb unwohl. Das Restaurant bot zwar einen fantastischen Ausblick auf das nächtliche München und lag ganz oben im ausgebauten Dachstuhl eines prächtigen Anwesens in der Maximilianstraße. Aber die Ausstattung war kühl und modern, das Publikum roch nach viel Geld, die Kellner konnten kaum laufen vor Arroganz. Sie sah, dass auf dem Tisch für zwei Personen pro Gast schon acht verschiedene Weingläser standen.

Günther Gebauer stand auf, als er Resi sah. Sie wurde von zwei Kellnern zum Platz geführt. Entweder traute man ihr so viel Orientierung nicht zu oder man rechnete mit einem Fluchtversuch.

Gebauer trug Anzug mit roter Krawatte, die Haare wie immer zu einer Ananasfrisur senkrecht nach oben gestriegelt. Er machte Anstalten, Resi zu umarmen und ihr einen Kuss zu geben, was Resi aber geflissentlich abwehrte. Sie nahm Platz, danach setzte sich auch Gebauer wieder. Sie fühlte sich beobachtet und konnte das prächtige Panorama nicht genießen.

Gebauer lächelte sein Immobilienmakler-Lächeln: »Wunderschön schaust du aus, Resi! Genau wie damals!«

»Das Kompliment würde ich gern zurückgeben, aber leider hast du deine Frisur verändert.«

»Das ist dir aufgefallen? Sehr schön! Ja, in der Politik musst du immer auf dem neuesten Stand sein, immer vorne mit dabei, sonst bist du morgen weg vom Fenster. Die Konkurrenz schläft nicht, verstehst du? Keep working, man, just keep working!«

Seine Sprache, diese Anhäufung von Plattitüden und Mantra-Sprüchen vom Karriere-Coach – das hatte er damals schon geliebt. Allerdings hatte sie damals noch darüber gelächelt, vielleicht hatte sie den dynamischen Macher-Charakter sogar attraktiv gefunden. Wenn man selbst unsicher ist, sehnt man sich nach Sicherheit. Auch wenn sie nur von Wichtigtuern stammt.

Drei Ober traten an den Tisch. Einer brachte die Speisekarte, der zweite die Rotwein-, der dritte die Weißweinkarte. Gebauer nahm alle drei in Empfang und meinte dann fachmännisch zu Resi: »Hervorragender Service hier!« Danach schob er die Lippen nach vorne, kniff die Augen zu, lächelte wissend und war komplett widerlich.

Resi hatte überhaupt keinen Appetit und wollte diesen Termin möglichst rasch hinter sich bringen. Sie bestellte einen Salat und ein Mineralwasser.

Gebauer respektierte ihren Wunsch nicht, wählte für beide ein viergängiges Menü und vier verschiedene Weine dazu. Dann lehnte er sich zurück und schaute Resi lange an.

»Resi, ich glaube, du hast Probleme, und ich weiß, ich kann dir helfen.«

»Das sagtest du schon, und deshalb bin ich hier.«

Gebauer betrachtete sie abschätzend und lächelte: »In deiner Situation wäre es nicht verkehrt, ein bisschen freundlicher zu mir zu sein.«

»In welcher Situation bin ich denn?«

»In einer schwierigen. Es stehen ein paar Entscheidungen an, in meinem Amt und in anderen. Und es könnte sein, dass es für dich unangenehm wird. Da braucht man Unterstützung. Und Freunde.«

Resi spürte die Absicht und die Bedrohung: »Günther, was willst du von mir? Willst du mich erpressen oder nötigen? Willst du mir Angst machen oder Schwierigkeiten?«

»Hehehe! Wer wird denn gleich so aufgebracht sein?«, antwortete Gebauer süffisant. Dabei suchte er nach ihrer Hand auf dem Tisch, aber Resi zog sie sofort zu sich heran.

Der Weißweinkellner trat an den Tisch, mit einer Hand auf dem Rücken, was besonders affig aussah. Die andere Hand trug einen Handschuh. Sein Korkenzieher war wohl für die amerikanische Raumfahrt entwickelt worden. Er goss ein bisschen in ein Glas, Gebauer deutete auf Resi. Die sagte erst »Danke nein!«, dann aber nahm sie doch einen Schluck und nickte. Das hätte sie auch getan, wenn Nitroglycerin im Glas gewesen wäre. Sie war in diesem Moment nicht in der Lage, etwas zu schmecken oder zu beurteilen.

Der Ober enteilte geräuschlos, Gebauer hob das Glas.

»Auf die alten Zeiten! Was waren wir für ein schönes Paar!«

Resi nahm das Glas und nickte ihm zu.

»O Gott, wann hat das hier ein Ende …«, dachte sie, während die kalte, fruchtige Flüssigkeit ihre Kehle herunterrann.

Toni hatte lange gezögert. Erst zermarterte er sich den Kopf, wer wohl der Verfasser des Textes auf dem Zettel war. Und wer ihn unter seiner Tür hindurch geschoben hatte. Was es mit der Information auf sich hatte, war ihm klar: Es musste der Schauplatz des

Gesprächstermins sein, für den sich Resi das kleine Schwarze angezogen hatte.

Warum sollte jemand Interesse daran haben, ihn darauf aufmerksam zu machen? Sollte das etwas mit dem Ananas-Typen zu tun haben? Bis 21 Uhr war er entschlossen, dass ihm das egal sein konnte. Danach nicht mehr. Er stieg auf sein Fahrrad und radelte nach Tutzing. Dort stieg er mit seinem Rad in die S-Bahn Richtung Innenstadt.

Die Vorspeise vereinte drei Welten zu einer winzigen Portion auf einem riesigen Teller. Und auch die Hauptspeise ließ sich auf der Speisekarte nur in einer Beschreibung wiedergeben, die sieben Zeilen erforderte. Von einem »Dialog« war da die Rede, und von einem »Bett«, und von einer »Neuinterpretation«. Vermutlich hatte den Text ein Politiker verfasst.

Resi verspeiste das Dargereichte ohne Appetit.

»Hoffentlich redet er nicht von früher«, bat sie inständig eine wie immer geartete Schicksalsmacht, »und hoffentlich will er mich nicht unter Druck setzen …«

Gebauer tupfte sich gespreizt die Lippen mit der Stoffserviette ab und nahm einen Schluck aus dem mittlerweile zweiten Weinglas.

»Resi, ich bin mir nicht sicher, ob du weißt, was ich beruflich mache …«, dozierte er mit kühlem Tonfall, der ihr lieber war, als der ölige. »Ein Landratsamt hat eine große Verantwortung – für den Landkreis, für seine Bürger. Ich bin der stellvertretende Leiter und muss jeden Tag Entscheidungen von gewaltiger Tragweite treffen.«

»Da ist der amerikanische Präsident ja ein Hausmeister dagegen!«, hätte Resi beinahe gesagt.

»Ich befinde über Anträge und Genehmigungsverfahren. Zum Beispiel ... sagen wir ... über den Denkmalschutz.«

Jetzt wurde es gefährlich. Resi hatte bislang nur am Wein genippt, jetzt würde sie komplett damit aufhören und nur noch Wasser trinken! Aufpassen! Konzentriert bleiben!

»Da haben wir einen großen Ermessungsspielraum, das glaubt man gar nicht. Und wenn wir uns *gegen* einen Antrag entscheiden, dann ist das mehr oder weniger endgültig. Gut, man kann dagegen prozessieren ...« Er lächelte ein arrogantes, herablassendes, spöttisches Mafioso-Lächeln und glaubte vermutlich, er könnte sie damit einschüchtern. »Oder so etwas Simples wie eine Wirtshaus-Konzession. Dafür muss der Antragsteller eine einwandfreie Lebensführung vorweisen können. Aber, Resi, ich frage dich, was ist schon einwandfrei? Findet sich denn nicht in der Lebensgeschichte von jedem irgendwo ein dunkler Punkt?«

»Nur in deiner nicht!«, giftete Resi mit schmalen Augen.

»Oh, in meiner durchaus auch. Es ist immer nur die Frage, wer davon weiß. Und wer wie davon Gebrauch macht!«

Resi merkte, wie sich ihr Pulsschlag erhöhte.

»Du hast mir gesagt, dass du die Fotos gelöscht hast!«, keuchte sie aufgeregt.

Gebauer beschwichtigte sie: »Das habe ich auch! Wofür hältst du mich? Bleib ganz ruhig, es ist alles in Ordnung!«

Jetzt beugte sich Gebauer nach vorne und änderte den Tonfall in Richtung väterlich-verständnisvoll: »Resi, schau, ich will dir doch nur helfen. Wir waren uns doch einmal ganz nah, und so etwas vergisst man doch nicht. Außerdem weißt du doch ganz genau: Mit *dir* habe ich keine Rechnung offen, aber mit ein paar Leuten aus dem Ort.«

Resi wusste sofort, wen er meinte. Sie kannte die Namen, und er kannte sie auch. Schnell gab sie dem Gespräch eine Wendung: »Günther … du hast mir damals sehr wehgetan …«

»Ich weiß, Resi, das war unüberlegt von mir.«

Unüberlegt? Er hatte sie sechs Wochen vor der Hochzeit betrogen und nannte das »unüberlegt«!

»Aber ich war damals in einer besonderen Situation. Ich wollte meine Freiheit genießen! Ich hätte sie gerne für dich aufgegeben, aber eben erst sechs Wochen später!«

»Eine interessante Auffassung, Günther, aber nicht meine!«

»Ich hatte damals eben meine egoistische Phase. Heute bin ich anders.«

Er schaute sie treuherzig an.

Resi erwiderte den Blick und fragte dann: »Günther, was willst du von mir? Klare Ansagen ermöglichen rasche Lösungen.«

Günther lehnte sich kurz zurück, weil zwei Kellner mit dem Dessert an den Tisch kamen. Dann beugte er sich wieder zu Resi und raunte: »Resi, ich möchte, dass wir es noch einmal miteinander probieren!«

Resi hatte zwar so etwas befürchtet, war aber doch geschockt. Sie konnte nicht sofort antworten.

Gebauer nützte die Pause und setzte nach: »Dieser ungeschliffene Bauer ist doch nichts für dich! Du hast etwas Besseres verdient! Also: Go for it!«

Resi zwang sich zur Ruhe und griff nach dem Löffel.

Toni war vom Hauptbahnhof in die Maximilianstraße geradelt, in Rekordzeit. Er fand das Haus mit dem vornehmen Restaurant sofort. Da es ganz weit oben lag, war von außen unmöglich zu erkennen, wer an den Tischen saß. Er musste aber da hinein, unbedingt. Mit seinem Handwerker-Outfit wäre er aber schon am Eingang gescheitert. Was tun?

Da kam ein älterer kleiner Mann um die Ecke. Er trug eine gelbe Jacke, auf die drei Zeitungslogos aufgedruckt waren. Im Arm hatte er mehrere Ausgaben von Tageszeitungen. Toni empfand ihn als Geschenk des Himmels. Ohne Umschweife sprach er den Mann an.

»Ich gebe Ihnen zwanzig Euro, wenn ich zehn Minuten lang Ihre Jacke und die Zeitungen tragen darf. Wenn ich welche verkaufe, gehört der Erlös Ihnen. Einverstanden?«

Der Mann willigte ein und grinste breit.

»Was macht Sie so fröhlich?«

»Die meisten anderen geben mir nur zehn.«

Resi nahm den Zeitungsverkäufer kaum wahr und wunderte sich kurz, dass man ihn in ein so teures Restaurant überhaupt hineingelassen hatte. Was sie nicht wusste: Das war die weitaus größere Investition für Toni, denn der Mann am Eingang wollte hundert Euro für den Durchgang.

Toni sah, was er vermutete: Gebauer und Resi beim Eis essen. Sie sprachen zwar nichts, aber sie warfen sich eindeutige Blicke zu. Verliebte! Feurige! Toni verfügte über viele Fähigkeiten, aber das rasche Einschätzen von Situationen gehörte nicht dazu.

Toni verkaufte in der Tat drei Exemplare der Süddeutschen, dann ging er wieder. Unten gab er dem Verkäufer seine Sachen wieder zurück, schwang sich auf sein Fahrrad und fuhr zum Bahnhof.

Gebauer verabschiedete sich kurz auf die Toilette, und Resi nützte seine Abwesenheit, um die Hälfte der Rechnung zu bezahlen.

Als Gebauer wieder kam, goss er sich noch ein Glas Wein ein und strahlte sie an: »Und? Hast du über meinen Vorschlag nachgedacht?«

Resi überlegte noch einmal kurz, ob sie wirklich das sagen sollte, was sie sich vorgenommen hatte. Sie blieb dabei: »Toni ist kein Bauer, sondern ein toller Mann. Vielleicht der Mann meines Lebens. Das weiß ich noch nicht. Was *du* damals gemacht hast, kann ich nicht vergessen. Es war schäbig, und das wird auch durch den zeitlichen Abstand nicht besser. Ich weiß, dass du mir Schwierigkeiten machen kannst. Und nach diesem Abend unter Umständen auch wirst. Wenn du dich rächen willst, hast du bestimmt viele Möglichkeiten, darüber bin ich mir im Klaren. Aber, Günther, ich kann nicht anders. Ich muss das Wirtshaus retten. Ich möchte mit Toni glücklich werden. Und ich möchte dich nicht wiedersehen. Alles Gute.«

Obwohl sie sehr leise gesprochen hatte, waren die Gäste an den Nachbartischen aufmerksam geworden. Sie versuchte, unauffällig aufzustehen und das Restaurant zu durchqueren. Mindestens zwanzig Augenpaare sahen ihr nach, um sich danach auf den zurückgelassenen Herrn mit der Ananasfrisur zu konzentrieren. Dem war äußerlich nichts anzumerken, aber in seinem Inneren brodelte ein Vulkan, dessen Ausbruchstermin feststand.

Resi sog die kühle Abendluft genussvoll ein. Hätte sie diplomatischer sein sollen? Ohne Affront und mit diskreterem Abgang? Wurscht und doppelt-wurscht. Sie machte sich auf den Weg zur U-Bahn-Station Marienplatz. Von dort sollte es mit der S-Bahn nach Starnberg gehen, und weil längst kein Bus mehr nach Zeislhöring ging, wollte sie sich von dort ein Taxi nehmen. Theoretisch hätte sie auch bis Tutzing weiterfahren können, aber um diese Zeit gab es dort vielleicht keine Taxen mehr.

Leider war die letzte U-Bahn gerade weg. Hätte sie die noch erwischt, wäre sie am Hauptbahnhof in die S-Bahn gestiegen, mit der auch Toni fuhr. Somit begegneten sich die beiden an diesem Abend nicht mehr. Zumindest nicht in öffentlichen Verkehrsmitteln.

Sie bezahlte den Taxifahrer und ging erst einmal zu Seppi, um ihm »Gute Nacht« zu sagen. Das alte graue Tier schlief zwar tief und fest, spürte aber die Anwesenheit und öffnete die treuen schwarzen Augen. Er schien sich zu freuen und wedelte ein bisschen mit dem Schwanz. Er ließ sich gerne kraulen und gab wieder seine katzenähnlichen Schnurrgeräusche von sich.

Dann ging Resi ins Haus und in den ersten Stock, vorbei an Tonis Tür. Nichts war zu hören. Sie ging in ihr Zimmer und zog sich um. Als sie aus dem Bad zurückkam, hörte sie aus Jennifers Zimmer ein Kichern – und eine Männerstimme – die von Toni. Ohne anzuklopfen öffnete sie die Tür.

Jennifer trug ein Nachtgewand aus sehr dünnem Stoff, und Toni hatte nur eine kurze Schlafanzughose an. Die beiden saßen erstaunlicherweise auf dem Boden und betrachteten ein umgedrehtes Trinkglas. Daneben stand eine Flasche Wein und zwei Gläser.

Toni sah kaum hoch und meinte nur: »Wir müssen morgen dringend die Tür reparieren lassen, ich hab gar kein Klopfen gehört.«

Resi fragte scharf: »Was ist hier los?«

Toni antwortete trocken: »Das sieht man doch: eine Operation am offenen Herzen. Stimmt's, Schwester Jennifer?«

Jennifer sah die Wut in Resis Gesicht.

»Ich hatte eine Spinne im Zimmer. Vor denen hab ich eine Riesenangst. Da hab ich den Toni geholt, und der hat sie mit dem Glas gefangen.«

»Und der Wein war wohl das Honorar für den Kammerjäger?«, ätzte Resi.

Daraufhin wurde Tonis Miene hart: »Und wenn wir hier Tennis spielen oder Tango tanzen – das geht dich nichts an!«

»Das geht mich sogar sehr viel an! Immerhin ist das hier *mein* Haus!«

Toni stand auf und kam auf sie zu: »Dann entlass uns doch, wenn dir irgendetwas nicht passt. Leider kann ich *dich* nicht entlassen, denn mir passt so einiges nicht! Gute Nacht!«

Er verließ das Zimmer mit heftigem Türenknallen.

Resi murmelte ein »Entschuldigung« in Richtung Jennifer und ging ihm nach.

Seine Tür war zu. Unschlüssig trat sie von einem Fuß auf den anderen, dann klopfte sie. Keine Antwort. Sie ging hinein. Er lag in einem Bett, in dem vor nicht allzu langer Zeit noch Peter Popp geschlafen hatte.

Resi ging zu ihm und setzte sich auf die Bettkante. »Toni … es tut mir leid.«

Toni richtete sich auf: »Warum triffst du dich hinter meinem Rücken mit dem Gebauer?«

Resi starrte ihn an: »Woher weißt du das?«

»Können wir uns darauf einigen, dass erst einmal *ich* die Fragen stelle, und danach bist dann *du* dran!«

Resi nickte. »Er hat mich eingeladen. Eigentlich hat er mich dazu genötigt. Und eigentlich hat er mich erpresst.«

Toni schaute sie prüfend an. »Womit kann er dich erpressen?«

»Er droht mir, unser Projekt kaputt zu machen und mir Genehmigungen zu verweigern.«

»Warum macht er das?«

Resi schluckte, die Antwort fiel ihr schwer. Leise und tonlos sagte sie: »Wir waren einmal zusammen, vor deiner Zeit. Er will mich wiederhaben.«

Toni holte tief Luft und stieß sie dann hörbar wieder aus. Gut sieht er aus, musste Resi unwillkürlich denken.

»Warum hast du mir das nicht gesagt?«

»Weil es mir peinlich war, dass ich früher einmal etwas an ihm gefunden habe.«

Toni sah sie prüfend an. »Dir ist das Wirtshaus sehr wichtig. Du würdest ziemlich viel dafür tun.«

»Ziemlich viel, das stimmt. Aber nichts, das nicht in Ordnung ist.«

Toni dachte nach. Dann lächelte er. Resi fiel ein Stein vom Herzen.

»Gut. Dann stell jetzt deine Fragen.«

Resi lächelte zurück und rutschte auf dem Bett ein bisschen näher: »Hast du was mit Jennifer?«

Toni schüttelte den Kopf.

»Liebst du mich?«

Toni nickte.

»Ist in dem Bett noch was frei?«

Die Antwort fiel mündlich aus. Aber ohne Worte.

15

Ein Geruch von Malz lag über dem »Alten Esel«. Toni hatte sein erstes Bier gebraut, und nun musste es acht Wochen lang im Keller ruhen und reifen.

Es ging eigentlich relativ rasch und unkompliziert, was wohl daran lag, dass Gebauer nicht eingreifen konnte. Die Brauanlage war lange Zeit nicht in Betrieb gewesen, deshalb musste sie geeicht werden. Dafür kam ein freundlicher Herr vom Eichamt Augsburg, der sich großzügig zeigte. Laut Aufschrift sollten 122 Liter hineingehen, bei einem ersten Testversuch fasste der Behälter aber 122,1 Liter. Ein Grenzwert. Der nette Augsburger schöpfte seinen Ermessungsspielraum aus und spendierte das gelbe Eichsiegel.

Auch für die Brauereikonzession zeigte sich nicht das Landratsamt Starnberg zuständig, sondern erstaunlicherweise das Hauptzollamt Stuttgart. Warum das so war? Toni hatte versucht, es Resi zu erklären, aber die hatte es auch nach dem dritten Versuch nicht verstanden – auch nicht, warum man eine »Steuerlagernummer« beantragen musste, was es mit der Stammwürze auf sich hatte und was ein über- und was ein untergäriges Bier ist. Sie wusste nur: Toni war glücklich wie ein Kind, wenn er seine Maische und den Alkoholwert kontrollieren und verbessern konnte. Drei verschiedene Biere würde es geben: ein Helles, ein Naturtrübes und ein Weißbier. Und alle hießen sie »Esel-Bräu«.

Jetzt hatte Resi eine weiße Malerhose an und eine weiße Mütze auf dem Kopf. Toni gefiel das sehr, auch die Farbspritzer im Gesicht. Resi und der ähnlich gekleidete Onkel Edi weißelten den Flur des

Nebeneingangs. Toni und Jennifer beschäftigten sich gerade mit den Lieferanten und Monteuren der Küchengeräte. Nebenan betätigte sich die Firma Wolf mit den neuen Toilettenräumen, während draußen die Firma Kastner dem alten Salettl zu neuem Glanz verhalf. Aus Termingründen mussten beide Firmen gleichzeitig verpflichtet werden, man ging sich aber großräumig aus dem Weg. Esel Seppi graste auf der Wiese zwischen Terrasse und See. Den passenden Sound dazu steuerte Bayern 3 bei, wo gerade Lionel Richie »Dancing on the ceiling« sang.

In der Gaststube war bereits die neue Zeit eingezogen. Die schönen neuen Vorhänge mit ihren gusseisernen Stangen und Haltern, alles von Resi persönlich ausgesucht, gaben dem Raum einen umwerfenden Charme. Die Wände waren oberhalb der Holzvertäfelung neu gestrichen, der Fußboden mit den alten Eichendielen abgeschliffen und neu versiegelt. Statt nach Nikotin und abgestandenem Bier roch es jetzt nach Farbe und Bienenwachs.

Besonders gut zur Geltung kamen die neuen Fenster. Auf alten Fotos konnte man sehen, wie sie früher ausgesehen hatten, bevor sie hässlichem Kunststoff weichen mussten. Jetzt wirkten sie wieder wie vor hundert Jahren. Toni hatte sie gefunden, im Internet. Ein baufälliges Haus nahe Weilheim musste abgerissen werden, aber Toni gelang es, die Fenster zu retten.

Resi äugte gelegentlich in die Küche, weniger, um sich über den Fortgang der Arbeiten zu informieren. Vielmehr achtete sie auf einen verdächtigen Blick oder einen Satz zwischen Toni und Jennifer. Aber auch da tat sich nichts Beunruhigendes.

Die neuen Küchengeräte passten perfekt in den Raum. Resi hatte auch nichts anderes erwartet. Das Panzernashorn arbeitete präzise und verlässlich – was man von der Lieferfirma allerdings nicht behaupten konnte. Kurz vor Abschluss der Arbeiten stellte man fest, dass man ein Starkstromkabel für den großen Herd vergessen hatte. Toni entschloss sich, mit dem Fahrrad nach Starnberg zu fahren und es zu holen, damit die Monteure weiterarbeiten konnten. Onkel Edi bot sich und seinen Roller an, aber Toni wollte das lieber selbst erledigen. In einer Stunde spätestens würde er wieder da sein – frohes Schaffen und bis gleich!

Resi schaute sich die fast fertige Küche an, danach begutachtete sie die Toiletten. Die alten Fliesen waren entfernt und sorgfältig gereinigt worden. Sie waren über hundert Jahre alt, und Resi wollte sie nicht durch moderne ersetzen. Jetzt lagen sie gestapelt vor der Tür, weil im Inneren noch der Untergrund gereinigt und vorbereitet werden musste. Der Fußboden, ohnehin nicht mehr original, musste einem widerstandsfähigen und vor allem aromafreien Belag weichen.

Resi war zufrieden und holte sich einen Kaffee. Mit dem Becher ging sie hinunter zum See, setzte sich auf eine Bank und schaute sich die Segelboote an. Ein großes Ausflugsschiff, die *Seeshaupt*, fuhr gerade vorbei, deutlich an dem blauen Aufbau zu erkennen, der wie eine Kinderrutschbahn aussah.

Die vergangenen Tage waren sehr anstrengend gewesen. So viel körperliche Arbeit war sie nicht gewohnt. Aber es waren jeden Tag Fortschritte zu erkennen, und das machte sie sehr zufrieden. Sie merkte, wie ihre Augen brannten und die Lider schwer wurden.

»Na, das geht ja alles zügig voran!«, sagte eine Stimme hinter ihr. Sie fuhr herum. Eine Person stand da, gegen die Sonne nur als Silhouette wahrnehmbar, aber an der Ananasfrisur deutlich zu erkennen.

»Günther? Was machst du hier?«, zischte Resi und schaute sich unwillkürlich nach Toni um. Sie wollte nicht, dass er sie mit Gebauer zusammen sah. Hatte sie geschlafen? Wie spät mochte es sein? Wie lange war Toni weg, oder war er schon wieder da?

»Ich habe dir einen Deal vorzuschlagen!«, sagte der perfekt gekleidete Gebauer und wischte ein Stäubchen von seiner Anzughose.

»Gut, aber nicht hier. Komm mit!«

Resi wollte nicht an den Arbeitern vorbei und wählte einen Umweg. Gebauer ging hinter ihr her, bis sie im Stall von Seppi waren.

»Was für einen Deal? Bitte schnell, ich habe zu tun!«

»Natürlich!«, lächelte Gebauer sarkastisch. »Ich habe gesehen, welchen Stress du gerade auf der Bank hattest. Aber darum geht es nicht. Ich möchte dich vor großem Schaden bewahren, Resi! Dafür gehe ich ins Risiko, und ich glaube, dafür bist du mir etwas schuldig.«

»Das Gespräch kommt mir bekannt vor!«, bellte Resi zurück. »Aber an meiner Meinung hat sich nichts geändert.«

Gebauer holte ein Päckchen Zigaretten aus der Jackett-Tasche und wollte sich ein Stäbchen anzünden.

»Nicht hier im Stall!«, herrschte ihn Resi an, die sich wunderte, wo sie so viel Kaltschnäuzigkeit hernahm.

Gebauer steckte die Zigaretten wieder ein und machte eine Pause, um die Spannung zu erhöhen.

Dann spielte er seinen Trumpf aus: »Wie ich sehe, sind Handwerker tätig, es wurden auch schon Geräte gekauft.«

»Du bist aber nicht gekommen, um mir *das* zu sagen!?«

Unbeirrt fuhr Gebauer fort: »Alles bezahlt oder noch zu bezahlen von den Einlagen der AG, richtig?«

»Richtig!«, bestätigte Resi.

»Nun ... liebe Resi ... ich muss dir leider mitteilen ... dass es keine AG gibt.«

Resi lachte. »Wie bitte? Da bist du nicht gut informiert.«

Gebauer lächelte genießerisch. »Ich bin besser informiert als du. Der Vertrag wurde beglaubigt von Notar Köberle.«

»Na also! Ist doch alles in Ordnung!«

»Liebe Resi ... Notar Köberle ist weit über Siebzig. Das hast du selbst gesagt.«

»Na und? Hauptsache, er ist fit im Kopf!«

»Dann darf und muss ich dir leider mitteilen, dass ein Notar nur bis zu seinem 70. Lebensjahr tätig sein darf. Danach sind alle seine Aktionen ungültig.«

Resi glaubte, ihr hätte jemand mit einem Brett gegen den Kopf geschlagen.

Sie flüsterte: »Ist das wahr? Oder ist das einer deiner schmutzigen Tricks?«

Gebauer breitete die Arme aus. »Aber Resi! Wenn das ein Bluff wäre, würde er nicht lange halten! Geh ins Internet, schau nach, in zwei Minuten wirst du wissen, dass ich die Wahrheit sage!«

Resi nahm sich das natürlich fest vor, aber sie wusste bereits jetzt: Das war nicht gelogen. Dazu war

Gebauer zu klug. Und nun? Die Gedanken jagten durch ihr ohnehin nicht voll funktionsfähiges Hirn. Wenn Gebauer das öffentlich machte, konnte es sein, dass viele Zeislhöringer ihr Geld wieder wollten. Sie bräuchte einen neuen Notar und müsste wieder das Geld einsammeln. Ob man ihr ein zweites Mal vertrauen würde, war fraglich. In der Zwischenzeit wollten die Handwerker und Lieferanten ihr Geld, von ihrem Personal ganz zu schweigen.

Resi merkte, wie ihre Knie nachgaben. Sie taumelte, und Gebauer fing sie auf. Dabei kam sein Mund an ihr Ohr.

»Resi, überleg es dir. Ich kann schweigen, es muss niemand erfahren. Es kann alles so weiterlaufen wie bisher, von mir erfährt keiner was. Aber gib mir eine Chance, gib *uns* eine Chance!«

Sie wollte sich wehren, aber da hatte ihr Gebauer schon seinen Mund auf den ihren gedrückt. Und in dieser Sekunde tauchte Toni an der Scheunentür auf. Er kam, sah, drehte sich um und ging wortlos hinüber zum Haus.

Resi befreite sich aus Gebauers Umklammerung: »Geh weg! Hau ab! Lass mich in Ruhe!«

Dann ließ sie ihn stehen und rannte Toni hinterher, hinauf in sein Zimmer im ersten Stock.

Wäre sie unten geblieben, wäre sie vielleicht Zeugin der folgenden Szene geworden und hätte Schlimmes verhindern können – zum Preis einer großen Enttäuschung zwar, aber im Interesse des »Alten Esels«.

Die Handwerker der Baufirma Wolf machten gerade Pause und hatten sich in der Wiese am See niedergelassen. Deshalb merkten sie nicht, wie jemand in die Toilettenräume ging. Er hatte zwei Säcke dabei, auf denen »Fliesenkleber« stand. Beide waren geöffnet und halb voll, man konnte das weiße Pulver sehen. Diese beiden Säcke stellte er ab und nahm die identisch aussehenden der Bauarbeiter mit. Auf den ersten Blick war der Unterschied nicht zu erkennen: Aufdruck und Inhalt sahen gleich aus.

Wenige Minuten später würden ahnungslose Arbeiter die untaugliche Mischung verwenden. Und damit ein Unglück heraufbeschwören, dessen Folgen unabsehbar waren.

Wütend stopfte er seine Klamotten in einen Koffer und fluchte bei jedem Kleidungsstück einen anderen Fluch. Resi stürmte in sein Zimmer und blieb schnaufend im Türrahmen stehen.

»Toni, bitte, er hat es erzwungen, da ist nichts zwischen uns!«

Toni lachte bitter. »Das war deutlich zu sehen! Da hätte auch nichts mehr dazwischen gepasst!«

Zack! Er feuerte eine Hose in den Koffer, knallte ihn zu und versuchte, mit Gewalt die Schlösser zu schließen.

»Toni, bitte! Lass es mich erklären!«

Sie versuchte, ihn am Arm zu packen, aber er schüttelte sie wütend weg: »Lass mich bloß in Ruhe, sonst weiß ich nicht mehr, was ich tue!«

Sie wich zurück: »Du drohst mir? Und du gibst mir keine Chance für eine Erklärung?«

»Die brauch ich nicht. Ich bin schon in der Schule aufgeklärt worden!«

Resi merkte, wie ein anderes Gefühl größer als ihre Sorge wurde: ihr Stolz: »Gut. Wenn du so wenig Vertrauen hast, dann geh doch!«

Toni wollte ihr etwas ins Gesicht bellen, aber er unterließ es.

»Ich werde dir noch helfen, das Wirtshaus zu eröffnen. Und danach will ich dich nie wieder sehen! Ich wohn solang wieder bei meiner Mutter. Habe die Ehre!«

Er verließ das Zimmer, Resi machte ihm Platz.

Wie betäubt blieb sie im Türrahmen stehen, dann schüttelte sie sich wie ein nasser Hund und erinnerte sich daran, dass sie etwas zu erledigen hatte.

Bürgermeister Kuhn war nicht in seinem Büro, sondern zu einem Mittagstermin bei einem Italiener in Bernried. Resi radelte am See entlang nach Süden und fand das Restaurant auf Anhieb.

»Nein, Sie können da nicht stören!«, sagte die Dame am Tresen noch zaghaft, aber Resi war nicht zu stoppen. Sie ging zu dem Tisch in der Ecke, wo der Bürgermeister mit drei Herren im Anzug speiste. Alle vier hatten Nudeln auf dem Teller, die sehr appetitlich aussahen, aber Resi konnte darauf jetzt keine Rücksicht nehmen.

»Herr Kuhn, ich muss Sie dringend sprechen!«

Der Igel hatte loriothaft eine Nudel an der Lippe und erkannte den Ernst der Lage sofort. Er ging mit Resi vor die Tür und ließ sich alles erzählen. Zwei Minuten später saßen sie im Auto des Bürgermeisters und fuhren zurück nach Zeislhöring. Resis Fahrrad, die drei Herren und Kuhns Nudelgericht blieben zurück.

Die Frau des Notars empfing Resi und den Bürgermeister sehr freundlich und meinte, ihr Mann hätte sich gerade hingelegt und wolle nicht gestört werden. Sie musste die Antwort gar nicht abwarten und entnahm den bestürzten Mienen der beiden Besucher, dass der Mittagsschlaf wohl besser abgebrochen werden sollte.

Kurz darauf erschien Notar Köberle mit noch struppigeren Augenbrauen als sonst. Offenbar mussten sie täglich gekämmt werden. Seine Frau zog sich in die Küche zurück, um Kaffee zu kochen.

Der alte Notar war noch schlaftrunken, aber die flinken Äuglein waren schon hellwach. Er begrüßte seine Gäste und setzte sich in einen roten Ohrensessel.

Resi kam ohne Umschweife zur Sache: »Herr Köberle, wie alt sind Sie?«

»Für Sie zu alt!«, antwortete der Notar verschmitzt.

Bürgermeister Kuhn übernahm: »Herr Köberle … es ist wirklich wichtig. Wir müssten bitte Ihr Alter erfahren.«

»74. Im Dezember werde ich 75, netwahr.«

Kuhn und Resi sahen sich bedeutungsvoll an. Sie seufzten und blickten betreten zu Boden.

Der Notar war irritiert: »Was ist los? Hätten Sie mich jünger geschätzt?«

Der Bürgermeister war als Erster in der Lage zu sprechen: »Herr Köberle, es gibt seit einiger Zeit eine Regelung, von der Sie offenbar nichts wissen …«

»Was sollte das für eine Regelung sein?«

»Ein Notar darf nur bis zu seinem siebzigsten Geburtstag seinen Amtsgeschäften nachgehen. Alle Aktionen danach sind nicht rechtskräftig.«

Notar Köberle sprang aus seinem Ohrensessel und lief zu einem alten Sekretär. Darauf lag ein kleiner schweinsledener Aktenkoffer. Er wühlte darin herum, zog dann ein Informationsblatt hervor und studierte es. Dann stieß er heftig die Luft durch den Mund aus und schürzte dabei die Unterlippe, so dass der Luftzug seine Augenbrauen wehen ließ.

»Donnerknispel! Das ist richtig. Das habe ich übersehen. Es tut mir wirklich sehr leid. Ich glaube, ich habe eine ziemliche Katastrophe angerichtet, netwahrundsoweiter ...«

Seine Frau kam mit dem Kaffee herein und bemerkte die bedrückte Stimmung: »Was ist denn hier los? Das sieht aus wie bei einer Testamentseröffnung mit lauter enterbten Verwandten!«

Der Notar wandte sich kleinlaut an seine Frau: »Ilse, ich werde alt. Ich habe einen riesigen Fehler gemacht.«

»Ist doch nicht schlimm, wenn du nach dem Kartoffelschälen den Schäler mit in den Abfall wirfst!«

»Diesmal ist der Schaden größer. Die Aktiengesellschaft ist gar keine, ich bin zu alt dafür.«

Da Frau Köberle nichts verstand, erläuterte der Bürgermeister die Sachlage. Frau Köberle aber blieb erstaunlicherweise sehr heiter und gelassen.

»Aber das ist doch alles überhaupt kein Problem!«

Der Notar schaute sie erstaunt an.

»Und warum nicht?«

»Weil du nicht 74 bist, sondern erst 69. Schau in deinem Personalausweis nach. Wissen Sie ...«, sie beugte sich zu Resi und dem Bürgermeister, »bei seinem 65. Geburtstag hat es eine Panne gegeben. Wir haben eine große Torte bestellt, und der Konditor hat aus Versehen nicht ›65‹ darauf geschrieben, sondern ›70‹. Und seitdem hält er sich für fünf Jahre älter. Das würde einer Frau niemals passieren.«

Der Notar hielt triumphierend seinen Personalausweis in die Luft. »69! Eindeutig! Ich fühle mich auf einen Schlag fünf Jahre jünger, netwahrundsoweiter!«

Resi und der Bürgermeister überzeugten sich vom Geburtsjahr – und waren danach sehr, sehr erleichtert.

Resi musste sich rasch verabschieden, denn für den Nachmittag hatte sich Hanselmann vom Landratssamt angekündigt. Er war zwar von der Lebensmittelkontrolle, aber darüber hinaus auch für die Abnahme der Bautätigkeiten zuständig. Erst wenn er zufrieden war, konnte die Konzession ausgestellt werden.

Zu Resis Überraschung hatte Herr Hanselmann einen Kollegen mitgebracht, einen jungen Dynamiker mit kahl rasiertem Schädel und roter Brille.

Hanselmann selbst war gut zu leiden, sein Seehundschnauzbart verlieh ihm etwas Gutmütiges. Sein Kollege aber, ein gewisser Block, war ein scharfer Hund und wollte wohl in Rekordzeit Karriere machen.

Hanselmann begrüßte Resi mit Handschlag, Block hingegen schaute sie kaum an, zückte sein Klemmbrett mit silbernem Metallkugelschreiber und machte sich auf die Suche.

Als Erstes fielen ihm die alten Maßkrüge auf, die Resi im Keller gefunden hatte. Frisch gereinigt und poliert standen sie im Regal hinter dem Tresen, was sehr schön aussah.

»Das geht leider überhaupt nicht!«, meinte Herr Block ohne jedes Bedauern in der Stimme. »Gefäße, in denen Getränke ausgegeben werden, müssen geeicht sein und einen Eichstrich haben. Bei denen weiß ja keiner, wie viel drin ist!«

»Das stimmt!«, meinte Seehund Hanselmann. »Fräulein Resi, wie haben Sie sich das gedacht?«

»Dafür ist nicht Fräulein Resi zuständig, sondern Herr Toni, unser Braumeister«, entgegnete Fräulein Resi.

Toni hatte eine Lösung im Angebot: »Wenn ein Gast eine Maß Bier aus dem alten Krug trinken will, werde ich das Bier erst in einen geeichten Krug zapfen und dann vor den Augen des Gastes in den alten Krug umfüllen. Einverstanden?«

Herr Block zögerte. »Aufwendig, aber nicht ungesetzlich. Es wirkt sich bestimmt auf die Qualität des Biers aus. Sie meinen, Ihre Gäste machen das mit?«

»Aber ja!«, grinste Toni, »Zumindest immer dann, wenn jemand von der Lebensmittelaufsicht da ist.«

Block lachte schief und sann auf Rache. Allein für die Küche nahm er sich eine Stunde Zeit. Er konnte aber keinen Makel finden. Bessere Laune bekam er dadurch nicht. Lediglich zwei Holzregale, die in die Wand eingelassen waren, erregten sein Missfallen und ließen ihn somit lächeln.

»Hier! Das geht auf keinen Fall! Holz in der Küche, noch dazu in der Nähe der Lebensmittelzubereitung, das verstößt gegen die Hygieneverordnung 21 Schrägstrich 17 Berta!«

»Bestandsschutz!«, brummte der Seehund und verließ den Raum.

»Das wollen Sie nicht beanstanden?«, ereiferte sich Block.

»Ja«, brummte Hanselmann.

»Was soll das heißen, ›ja‹?«

»Ja, das will ich nicht beanstanden.«

Block musste sich zunächst geschlagen geben. In den Toiletten aber sah er seine Chance gekommen.

»Ha! Toiletten müssen deckenhoch gefliest sein. Hier gehen die Fliesen aber nur bis zur Hälfte.«

»Bestandsschutz ...«, meinte Hanselmann erneut, wobei er zusätzlich leise seufzte.

Block gab nicht auf: »Herr Hanselmann, Sie wissen genau, dass Toiletten und Waschräume in Gaststätten seit 2003 deckenhoch gefliest sein müssen! Hygieneverordnung 84 Schrägstrich Zwo!«

»Dann kennen Sie bestimmt auch die Ausnahmeregelung bei denkmalgeschützten Gebäuden. Dort ist es der Wunsch des Gesetzgebers, alte Bausubstanz zu erhalten und zu schützen.«

»Und wo steht das, bitte?«

»Erstes Buch Mose, Brief an die Praktiker. Mein Gott, das wissen Sie doch, wo das steht, in den Denkmalschutzverordnungen, schauen Sie halt bitte nach!«

Block knirschte mit den Zähnen: »Gut, es kann sein, dass Sie recht haben. Trotzdem bleibt zu beanstanden, dass die Toiletten in Anbetracht der Sitzplätze im Innen- und Außenbereich zu wenig sind. Über wie viele Sitzplätze verfügt die Terrasse?«

Resi antwortete zögerlich: »An die hundert ...«

Block triumphierte: »Na bitte! Ab hundert Sitzplätzen sind mindestens fünf Einzelkabinen bei den Damen und drei bei den Herren notwendig. Und wir haben hier nur jeweils zwei. Ha!«

Hanselmann strich sich den Seehundbart und nuschelte: »Haben Sie nicht gehört, was das

Fräulein Resi gesagt hat? An die hundert! Das heißt: fast hundert!«

Block konterte: »Draußen an die hundert und innen noch einmal hundert, macht zusammen über hundert!«

Hanselmann blieb völlig ruhig: »Herr Block, Sie sind noch nicht so lange in Bayern. Bei schönem Wetter sitzt keiner drin. Nur draußen. Und da sind es dann immer nur an die hundert. Und jetzt tun wir nicht mehr lang herum und unterschreiben das Papier.«

Block fiel ihm in den Arm: »Das können Sie nicht tun!«

»Und wieso nicht?«

»Weil … weil … das von höherer Stelle nicht gewünscht wird, das wissen Sie doch genau!«

Hanselmann füllte das Formular aus, unterschrieb es und reichte es Resi.

»Die Wünsche der höheren Stelle sind mir wurscht. Die Wünsche der Zeislhöringer sind wichtiger.«

»Das wird Folgen für Sie haben!«, drohte Block.

Hanselmann zuckte mit den Schultern: »Alles im Leben hat irgendwie Folgen. Grüß Gott und viel Erfolg!«

Hanselmann und Block entfernten sich. Resi war glücklich und beunruhigt gleichzeitig.

Nachts im Bett wälzte sie sich hin und her und fand keine Ruhe. Der aufregende Tag war zu vollgepackt gewesen, um das Hirn auszuschalten. Gebauer wollte Rache, das war klar. Würde sich das mit Toni wieder einrenken? Würden die Zeislhöringer den »Alten Esel« akzeptieren? Und wer war das, der Toni einen Zettel unter der Tür durchgeschoben hatte? Gab es einen

Saboteur? Hatte Gebauer einen verlängerten Arm in Zeislhöring?

Da hörte sie ein Geräusch – eindeutig nicht von Seppi, dem Esel, und auch nicht von Jennifer im Zimmer nebenan. Es war jemand unten an der Tür. Jemand, der sich große Mühe gab, leise zu sein und nicht gehört zu werden.

Die Schritte waren kaum wahrzunehmen. Da musste jemand auf Zehenspitzen die Treppe hochschleichen. Vielleicht hatte sich der nächtliche Besucher auch die Schuhe ausgezogen.

An Flucht war jetzt nicht mehr zu denken, sie wäre dem Eindringling direkt in die Arme gelaufen. Also verließ Resi leise das Bett und schlich zum Schrank. Er stand so, dass ihn die geöffnete Tür zunächst verdecken würde.

Ihr Herz schlug schnell und laut. Die Schritte kamen näher, und sie sah mit Entsetzen, wie die Türklinke nach unten gedrückt wurde. Aber die Tür blieb zu. Stattdessen wurde leise geklopft. Seltsam für einen Einbrecher.

Jetzt ging erneut die Türklinke nach unten, die Tür wurde langsam aufgeschoben. Eine Stimme fragte: »Resi? Schläfst du schon?«

»Ja klar. Tief und fest!«, sagte sie und machte einen Schritt nach vorne.

Toni erschrak ganz kurz, dann lächelte er: »Ist im Zimmer des Feldwebels noch Platz für ein Panzernashorn?«

Resi sah ihn gerührt an und fiel ihm dann um den Hals. Sie musste ein bisschen weinen, vor Glück, vor nachlassender Anspannung, vor Aufregung.

»Ich hab überhaupt nix dabei, keinen Koffer, nix«, erklärte Toni.

»Wurscht!«, hauchte Resi. »Und doppelt-wurscht!«

16

Am 20. Juni, am Vorabend des Eröffnungstages machten Resi, Toni, Jennifer und Onkel Edi eine letzte Begehung. Toni hatte in der Küche Probe gekocht und servierte jedem einen Sherry-Schweinsbraten mit Kruste. Auch das Bier war bereits angezapft und sprudelte bernsteinfarben aus dem Hahn.

Es war ein warmer Abend, so dass die vier auf der Terrasse essen und trinken konnten. Seppi, der Esel, graste auf der Wiese zwischen der Terrasse und dem See. Einige Wildenten kamen neugierig näher, hatten aber großen Respekt vor dem Esel und hielten zu dem großen Tier einen deutlichen Sicherheitsabstand.

Die vier redeten nicht viel und blickten abwechselnd auf den See und die Hausfassade mit den neuen Fenstern.

Als alle fertig waren, warfen sie noch einen Blick ins schöne neue Salettl. Dann meinte Toni, er müsse noch einmal weg, es ginge um die morgige Eröffnung und eine Überraschung. Auffälligerweise verabschiedete sich auch Jennifer, sie sei bei einer Freundin in Starnberg eingeladen. Und dann verkündete auch Onkel Edi seinen Aufbruch. Resi war plötzlich allein. Nur der Seppi leistete ihr noch Gesellschaft. Sie holte sich noch ein frisches »Esel-Bräu« und setzte sich damit auf die Bank am kleinen Weg unten am Wasser.

Ab und zu kamen noch Spaziergänger vorbei, es wurde dunkler und kühler. Da hörte Resi ein Geräusch, das nicht in das Idyll passte. Es kam aus dem Haus.

Resis Bedarf an unheimlichen Ereignissen und Eindringlingen war gedeckt, ihre Nerven brauchten eigentlich Ruhe. Aber sie konnte die Geräusche nicht ignorieren, und so ging sie hinauf zur Terrasse. Dort war deutlich zu merken: Die Geräusche kamen aus dem Inneren des Hauses, genauer: aus den Toiletten.

Es klang, als würde jemand Fliesen verlegen. Um diese Uhrzeit? Warum und vor allem wer? Sie lugte in den Waschraum und war geschockt. Einzelne Fliesen hingen nicht mehr an der Wand, auch der Fußboden war nicht durchgehend bedeckt. In der Damentoilette war überhaupt keine Fliese mehr an der Wand. Sie waren stattdessen korrekt aufeinandergestapelt in drei halbhohen Türmen. In den Herrentoiletten entdeckte sie den abendlichen Fliesen-Ablöser. Es war Onkel Edi. Jetzt fiel ihr auf, dass sie nicht gehört hatte, wie er mit seinem Roller weggefahren war.

Der Anblick war grauenhaft: eine Baustelle mit leeren Wänden und Fliesenstapeln auf dem Boden, auf dem ebenfalls keine Fliesen mehr geklebt waren.

Resi konnte nur krächzen. »Onkel Edi … was ist hier passiert?«

Onkel Edi drehte sich um. Dann stand er auf und nahm seine Nichte in den Arm: »Resi, es tut mir so leid. Ich habe vorhin noch einmal die Räume kontrolliert. Und dann habe ich gemerkt, dass die Fliesen nicht halten. Da, schau!« Er nahm eine Fliese und zeigte ihr die Rückseite. »Das ist kein Fliesenkleber. Das ist ganz gewöhnliches Mehl. Es schaut genauso aus, man merkt den Unterschied nicht. Und es klebt am Anfang sehr gut. Aber Mehl ist ein Naturprodukt. Es fault. Dann lässt die Klebewirkung nach, und dann fällt alles wieder herunter. Das habe ich vorhin an einer Fliese gemerkt. Und damit die wertvollen alten Fliesen nicht kaputt gehen, habe ich sie lieber einzeln und von Hand abgenommen.«

Resi war fassungslos: »Wer macht denn so etwas? Da will uns jemand ganz bewusst schädigen! Wem haben wir denn etwas getan?«

Sie ließ sich von Onkel Edi in den Arm nehmen und trösten: »Ich weiß es nicht, Resi. Mir fällt nur der Gebauer ein oder einer seiner Gehilfen. Aber von denen war ja in den letzten Tagen niemand da!«

»Doch«, schluchzte Resi, »der Günther war kurz da. Aber ob er in der kurzen Zeit so etwas hat machen können – ich weiß es nicht.«

Sie schluchzte wieder und beruhigte sich dann ziemlich abrupt.

»Oder wars die Baufirma Kastner, die ihrer Konkurrenz eins auswischen wollte?«

Sie schaute auf die Uhr und beschloss: »Wurscht. Und doppelt-wurscht. Ich ruf jetzt den Wolf-Johann an. Der muss kommen und uns helfen!«

Eine halbe Stunde später war der Wolf-Johann mit seiner Harley da. Danach tauchten noch zwei Mitarbeiter auf. Einer von ihnen hatte noch einen Rest des Fliesenklebers aufgehoben, und er bestätigte: In dem Beutel war Mehl.

Jetzt hatten sie den richtigen Kleber dabei und versprachen, so lange zu arbeiten, bis alle Fliesen wieder an ihrem Platz lagen und hingen! Resi bedankte sich und hatte plötzlich Kopfschmerzen. Sie ging auf ihr Zimmer.

Die Tür zu Tonis Zimmer war nicht versperrt. Sie hasste, was sie tat, aber sie brauchte Klarheit. Doch hier gab es nicht den kleinsten Hinweis, dass er sich mit Gebauer eingelassen hätte. Oder mit Jennifer. Resi vergewisserte sich, dass sie nichts verändert hatte, und verließ den Raum.

Auch in Jennifers Zimmer gab es keine Auffälligkeiten. Da sah sie, dass ihr Computer nicht heruntergefahren war. Mit schlechtem Gewissen weckte sie ihn aus dem Schlafmodus. Obwohl Resi nicht viel Routine im Umgang mit solchen Geräten hatte, fand sie schnell den Mail-Eingang – und ihr wurde sofort einiges klar.

Am nächsten Morgen war Resi die Erste, die auf den Beinen war. Sie hatte trotz der aufregenden Erlebnisse tief geschlafen. Wann die Fliesenleger fertig waren, wann Toni und Jennifer zurückgekommen waren – sie hatte nichts mitbekommen. Sie war erleichtert, als sie am Morgen die wiederhergestellten Waschräume sah, und sie wartete darauf, dass Jennifer ihr Zimmer verlassen und in die Gaststube kommen würde.

Endlich war die junge Leipzigerin da, frisch und unbekümmert wie immer. Sie merkte sofort, dass etwas nicht stimmte. Nach einem fröhlichen »Guten Morgen!« folgte ein misstrauisches »Is was?«

»Jennifer, bitte setz dich.«

Jennifer setzte sich an den Stammtisch und hatte ein deutlich sichtbares schlechtes Gewissen.

»Jennifer … es ist gestern etwas Furchtbares geschehen, und ich muss annehmen, dass du etwas damit zu tun hast.«

»Gestern? Was denn?«

Resi schaute Jennifer fest in die Augen: »Jennifer, was ist mit dir und Gebauer?«

Aus Jennifers Gesicht war jede Farbe verschwunden, sie sah betreten auf die Tischplatte.

»Was soll schon sein?«, wich sie aus und wurde vor lauter Unschuld ganz rot.

Resi kam noch näher.

»Jennifer!« – Das klang richtig drohend. – »Sei jetzt bitte ehrlich zu mir. In drei Stunden werden wir dieses Wirtshaus eröffnen, und ich möchte wissen, mit wem ich es bei dir zu tun habe!«

Jennifer stammelte und war kurz davor zu weinen: »Nichts war, ich schwöre es. Er hat sich an mich herangemacht, er hat irgendwie meine Mail-Adresse herausbekommen, er hat mir lange Mails geschrieben, dass er mich liebt und dass er ohne mich nicht leben kann!«

»Und du?«

»Und ich?« Jennifer schaute Resi mit feuchten Augen an. »Ich habe ihm geschrieben, dass er sich das aus dem Kopf schlagen soll. Und dann hat er gedroht, dass er etwas gegen uns in der Hand hat, und das wird er benützen und alles vernichten. Wenn er schweigen soll, soll ich mich mit ihm treffen.«

Resi schaute ebenso entsetzt wie gespannt in Jennifers Augen: »Und? Hast du dich mit ihm getroffen?«

Jennifer fiel die Antwort schwer. Dann weinte sie los: »Nein, hab ich nicht! Und jetzt hat er bestimmt etwas Schreckliches getan, und ich bin schuld!«

Resi wusste nicht, ob sie Jennifer glauben sollte. Die Mails, die sie gestern gelesen hatte, könnten zu der Beschreibung passen. Allerdings kannte sie nur den Eingang, also Gebauers Texte. Was Jennifer geantwortet hatte, wusste sie nicht. Bei den gesendeten Dateien hatte sie nicht nachgesehen.

»Sie ist unschuldig. Lass sie in Ruhe, Resi!«

Die Stimme kannte Resi. Sie gehörte Onkel Edi. Er war unbemerkt in die Gaststube gekommen. Jennifer schniefte und suchte in der Seitentasche ihrer Jeans nach einem Taschentuch. Onkel Edi war schneller und gab ihr eins.

»Jennifer, lässt du uns kurz allein, bitte?«

Jennifer nickte und ging aus der Gaststube.

Onkel Edi setzte sich auf ihren Platz und knetete verlegen seine Hände: »Resi … ich weiß, wer den Fliesenkleber ausgetauscht hat. Und wer den Zettel geschrieben und unter Tonis Tür durchgeschoben hat. Wer die Schrauben der Fensterläden gelockert hat, sodass sie herausgefallen sind. Und wer den Gebauer über alles informiert hat, was hier passiert.«

Resi riss die Augen auf: »Das weißt du? Und es war nicht Jennifer? Wer war es denn?«

Onkel Edi konnte ihr nicht in die Augen schauen: »Ich war es. Es tut mir leid.«

Resi bekam blitzartig einen trockenen Mund und ein Kribbeln in den Fingerspitzen. Sie hatte das Gefühl, nicht mehr diesem Universum anzugehören.

Sie konnte nur noch flüstern: »Du, Onkel Edi? Aber warum? Warum denn um alles in der Welt?«

Onkel Edi schaute jetzt von der Tischplatte langsam nach oben und suchte Vergebung heischend Resis Augen: »Resi, ich habe einen Riesenfehler gemacht. Ich habe mit dem Peter Popp zusammen hier im Nebenzimmer gespielt. Um ganz hohe Geldbeträge. Er hat alles verloren und ich auch. Und dann hat jemand meine Schulden übernommen, und seitdem hat er mich in der Hand.«

»Gebauer!«, krächzte Resi und hatte das Gefühl, unter ihr würde der Dielenboden nachgeben.

Onkel Edi räusperte sich. »Resi, mein Verhalten tut mir sehr leid. Ich habe mich wie ein gewissenloser Verbrecher benommen, ich habe mitgeholfen, deine Zukunft zu zerstören. Ich bin ein Schwein und habe es nicht verdient, dass ich weiter in deiner Nähe bin. Mein Leben ist ruiniert, der Gebauer wird mich ins Gefängnis bringen, da kann ich mich gleich selber anzeigen. Wenn du willst, fahr ich gleich zum Schwamminger.«

Resi hatte nur halb zugehört. Tonlos fragte sie: »Und was war das gestern mit den Fliesen?«

Onkel Edi wischte sich mit der Hand über das Gesicht. »Ich habe den Gedanken nicht ertragen, dass sie sich von der Wand lösen, auf den Boden fallen und zerbrechen. Eine nach der anderen. Sie sind älter als ich, sie gehören zu diesem Haus, und sie müssen gerettet werden.«

Resi erwiderte nichts. Es war nicht zu erkennen, was sie gerade dachte oder fühlte.

Nach einer Weile stand Onkel Edi auf: »Ich fahre jetzt nach Starnberg zur Polizei. Ich hoffe, du kannst mir irgendwann einmal verzeihen, Resi.«

»Einen kleinen Moment, bitte!«, sagte Resi merkwürdig sachlich. Sie ging nach draußen, hinüber zu Seppi, dem alten Esel. Er hatte schon auf ihren Besuch gewartet und schüttelte fröhlich den Kopf. Resi tätschelte ihm den borstigen Hals mit dem rauen Fell.

Ohne ein Wort zu sagen, hielt sie Zwiesprache mit dem Tier und wartete auf eine Antwort. Die kam tatsächlich nach ein paar Minuten, und sie lautete: »Sei kein Esel!«

Resi ging zurück in die Gaststube, wo Onkel Edi wie paralysiert am Tisch saß.

»Onkel Edi, wie hoch sind deine Schulden?«

»20 000 Euro.«

»Sappradi. Wie wir das Problem lösen, weiß ich noch nicht. Aber ich wünsche mir, dass du bleibst und mir heute am Eröffnungstag hilfst. Und danach so lange wie möglich. Du bist mein Onkel, du warst wie ein Vater zu mir, und der Schaden, den du angerichtet hast, hält sich in Grenzen. Meine EC-Karte würde ich dir erst einmal nicht anvertrauen, aber einen Kellner-Geldbeutel schon. Einverstanden?«

Onkel Edi stand auf und drückte Resi so stark, dass sie beinahe keine Luft mehr bekam.

»Danke!«, sagte er mit gepresster Stimme. Dann ging er hinaus, weil er nicht wollte, dass jemand einen weinenden Onkel Edi sah.

Bis 12 Uhr wurden jetzt noch Girlanden angebracht, Servietten gefaltet, Brotkörbe mit Brezen gefüllt, Krüge gespült und die Kübel mit den Pflanzen gegossen.

Punkt 12 Uhr kam die Traubinger Blaskapelle die Allee heruntermarschiert, an der Spitze Bürgermeister Kuhn und Frau Penz-Pigulla, dahinter bestimmt dreihundert Gäste, die darauf warteten, den runderneuerten »Alten Esel« in Augenschein zu nehmen. Die Bauunternehmer Wolf und Kastner liefen nebeneinander her wie zwei verfeindete Staatsmänner, die anlässlich eines feierlichen Festakts Harmonie heuchelten. Eine Abordnung der Freiwilligen Feuerwehr war zu sehen, ebenso wie Fußballer in ihren Trikots, mindestens zwei Dutzend junge Menschen in Tracht, offenbar die ehemalige Volkstanz-Gruppe. Der Jack mit der falschen Mütze marschierte mit, die kleine Eselwärterin Magdalena, Hauptwachtmeister Schwamminger in Uniform, der Apotheker Enderlein, Pfarrer Hallberger, der Notar Köberle, Gemüselieferant Bahadir Ünal mit Gattin und vier Kindern. Auch Dr. Dünneisen, der eigentlich einen ganz kurzen Weg gehabt hätte, war Teil der Kolonne. Resi wollte sich eine Enttäuschung ersparen und verwarf den Gedanken, dass eventuell ihre Mutter unter den Gästen sein könnte. Aber sie ertappte sich dabei, dass sie nach ihr suchte und sie der Gedanke sehr aufregte. Selbstverständlich war sie nicht dabei. Wurscht und doppelt-wurscht …

Ganz am Ende der Parade gab sich einer die Ehre, dem die Gemeinde viel zu verdanken hatte: Schorsch Scheberl aus Untergamskornzeisgrubengernhaferlverdimmering. Edmund Stoiber, der Ministerpräsident des ehemaligen Bayern, war offenbar verhindert, weil er irgendwo in Bayern eine Puppenkiste eröffnen musste oder schließen oder loben oder dings.

Unten angekommen verstummte die Blaskapelle. Toni hatte vor dem Eingang ein weiß-blaues Band gespannt, das Bürgermeister Kuhn jetzt feierlich zerschnitt. Ein Tusch – und dann ging es mit dem »Trompetenecho« in die Gaststube, in den Festsaal oder auf die Terrasse. Zahlreiche Fotografen und Journalisten machten Fotos oder Notizen.

Onkel Edi und Jennifer hatten viel zu tun, Resi zapfte eine Maß nach der anderen, und Toni wirbelte in der Küche und bereitete mehrere Dutzend Speisen gleichzeitig zu. In der Hauptsache natürlich das titelgebende Gericht der Aktiengesellschaft: Leberkäs.

Plötzlich war er verschwunden – und bald darauf wusste Resi auch den Grund.

Draußen auf der Terrasse hatte man eine Mikrofonanlage aufgebaut. Durch diese hörte sie jetzt die Stimme von Toni: »Liebe Gäste von einst und von jetzt, liebe Zeislhöringer! Der ›Alte Esel‹ ist wieder da!«

Er wollte weitersprechen, aber es gab donnernden Applaus.

»Die Leberkäs-AG hat dem alten Haus seine Seele wiedergegeben, und dafür danke ich euch!«

Wieder Applaus.

»Es wird wieder Leben einziehen! Die Volkstanzgruppe hat den Saal einmal in der Woche gebucht, die Fußballer werden wieder bei uns feiern oder trauern, drei Hochzeiten sind geplant – bei einer davon weiß allerdings die Braut noch nichts davon – und viele alte Traditionen werden wieder aufleben. Unter anderem diese hier!«

Jetzt verließ Resi ihren Platz hinter dem Tresen und schaute neugierig aus dem Fenster.

»Es hat einmal eine Zeit gegeben, da haben sieben Zeislhöringer Dixieland gespielt. Zwei davon haben leider ihr Instrument aus der Hand geben müssen. Aber die anderen fünf sind munter und fidel. Und sie haben zwei neue Mitglieder aufgenommen und angelernt. Das eine ist der Einerdinger-Max an der Klarinette – und ich an der Tuba. Ein Zuagroaster zwar nur, aber an der Tuba werdet ihr mich aushalten. Für euch alle gibt es heute die Wiederauferstehung der legendären ›Starnberg Stompers‹! Mit einer Verbeugung vor unserer wunderbaren Wirtin Resi, ohne die wir heute nicht hier wären!«

Der Applaus ließ den See erbeben.

»Und los geht's mit einem Lied, das unser Motto in den letzten Wochen war. Übersetzt heißt es ›Ganz schön knapp‹, und im Original lautet es ›It's tight like that‹! Auf geht's!«

Und dann swingten die neu formierten Stompers so frisch und lebendig wie in ihren besten Zeiten. Ein paar Helfer vom Roten Kreuz und der Freiwilligen Feuerwehr sprangen als Bierzapfer und Geschirrabräumer ein, und es hätte ein rundum gelungenes Fest werden können, wäre da nicht ein unliebsamer Gast aufgetaucht.

Zunächst hatte ihn kaum jemand registriert. Er war unbemerkt ins Haus gelangt und hatte sich dort umgesehen. Dann ging er auf die Terrasse zum Mikrofon. Vorher sah er Onkel Edi und zischte ihm zu: »Warum sind die Toiletten in Betrieb? Sie sind mir eine Erklärung schuldig!«

Jetzt wurde er von den meisten Gästen erkannt. Es begann Getuschel, schließlich erlahmte das Gespräch, und dann brach die Musik ab.

Günther Gebauer ging ans Mikrofon: »Liebe Zeislhöringer! Lassen Sie mich als Ihren stellvertretenden Landrat heute ein paar Worte an Sie richten! Ich gratuliere Ihnen zu Ihrer Eigeninitiative und Ihrem Mut! Sie haben mit gemeinsamer Kraft versucht, dieses Wirtshaus zu retten. Leider ...« er machte eine theatralische Kunstpause und kostete die Aufmerksamkeit aus, »... vergeblich.«

Gemurre, Fragen, Protestrufe.

»Und zwar aus mehreren Gründen. Zum einen ist die Beglaubigung Ihrer Aktiengesellschaft äußerst fraglich, da an der Kompetenz Ihres Notars gezweifelt werden muss. Das wird gerade bei uns im Haus untersucht.«

Resi suchte die Gäste nach Notar Köberle ab, aber von ihm war nichts zu sehen.

»Wir müssen also befürchten, dass Ihre AG nicht rechtskräftig ist. Zum zweiten, und das wiegt viel schwerer, hätte dieser Umbau niemals genehmigt werden dürfen. Er ist nicht behindertengerecht und erfüllt nicht die Ansprüche aktueller Gesetze. Ich habe deswegen auch schon personelle Konsequenzen gezogen: Gegen den Kollegen Hanselmann wird eine Untersuchung eröffnet, sein Nachfolger ist der Kollege Block.«

Gebauer machte ein ernstes Gesicht und legte die Stirn in Falten: »Vieles hätte man hinnehmen können, wenn das Gebäude denkmalgeschützt wäre. Aber das ist es nicht.«

Wieder Proteste und Zwischenrufe, aber diesmal schon besorgter. Resi versuchte erneut, den Notar auszumachen, wieder ohne Erfolg.

Gebauer genoss den Auftritt ungeniert und fuhr fort: »Ein diesbezüglicher Antrag ist nicht bei uns eingetroffen. Ihm wäre auch niemals stattgegeben worden. Sie befinden sich somit in einem nicht genehmigten Gebäude, der Wirtin wird augenblicklich die Konzession entzogen. Ich bitte Sie alle, das Grundstück unverzüglich zu verlassen. Und ich habe einen Rat an alle Aktionäre: Sehen Sie zu, dass Sie sich schnell Ihre Anlagen zurückholen, wenigstens einen Teil davon. In zwei Wochen müssen die unerlaubten Bauten zurückgeführt und das Haus geräumt sein. Um genau acht Uhr morgens kommen die Bagger. Es tut mir sehr leid, dass ich keine besseren Nachrichten für Sie habe. Auf Wiedersehen!«

Gebauer verließ den Platz am Mikrofon und ging zum Ausgang. Resi sah ihm nach und ballte die Fäuste. Jetzt hatte er, was er wollte. Seine Rache an ihr und an allen Zeislhöringern. Er hatte die stärkste Waffe von allen: den längeren Hebel.

Die Stimmung war mit einem Mal ruiniert, die Gäste verabschiedeten sich. Die meisten sprachen Resi und Toni Mut zu, einige andere aber erkundigten sich bereits besorgt danach, ob und wie sie ihre Einlagen wiederbekommen könnten.

Endlich konnte Notar Köberle ausfindig gemacht werden. Er hatte sich mit Dr. Dünneisen unterhalten und war über die Katastrophe noch nicht informiert.

Als ihn Resi fragte, ob es sein könne, dass er den Denkmalschutz noch nicht beantragt habe, wurde er blass. Ausgerechnet heute hatte er seinen schweinsledernen Aktenkoffer nicht dabei. Aber ja, wenn er so darüber nachdenke, dann könne es sein … Nein, leider sei er sicher: Er hatte den Antrag vergessen.

»Wurscht. Und doppelt-wurscht!«, dachte Resi unwillkürlich. Und sie hätte es auch gern gesagt. Aber sie wusste: Das wäre gelogen.

17

In dieser Nacht schlief niemand sehr gut und sehr lang im »Alten Esel« – außer vielleicht der alte Esel selbst: Seppi merkte nicht, als Resi morgens um sechs in seinen Stall kam und ihn streichelte.

Sie ging zum See und schaute hinüber zu den Alpen. Frisch war es, ein leichter Wind malte hübsche Glitzereffekte auf die Wasseroberfläche. Resi drehte sich um, stand mit dem Rücken zum See und schaute auf das alte Haus, auf die schönen neuen alten Fenster, die Terrassenmöbel aus dunklem Holz. Von gestern hingen noch Girlanden zwischen den Bäumen, und einige Luftballons hatten ebenfalls überlebt.

Drinnen machte Resi eine große Kanne Kaffee, denn sie wusste: Auch die anderen würden früh die Betten verlassen. Onkel Edi war der Erste, der mit schuldbewusstem Gesicht herunterkam. Er wollte etwas sagen, aber Resi winkte ab. Jennifer kam mit verwuschelten Haaren herunter, und der Letzte war Toni, fix und fertig angezogen, geduscht, frisch duftend wie der junge Frühling.

Alle bedienten sich aus Resis Kaffeekanne, dann fing Toni an: »Ich habe die ganze Nacht gerechnet.«

»Ich auch …«, bemerkte Resi müde.

»Aber ich habe ein Ergebnis!«

»Ich nicht!«, lächelte Resi mit einem letzten Rest Humor.

»Und ich kann euch genau sagen, wie dieses Ergebnis aussieht: Wir können es schaffen. Aber nur mit einem bayerischen Wunder!«

Alle drei starrten Toni an.

Resi konnte als Erste reagieren: »Was? *Das* ist das ganze Ergebnis? Respekt! Darauf wäre ich allein nicht gekommen!«

»Bitte jetzt keinen Sarkasmus!«, verbat sich Toni unaufgeregt und zog Bilanz.

»Wir haben zwei Wochen Zeit, bis der Gebauer mit dem Bagger kommt. In dieser Zeit muss Folgendes passieren: Resi, du musst mit allen Leuten reden, die ihr Geld zurückhaben wollen. Onkel Edi und ich – wir werden sehen, dass wir die Lebensmittel und das Bier verkaufen können, damit nichts verrottet. Jennifer, du hilfst uns dabei. Außerdem werden wir sofort einen Denkmalschutzantrag einreichen.«

»Den lässt der Gebauer liegen bis in alle Ewigkeit.«

Toni lächelte. »Höchstwahrscheinlich. Vielleicht aber auch nicht.«

Resi lachte gequält. »Toni! Der Gebauer wird alles tun, dass er uns vernichten kann. Wir bekommen keine Lizenz und keinen Denkmalschutz. Das müsste alles er unterschreiben, und das wird er nicht tun. Was also kann uns da noch helfen?«

Toni grinste: »Das sag ich doch. Ein bayerisches Wunder.«

Resi seufzte: »Und wie soll das aussehen?«

Toni lehnte sich zurück, schaute abwechselnd in alle Gesichter, griff zu seiner Kaffeetasse und sagte mit beeindruckender Gewissheit: »Keine Ahnung!«

Sie hatten gerechnet und gerechnet, die Gegenprobe gemacht und wieder von unten nach oben addiert. Um zwei Wochen zu überleben, brauchten sie 10 000 Euro. Dass Onkel Edi zusätztlich 20 000 benötigte, um sich von seinen Schulden freizukaufen, hatte Resi den anderen nicht gesagt.

Wo also sollte man 10000 Euro hernehmen? Zumal sich die Anfragen häuften von Leuten, die ihre Aktie wieder gegen Geld eintauschen wollten. Die Kasse des »Alten Esels« war leer, die laufenden Kosten hätten durch die Erträge und Einkünfte gedeckt werden sollen. Die gab es aber nicht, solange die Wirtschaft nicht betrieben werden durfte.

Resi bat den Bürgermeister um Hilfe, aber der sah sich außerstande, einen Kredit aus der Gemeindekasse zu gewähren. Das wäre niemals in irgendeiner Form zu rechtfertigen gewesen. Für den Kredit einer Bank gab es ebenfalls keine Chance: Jeder war überzeugt, dass der »Alte Esel« bald Geschichte sein würde und viele Menschen ihr Geld verlieren würden.

Resi machte bereits die Rechnung auf, wie viel es bringen würde, die Möbel und die Kücheneinrichtung zu verkaufen, aber damit waren kaum die anderen Rechnungen zu begleichen, von den Einlagen der Aktionäre ganz zu schweigen. Alle würden den Großteil ihrer Investitionen verlieren. Dieser Gedanke verursachte Resi körperliche Schmerzen.

Obwohl die Lage aussichtslos war, suchte sie das Gespräch mit allen enttäuschten Zeislhöringern. Sie schilderte die Situation und traf auf mehr Verständnis und Geduld als auf Vorwurf und Panik.

Und dann passierte es tatsächlich, das bayerische Wunder. Am achten Tag nach der Eröffnung kam Toni mit der Post vom Briefkasten. Sechs Rechnungen. Und ein Brief an Resi ohne Absender. Toni hatte ihn schon vergessen, als er ihn auf den Tresen legte, weil er eine weitere Rechnung darin vermutete. Erst sehr viel später wurde er von Resi entdeckt. Als sie ihn öffnete, stieß sie einen spitzen Schrei aus.

Die anderen drei kamen sofort angelaufen, weil ein Unglück zu befürchten war. Sie sahen eine zitternde Resi, die zwei Papiere in der Hand hielt und nicht sprechen konnte. Toni las das erste Papier vor:

Liebe Resi, es tut mir sehr leid, was ich getan habe. Es war unverzeihlich und ein Verbrechen. Im Internet informiere ich mich über die Geschehnisse in meiner früheren Heimat und habe von deinen Anstrengungen erfahren. Und von deinem Streit mit dem Gebauer und deinen Geldsorgen. Ich kann dir nicht verraten, wo ich gerade bin. Irgendwo in Südamerika. Ich hatte das Glück, auf alte Bekannte zu stoßen, und wir haben zusammen ein Restaurant eröffnet. Und somit bin ich in der Lage, dir einen Teil meiner Schulden zurückzuzahlen. Ich werde so lange weiterarbeiten, bis ich finanziell für meine Taten geradestehen kann, und dann werde ich mich den deutschen Behörden stellen.
Ich wünsche dir alles Gute und viel Erfolg.
Dein Peter Popp.

Toni starrte auf das zweite Papier und sagte: »Ein Scheck über 10 000 Euro.«

Es brach großer Jubel aus in der Gaststube. Jeder umarmte jeden, und die Hoffnung kehrte wieder ein in den »Alten Esel«. Auch wenn jeder wusste, dass damit lediglich eine kleine Etappe gewonnen war. Der Sieg war noch in weiter Ferne.

»Morgen um acht kommt der Gebauer mit seinen Baggern«, sagte Resi nicht zum ersten Mal an diesem

Abend. Alle wussten Bescheid, seit zwei Wochen schon. Doch jetzt, als es unausweichlich war, kroch die Angst in die Herzen der vier »Esel«-Pioniere. Seppi schlief, gesegnet mit der Gnade der Unwissenheit.

»Wird es geschehen, das bayerische Wunder?«, fragte Resi und benützte das unbayerische Futur.

Toni nahm ihre Hand und nickte: »Resi, ich bin sicher, dass es so etwas wie Gerechtigkeit gibt auf dieser Welt!«

»Schon«, meinte Resi und schluckte, »aber gibt es sie auch in Bayern?«

»Ich glaube, da hat man sie sogar erfunden!«, antwortete Toni und versuchte, allen am Tisch mit einem Lächeln Mut zu machen.

Schweigen.

Dann fragte Resi – ebenfalls nicht zum ersten Mal an diesem Abend: »Haben wir an alles gedacht? Haben wir mit allen gesprochen, auf die es ankommt? Helfen sie uns oder lassen sie uns im Stich?«

Toni streichelte ihre Hand und sagte nichts. Denn auf diese Fragen hatte er keine Antworten.

Das Wetter schien ein Gespür für die Dramatik des Augenblicks zu haben. Hatte es an den Tagen vorher für sommerliche Stimmung am Morgen gesorgt, so entschied es sich jetzt für Melodramatik und Düsternis. Dichter Nebel lag über dem See, auch jetzt, kurz vor acht. Es war so dunkel, dass man den Verdacht haben musste, die Sonne würde heute den Dienst verweigern. Die Sichtweite betrug nur ein paar Meter. Es herrschten Verhältnisse wie in London oder einem Edgar-Wallace-Film.

Jetzt waren von der Hauptstraße Geräusche zu hören. Es klang nach schwerem Gerät, nach mindestens einem Bagger, einem Lastwagen und zwei weiteren Fahrzeugen. Langsam, sehr langsam wurden die Geräusche lauter, und schließlich war die Schaufel des Baggers zu erkennen. Oben, neben dem Fahrer, thronte Günther Gebauer wie ein Feldherr. Neben ihm sein willfähriger Helfer Block. Gebauer ließ den Bagger anhalten und den Motor abstellen.

Toni trat einen Schritt aus dem Nebel heraus und war jetzt für Gebauer sichtbar. Auch Resi war zu erkennen. Sie hielt sich an Tonis Hand fest.

Gebauer wartete, bis auch die anderen Fahrzeuge zum Stillstand gekommen waren. Dann schaute er spöttisch von oben auf seine beiden Kontrahenten.

»Ihr wisst, warum wir hier sind. Ihr habt gekämpft, und ihr habt verloren. Und ich habe gewonnen, so sieht es nun einmal aus!«

Ein kleiner Blitz flammte auf, und dann noch einer. Zwei Fotografen hielten die Szene fest. Gebauer rückte sich in Positur und mischte seinem triumphalen Gesichtsausdruck auch noch ein bisschen Mitleid bei.

»Sehr gut! Danke an die Herren von der Presse, dass sie diesen Augenblick dokumentieren! Das wird eventuellen Nachfolgern zeigen, dass wir hier in Bayern Gesetze haben! Und jetzt an die Arbeit!«

Auf ein Zeichen Gebauers wurden die Motoren wieder angelassen, und der Bagger setzte sich in Bewegung. Allerdings blieb er drei Meter weiter bereits wieder stehen. Gebauer konnte jetzt die Szene besser überblicken, und er registrierte Erstaunliches. Links und rechts von Toni standen Jennifer und Onkel Edi, jeweils Hand in Hand. Und neben diesen weitere Menschen. Und die Kette ging in beide Richtungen weiter.

Gebauer rief: »Bitte stören Sie nicht die Amtshandlung und machen Sie den Weg frei! Sie behindern die Durchführung einer Maßnahme! Sie machen sich strafbar! Ich muss sonst mit einem Polizeiaufgebot wiederkommen, die Kosten dafür tragen Sie!«

Niemand bewegte sich. Gebauer kletterte aus dem Führerstand und besah sich die Lage genauer. Jetzt erst bemerkte er, dass die Menschenkette größer war als zunächst angenommen. Tatsächlich zog sie sich um das gesamte Haus. Ungefähr 400 Menschen standen nebeneinander, hielten sich an den Händen und bildeten einen sehr großen Kreis rund um den »Alten Esel«.

»Das ist ja lächerlich!«, krähte Gebauer. »Das ist eine alte Bruchbude und kein Atomkraftwerk!«

»So sprechen Sie nicht von meinem Haus, Herr Landrat!«, meldete sich eine ältere Dame zu Wort.

»Frau Baronin, entschuldigen Sie, ich wollte Sie nicht beleidigen!«

»Das haben Sie aber!«, meinte Resis Mutter, und Bürgermeister Kuhn, der neben ihr stand und ihre Hand hielt, schaute sie bewundernd an.

Die Fotografen schossen ein Foto nach dem anderen. Gebauer wollte auf keinen Fall sein Gesicht verlieren und schwang sich wieder auf den Bagger. Ein Handzeichen von ihm, und das Fahrzeug setzte sich in Bewegung. Langsam näherte es sich Resi und Toni und berührte schon fast ihre Beine. Die Fotografen leisteten ganze Arbeit.

Ein weiteres Mal erhob Gebauer die Stimme: »Bitte räumen Sie sofort das Gelände! Sie behindern eine

Amtshandlung! Dieses Haus steht nicht unter Denkmalschutz, die baulichen Veränderungen sind somit unzulässig und müssen entfernt werden!«

»Moment! Moment«, rief da eine etwas kieksige Stimme. Sie gehörte dem Notar Köberle, der jetzt seinen schweinsledernen Aktenkoffer dabeihatte und ihn auch öffnete. Er durchwühlte ihn und hielt schließlich ein Papier hoch. »Da ist es! Ich hab es doch gewusst!«

Gebauer wurde unruhig: »Was ist das?«

»Das Dokument! Ich hab doch gewusst, dass da etwas war! Selbstverständlich steht der ›Alte Esel‹ unter Denkmalschutz!«

»Das tut er nicht!«, rief Gebauer mit einem nervösen Seitenblick zu Block. »In den letzten Monaten ist kein Antrag bei uns eingegangen!«

Der Notar kicherte: »In den letzten Monaten nicht. Aber vor zwanzig Jahren! Und hier ist die Bestätigung!«

Der Notar schwenkte freudig das Dokument und ließ die Augenbrauen zittern.

Die Frau Baronin pflichtete ihm bei: »Das stimmt! Das haben wir damals gemacht! Der Antrag ist akzeptiert worden, aber wir haben dann gar keinen Gebrauch davon gemacht, weil wir ja weggezogen sind.«

Resi war zum Lachen und zum Heulen gleichzeitg zumute. Gerne wäre sie zu ihrer Mutter gelaufen, um sie zu umarmen, aber sie wollte die Menschenkette nicht durchlässig machen.

Gebauer herrscht Block an: »Kann das sein? Ist das möglich? Antworten Sie, Mann!«

Block musste kleinlaut gestehen, dass man in dieser Angelegenheit nicht Vorgänge in der Vergangenheit geprüft habe.

»Idiot!«, zischte Gebauer. Dann wurde er wieder zur Amtsperson.

»Wir werden das prüfen und eventuell korrigieren. Es bleibt jedoch die Tatsache bestehen, dass es für diesen Restaurationsbetrieb keine Lizenz gibt und das finanzielle Fundament mehr als fraglich ist. Wir werden uns jetzt zurückziehen und schon bald wieder auf Sie zukommen.«

Gebauer musste einsehen, dass der Rückzug lange nicht so pompös zu gestalten war wie die Anfahrt. Es gab keine Möglichkeit zu wenden. Folglich mussten die Fahrzeuge im uneleganten Rückwärtsgang die Allee wieder hinauf zuckeln.

Toni machte eine heftige Handbewegung, vor der sogar Gebauer Respekt hatte. Er ließ die Fahrzeuge anhalten. Resi bewunderte Toni in diesem Augenblick sehr.

Dann ergriff er das Wort: »Liebe Fotografen, liebe Journalisten, bitte bleiben Sie noch einen Moment hier. Ich habe mit Herrn Gebauer noch eine Kleinigkeit zu bereden, und er wird danach bestimmt eine Nachricht für Sie haben. Den Zeislhöringern, die zu so früher Stunde hierher gekommen sind, danke ich sehr herzlich. Bitte gedulden auch Sie sich noch ein bisschen, wir werden in ein paar Minuten die Feier fortsetzen, die Herr Gebauer vor zwei Wochen beendet hat. Herr Gebauer, darf ich Sie in die Gaststube bitten?«

Gebauer brummelte so etwas wie »Das ist ja lächerlich!«, leistete aber trotzdem der Aufforderung Folge.

Toni bat Gebauer an den Stammtisch und fragte, ob er etwas trinken wolle. Gebauer verlangte einen Kaffee, den ihm Onkel Edi brachte.

Toni wartete, bis Milch und Zucker verrührt waren, dann sagte er mit sehr ruhiger und sachlicher Stimme: »Herr Gebauer, Ihre Karriere als stellvertretender Landrat ist zu Ende. Bevor aber *ich* das den Pressevertretern sage, sollten Sie es lieber selbst tun.«

Gebauer lachte höhnisch: »Einen Teufel werde ich. Sie sind ja völlig verrückt.«

Toni fuhr fort: »Wie uns soeben mitgeteilt worden ist, steht das Haus längst unter Denkmalschutz. Das habe ich übrigens nicht gewusst, das habe ich soeben erst erfahren. Dafür weiß ich aber ein paar andere Dinge. Sie haben die hier arbeitende Auszubildende Jennifer genötigt und sich ihr sexuell genähert. Dafür haben wir Beweise, nämlich mindestens fünf Mails, gesendet von Ihrer Büro-Mailadresse. Außerdem haben Sie versucht, die Wirtin, Ihre Ex-Verlobte Resi, ebenfalls zu erpressen und sie zu nötigen. Dafür liegt uns eine Zeugenaussage vor.«

»Ach was. Wer soll denn das sein?«, bellte Gebauer mit nachlassender Contenance zurück.

»Ein Zeitungsverkäufer wurde Zeuge eines Gesprächs. Der Name tut nichts zur Sache.«

»So sehen Ihre Beweise aus? Sehr dünn, Inspektor Columbo!«, höhnte Gebauer.

»Und dann haben wir noch die Sache mit Onkel Edi. Er wird von Ihnen erpresst, seit Sie seine Spielschulden übernommen haben. Er hat in Ihrem Auftrag Sabotageakte durchgeführt. Er wird das vor Gericht aussagen. Und wir haben einen Tonbeweis. Als Sie ihn gefragt haben, warum die Toiletten benutzbar sind, lief eine Tonaufzeichnung, die für die Musik der Jazzband gedacht war. Jetzt ist Ihre Stimme auch mit drauf!«

Gebauer schaute Toni hasserfüllt an. »Und das alles soll mich dazu bringen zurückzutreten? Sie haben sie doch nicht alle!«

Toni zog die Beweise hervor: ausgedruckte Mails, vom Notar Köberle beglaubigte Zeugenaussagen, einen USB-Stick mit dem Ton-Mitschnitt.

»Wollen wir damit jetzt vor die Tür gehen? Soll ich den Journalisten die Wahrheit erzählen? Oder ziehen Sie es vor, ohne Angabe von Gründen Ihre berufliche Veränderung mitzuteilen?«

In Gebauer gärte und kämpfte es. Er erwog kurz, ob und wie er sich aus der Affäre herausreden oder -lügen konnte, aber er wusste, dass er verloren hatte.

»Was wollen Sie von mir?«

Toni holte drei Papiere hervor.

»Auf dem einen bestätigen Sie, dass Sie Onkel Edi die Schulden erlassen, was gleichzeitig ein Schuldeingeständnis ist. Mit dem zweiten verfügen Sie, dass Herr Hanselmann rehabilitiert ist. Und das dritte ist die Konzession für Resi und den ›Alten Esel‹. Das Dokument für Ihren eigenen Rücktritt werden Sie ja wohl selber verfassen können.«

Gebauer zückte mit einem giftigen Grinsen seinen teuren Kugelschreiber und unterschrieb alles.

»Sonst noch was?«

Toni nickte.

»Ja. Ich bekomme noch 2 Euro 60 für den Kaffee.«

Kurze Zeit später war alles erledigt. Gebauer gab eine knappe Meldung zu Protokoll, in der er erklärte, dass er aus gesundheitlichen Gründen um seine Versetzung bitten werde. Die Fahrzeuge waren verschwunden, die Menschenkette löste sich allmählich auf. Nur der Nebel war noch da.

Er hinderte die Anwesenden aber nicht, ihre Feier fortzusetzen – jetzt bei niedrigen Temperaturen und im Nebel, aber drüben über den Bergen war bereits die Sonne zu sehen.

Es gab Leberkäs für alle. Die Dixieland-Band knüpfte bei ihrer Darbietung da an, wo sie beim letzten Mal aufgehört hatte. Onkel Edi tanzte mit Jennifer, und die Frau Baronin mit dem Bürgermeister Kuhn.

Resi war mit dem Esel Seppi hinunter zum Seeufer gegangen und bürstete ihn. Das alte Grautier ließ sich das schnurrend gefallen. Zwischendurch blickte Resi auf die fröhlichen, feiernden, tanzenden Menschen auf der Terrasse. Viele trugen Mäntel, einige Damen Handschuhe, viele junge Burschen Lederhosen und karierte Hemden, die Mädchen ihr Festtagsdirndl.

Resi merkte erst jetzt, wie schwach und müde sie war. Der Einsatz hatte sich gelohnt. Sie hatte viel investiert und noch mehr bekommen. Eine Mutter, einen Esel, eigentlich sogar zwei, und einen Jennerwein.

Der Rest war wurscht. Und doppelt-wurscht.

Weitere Bücher aus dem Rosenheimer Verlagshaus

Nur Bayern im Kopf!

Er kennt sie alle, er parodiert sie alle … Keiner ist sicher vor dem Kabarettisten Wolfgang Krebs. In seinem ersten Buch führt er den Leser durch die vielen Zimmer in seinem Kopf – und in jedem wohnt ein Bayer! Die parodistische Dreifaltigkeit der bayerischen Ministerpräsidenten Stoiber, Beckstein und Seehofer machte ihn bekannt. Dazu gesellten sich weitere Persönlichkeiten wie Markus Söder, Schorsch Scheberl oder Waldemarie Wammerl. Auf amüsante Weise erfährt der Leser, wie Wolfgang Krebs zu all seinen Figuren gekommen ist. Er schildert, wie sie denken und reden und was Krebs so alles mit ihnen erlebt hat. Nach dem Lesen haben auch Sie … nur Bayern im Kopf!

Nur Bayern in Kopf!
Wolfgang Krebs
256 Seiten
ISBN 978-3-475-54438-5

I bin der Max

Gabriele Weishäupl war von 1985 bis 2012 Tourismusdirektorin der Landeshauptstadt München und als Festleiterin verantwortlich für die Durchführung des Oktoberfestes.
In lustigen und bewegenden Anekdoten berichtet sie in diesem Buch von ihrem Alltag als Wiesn-Chefin. In dieser Position gelang es ihr, Wege zu öffnen, die vorher niemand im Blick hatte und damit Tradition und Moderne miteinander zu verbinden.
In diesem Buch lernen Sie das Münchner Oktoberfest von einer völlig neuen Seite kennen!

I bin der Max
Gabriele Weishäupl
272 Seiten
ISBN 978-3-475-54300-5

Bayern samma

Der bekannte Journalist Franz Freisleder hat in vielen Variationen immer wieder festgehalten, was die Menschen seiner bayerischen Heimat bewegt. In wunderbar unterhaltsamen Gedichten schildert er deren Charakterzüge und Eigenarten und handelt die bayerische Kultur in all ihren Facetten ab. Manchmal wird er auch nachdenklich und wendet sich ernsteren Themen zu. Dieses Werk lässt den Leser eintauchen in eine vielschichtige Zeichnung Bayerns, die unterhält und bewegt. Erstmals vereint eine Sammlung die bedeutendsten Gedichte des Autors Franz Freisleder aus dem Lauf der Jahrzehnte.

Bayern samma
Franz Freisleder
240 Seiten
ISBN 978-3-475-54486-6

Mehr Informationen zu unserem Verlagsprogramm finden Sie unter www.rosenheimer.com